長編戦記シミュレーション・ノベル

超武装攻撃編隊［下］

超弩級空中戦艦、出撃！

林　譲治

コスミック文庫

本書は二〇〇四年八月・一一月に経済界より刊行された『銀翼艦隊（2）（3）』を再編集し、改訂・改題したものです。

なお本書はフィクションであり、登場する人物、団体等は、現実の個人、団体、国家等とは一切関係のないことをここに明記します。

目　次

第一章　空挺の受難

昭和一七年の新聞報道から、夏と秋の世の流れの違いを指摘できる人間は少なかった。少なかったがいないわけではなかった。

新京航空の田島泰蔵は、その数少ない一人である。もっとも彼がその違いに気がつけるのは、陸海軍の仕事を請け負っている点が大きかった。

何しろ彼の会社は二式輸送機の生産を行っている。輸送機の受注状況を見れば、前線の動きがわかる。

大規模な作戦前には補給を確実にするための輸送機の発注がある。この場合は、時間的余裕は比較的もたされていた。作戦準備には然（しか）るべき時間が必要だからだ。

注意しなければならないのは、予告なく大量の発注がなされる場合だ。それはどこかの戦線で大量に輸送機が損耗したことを意味する。それがかねてよりの大作戦の後であったりすれば、例の作戦がどうなったか、軍令部や参謀本部に尋ねるまでもなくわかる。

昭和一七年九月末から一〇月の田島泰蔵が、そうであった。海軍よりまったく予告なく、四〇機近い追加発注がなされたのである。

理由の説明は何もなかったが、航空機運用のために軍属として輸送航空隊に出向している新京航空の社員多数の葬儀に出席した身となれば、その理由は明らかだ。エスプリッツ・サント島。その聞いたこともないような島で社員らは死んだ。

これが軍人なら国から保障もある。しかし、軍属となると保障などないに等しい。同じ戦線で、同じ輸送機で死んでも軍人とそうでない国民は、死んでからも著しくその待遇に差があった。それは遺族が生活できるか、路頭に迷うかの差でもある。

そんな遺族に対してでさえ、海軍はあくまでも「某方面の某海域で戦死」以上の事実を教えようとはしなかった。もっとも軍属も軍人も肉親がどこで死んだのか、「某方面の某海域」以上のことはわからない点だけは、両者の待遇は平等だった。

そして田島泰蔵自身に関して言えば、彼は「某方面の某海域」がどこであるのか、公式には何も知らないことになっていた。ただ当局から時局の厳しさを認識しろと言われるだけである。

今回の臨時の発注は、大西少将の形でやってきた。もっとも田島にとっては、臨時の発注にあまり意味があるとも思えない。すでに陸海軍からは生産能力以上の輸送機の発注が来ているからだ。

完成した機体はそのつど陸軍・海軍と順番に納入され、過去に受注した分の消化さえままならない。臨時受注も今回が初めてでなく、それらが完成するころには戦争は終わっているのではないかと思うほどだ。

それにアルミや鉄材の供給はなされているものの、当初予定したよりもだんだんと量が減少したり、納期が遅れ始めてもいた。工場はフル回転だが、生産性はむしろ低下傾向にさえあった。

このような状況から工場の拡張もすでに計画されているが、生憎（あいにく）と陸海軍は工場拡張の資材についてまでは面倒を見てくれない。そっちは監督官庁が異なるためだ。だから田島は陸海軍関係者や官庁関係者とは別に、横流し物資を手にいれるために、怪しい人間たちとも関わりを持つようになっていた。

どこの何者かは正直なところわからない。だが金さえ出せばこのご時世でも物資を調達できる人間が、日本にいるのは確からしい。もっとも田島はそうした連中の正体まで探ろうとは思わない。

なぜならば、正体を明らかにしても愉快な結果にはなりそうもないからだ。彼らは建設資材である鉄骨やセメントをトラックで運び入れ、現金で決済を済ます。

そのトラックたるや、陸軍造兵廠のトラックであったり、海軍工廠のトラックであったりと、どうにも面白くない車両が多い。しかし、その面白くないことをしなければ、工場の増設も輸送機の生産もできはしないのだ。

もっとも、この裏ルートでの資材調達にもメリットはある。警察関係もこの物資については黙認していてくれるからだ。

そんなことが続いている時に、大西部長はやってきた。

「輸送機の生産は順調なようだな」

「生産は順調ですが、受注分には追いつきません。それにここはまだそれほど影響を受けていませんが、下請工場の幾つかでは熟練工が召集され始めているそうです。熟練工がこのまま抜けて行くと、生産現場がどうなるか」

「まあ、健康な日本男児なら召集されれば行かねばなるまい。これは国民の義務なのだからな」

「しかし、熟練工が抜けるのは困りますよ。なんとか熟練工だけは召集を免除してはもらえないのでしょうかね」

「それはできん！」

大西は珍しく気色ばんで、田島に向かう。

「一億がこの国難に向き合っているというのに、どうして熟練工だけを徴兵猶予させるのだね。それは不平等というものだろう」

もとより大西が徴兵制をどうこうできる立場ではない。しかし、それでも彼には特定の人間だけを優遇するという考えが気に入らないらしい。

田島もその考え自体は否定しない。じっさい日本の徴兵制の歴史は、いかに少数精鋭を確保するかの歴史であると共に、いかに兵役を国民平等に付与するかの試行錯誤の歴史でもあった。

日本の兵役制度の場合、金持ちは代理人を立てて兵役を免除されるというような規定もあった。これは単純な金持ち優遇策ではなく、家制度とも関わる、簡単なようで奥の深い問題であった。ただ制度を適用してみると、金持ちの徴兵逃れに使われることが多かったということだ。

こうした兵役の不平等は地方社会において多くの不満を生む。そうした差別に対する不満が、青年層の左傾化をもたらすことを危惧する人々も多かった。そうした中で金持ちだから兵役を免れるという制度はなくなっていく。

それでも日華事変以降、兵員が足りなくなり召集が多くなると、徴兵された家、されなかった家との不平等感も地域社会では無視できない問題をはらむようになってきた。働き盛りの人間が家にいるかいないかは、直接その家の所得に影響したからだ。

結果的に、こうした違いは貧富の差を拡大する方向に動く。さらに大学生などが兵役を免除されることは、金持ちの子弟だけが大学に通えたという事実から、やはり所得による不平等感を国民に与えていた。

大西が言うように、召集され入営することは、「国民の平等」という点で決してないがしろにできない問題だった。

工場生産の現場から見れば、熟練工だけ召集しないで欲しいという意見にもなるだろう。しかし、国民感情は工場の「生産性」よりも「平等」であることを何よりも重視した。だから工場にとってかけがえのない熟練工だろうが技師だろうが、そんなことは関係なく召集はなされた。

なるほど彼は工場にとってはかけがえのない人間かも知れない。しかし、国民の多くの感情からすれば、自分もかけがえのない家族を戦地に送り出したのだ。ならば熟練工を優遇する理由はない。そういう理屈だ。

もっとも平等と少数精鋭は、じつを言えば不可分の関係にある。兵役を平等にするということは、兵役対象者の数を増やすということだ。徴兵は抽選でなされるわけだが、兵役に適する人間の母体が大きければ、それだけ優秀な人間を選ぶことができるという理屈である。

ただそういう話は田島にもわかるにせよ、工場に熟練工が必要なことを国民に納得させるのもまた、陸海軍の仕事ではないかと田島は思う。近代戦で工場の生産性が悪ければ話にもなるまい。

そもそも軍需工場そのものが平等ではない。大企業の軍需工場なら徴兵免除の特権もある。が、大手の下請けの町工場にはそんなものはない。だからこそ田島も下請けの徴兵免除を願うのだ。

それに苦労人の田島には、世間で言うところの平等なるものにも馴染めないものを感じていた。平等、平等と言うが、それは単に自分だけが割りを食うのが嫌ということであって、他人も自分と同じように尊重するという意味ではなかろう。

何よりも闇物資を現金で購入したら、陸軍や海軍のトラックがやってくるような現実を前にすれば、平等など馬鹿げた話だと思う。日本に平等など最初からないのだ。ないのだから熟練工だけ優遇しても罰は当たるまい。

もっとも田島もこんな話を大西とするほど世間知らずではない。それに海軍の高官を前に「闇物資を買ったら海軍のトラックが来ました」なんて話、できるわけがない。大西がその事実を知らなければ、これは大問題になる。もっとも大西がこの事実を知っていたとすれば、それは別の意味で大問題だが。

ともかく田島は話題を変えることにする。熟練工の確保は別の手段を考えた方がよさそうだ。

「そう言えば、エスプリッツ・サント島の戦闘は大変だったらしいですね」

「あっ、今日はこれで失礼する」

「ちょっと待ってくださいよ、大西部長。輸送機の契約はどうなるんですか！　私はただエスプリッツ・サント島の戦闘は大変だったんですねって言ってるだけじゃないですか！　エスプリッツ・サント島の戦闘に関して何か問題があるんですか！　エスプリッツ・サント島の戦闘のことを話題にしてはいけない理由でも……」

「ねぇ、お願いだから、そんな大声でエスプリッツ・サント島の戦闘がどうのこうのって連呼するのはやめてくれないか」

「どうしてです？　エスプリッツ・サント島で空挺作戦をやったんじゃないんですか？　そりゃぁ、犠牲が大きかったらしいことは耳にしてますが、なにもエスプリッツ・サント島と言ったくらいで、逃げることはないじゃないですか。そもそもエスプリッツ・サント島……」

「わかった、わかりましたよ。帰りませんよ、ちゃんと契約しますよ。だからエスプリッツ・サント島と何回も連呼しないでくれよ」

大西部長が半泣き状態だったので、田島もエスプリッツ・サント島と連呼するのをやめる。

じっさいは軽い皮肉のつもりでエスプリッツ・サント島の戦闘を話題にしたのだが、どうやらそんな軽い話題ではないらしい。もっとも情報が統制されているのだから、田島に戦闘の実際などわかるはずもないのだ。

大西は社長室に戻ると、ドアをしっかり閉める。

「どうしたんですか、大西部長。それほどエスプリッツ・サント島の話題が問題になるんですか？」

「そう、問題になるんだよ」

「しかし、あの島でかなりの損害が出たことは、みんな知ってますよ」

「知ってるって、どうして知っているんだ！」

「合同葬儀の時に、参列していた軍関係者の人が遺族にそう説明していましたが。あれは主計課の士官ですかね。恩給がどうのとか話していましたから」

「なんてこった、そんなところから漏れているのか。これじゃ何のために箝口令を敷いているのかわからんじゃないか！」

「箝口令を……部長、何があったんですか？」

大西は、それを田島に話すべきかどうか迷っていた。しかし、結局、ここだけの話として説明してくれた。

軍の工場にかかわっているとは言え、田島は軍人ではない。その意味ではそうした情報を公開することには問題がある。だが大西は、話すことに決めたらしい。戦争を進めるに当たって、田島にも状況を知らせるべきだと考えたのだろう。

「まず、公式にはエスプリッツ・サント島はなかったことになっている」

「それは空挺作戦など行われなかったと？　しかし、私は社員たちの葬儀に……」

「葬儀は葬儀だ。海軍としてはそうした作戦は行ってなどないのだ。公式には」

「では、非公式には？」

「もちろん行われた。第一航空輸送隊から四〇機の二式輸送機を集め、戦闘機の護衛もつけた一大空挺作戦が行われた」

「成功しなかったんですか、それだけの兵力で？」

「大規模な兵力だからこそ、損害も甚大なのだよ」

そして大西はエスプリッツ・サント島での出来事を語った。

結果論から言えば、エスプリッツ・サント島への空挺部隊による奇襲作戦の失敗は、事前に十分な索敵や偵察を行わなかった点にあった。そしてこれは先に客船プレジデント・クーリッジを撃沈した時から始まっていた。

客船は撃沈したものの、ガダルカナル島の航空戦力も激減した。そして輸送機もまた——客船を沈めたとは言え——損傷がひどくて修理不能と判断されていた。このため客船を撃沈してからしばらくは、エスプリッツ・サント島で何が起きているのか、第八艦隊はほとんど把握していなかった。

これがガダルカナル島の偵察であれば、ラバウルから飛行機は出せる。しかし、それよりさらに遠くにあるエスプリッツ・サント島となれば、偵察も容易ではない。しかも米海軍空母による嫌がらせ的な航空攻撃もあり、基地の設営も遅々として進んでいなかった。

それでも悪路に強い二式輸送機丙型なら何とか離着陸はできたのだが、これらは空挺作戦に最優先で投入されるため、偵察任務には使われなかった。作戦に必要な四〇機を揃えるのは簡単なことではない。

結局、何を用いたかと言えば、零式水上偵察機をガダルカナル島から飛ばすか、潜水艦により零式小型水上機による偵察飛行くらいしか方法はなかった。

後知恵で言えば、空母を出すという選択肢もあっただろう。しかし、第八艦隊は空母は持っていない。そして連合艦隊司令部は、エスプリッツ・サント島攻略は強く進めていたものの、それに対して空母戦力を投入することには消極的だった。

空母の修理や補修も行わねばならない。さらに激戦続きの中、失われた搭乗員の補充と訓練が最優先されていた。たかが偵察に空母は出せないというのが連合艦隊司令部の意見である。

これに対して第八艦隊側も、さほど強固に空母は要求しなかった。ポートモレスビー方面の航空戦の苛烈さは彼らも知っている。空母搭乗員の錬成が優先されると言われれば、それに反対はできない。何より危ない場面は幾つかあったものの、ガダルカナル島も簡単に奪還できたということで、上は連合艦隊から下は第八艦隊まで、作戦に対する危機感が低下していたのは否めない。

水上偵察機は潜水艦からのものは全滅、零式水上偵察機も生還率五〇パーセントという状況で打ち切られた。十分な情報が手に入ったからではなく、偵察による犠牲が大きすぎたからだ。

それでも勝っているという驕(おご)りもあって、エスプリッツ・サント島攻略作戦は予定通り実行される。大型客船は撃沈した。これにより米軍は再びガダルカナル島のように補給途絶による危機的状況にある。偵察が不十分にもかかわらず、第八艦隊司令部ではこの認識に疑いをはさむ者はいなかった。

こうして作戦は実行された。ガダルカナル島の滑走路は完成していなかったが、戦闘機の離発着は可能である程度には仕上がっており、また二式輸送機丙型はこの程度の平坦部があれば、離着陸可能であった。

たださすがに輸送機と戦闘機の同時運用には無理があり、輸送機が飛び立ってから戦闘機が離陸したのだが、四〇機の輸送機が飛び立った時点で、輸送機隊の隊形は大幅に間延びしていた。結果的に一〇機一組で、四組に分かれて進むことになった。

それでもエスプリッツ・サント島まで飛行しながら隊列を整えたのなら、問題はない。しかし、作戦は奇襲となっており、無線通信は禁じられていた。このため輸送機隊は四組に分かれたまま飛行する。

戦闘機隊も滑走路の狭さから集結に時間がかかったが、速力は輸送機よりは速い。なんとか先頭の一組に追いつくことはできた。最初に制空権を確保しなければならないからだ。

ところで、この時に投入された零式艦上戦闘機は、わずか一五機に過ぎなかった。ニューギニア方面に航空戦力を割かれていた現状からすれば、それ以上の戦力抽出は難しかった。

それに搭乗員たちは、「零戦一機はF4F三機に匹敵する」と豪語していたことも影響している。一五機もあれば、敵戦闘機が四〇機前後現れても安心であるというわけだ。

もっともガダルカナル島の滑走路の状況を考えるなら、それ以上の戦闘機を護衛につけることはそもそも無理だった。こうして河合司令官が期待した護衛戦力は、いつの間にか大幅に下方修正されていたのである。

不十分な索敵のつけは、作戦開始から数時間後に払わされることになる。エスプリッツ・サント島を母港とする哨戒船舶が、空挺部隊を発見したのである。それらは対潜作戦に従事していた哨戒艇であった。日本海軍潜水艦による偵察活動を主に警戒していたわけである。

これが哨戒飛行をしている飛行艇ならさっさと撃墜されたであろう。しかし、戦闘機と輸送機の編隊にとって哨戒艇は厄介な相手である。適切な攻撃手段もない。

しかもこの哨戒艇、船舶不足から大型のトロール漁船を転用したもので、上空からは漁船にしか見えなかった。まあ、あちらも多分にそういう効果を期待していたのだが。

輸送機はともかく、戦闘機隊はこの哨戒艇を攻撃することはなかった。漁船に見えたこともある。

それに彼らは敵軍の戦力を正確に把握していなかったにもかかわらず、今回の空挺作戦も成功するという確信を抱いていた。はっきり言って準備不足、戦闘機の警護さえなかったガダルカナル島の奪還が成功したのに、その三倍近い兵力を投入しているこの作戦が失敗するはずがない。

悪いことに第八艦隊内部では、わずか五〇〇名程度の空挺部隊が、一万を超える米海兵師団を下したという事実に、兵力でも劣勢であることがそれほど問題視されない風潮があった。

どうして海兵隊一万名が降伏せざるを得なかったかの分析はなされていないわけではなかった。しかし、プロセスや背景はどうあれ、二〇倍の敵に勝ったという事実だけがラバウルからトラック島経由で東京に伝わり、それが逆ルートで第八艦隊に戻ってきた時には、すでに司令部の認識も変わっていたのであった。

この時、哨戒艇により自分たちの攻撃が奇襲から強襲に変わったという事実に誰一人注意を払っていなかった。そして、護衛戦闘機一五機と前衛部隊の輸送機一〇機がエスプリッツ・サント島の姿が見えた時、彼らに対して攻撃を仕掛けてくる敵戦闘機の姿はなかった。

だがそれは敵が動かないことを意味しなかった。戦闘機隊に緊急電が入る。

「我が隊は現在、敵戦闘機隊の襲撃を受けつつあり……」

それはこういうことだった。哨戒艇は空挺部隊の編制を逐一、島の司令部に送っていた。そして彼らは戦闘機の数やそれが第一組だけを護衛していることを知った。そこですぐさま迎撃の戦闘機隊が発進し、前衛を迂回し、第二陣に攻撃を加えたのである。

そこには戦闘機はいない。そして二式輸送機は非武装であり、撃たれ強いとは言え戦車ではないのだから、戦闘機の襲撃を受ければ撃墜される。

敵戦闘機の数は、この時、四〇機を数えたと言われる。四倍の敵に襲われれば、輸送機隊が無事で済むはずがない。

ここで戦闘機隊の隊長は、後方へ引き返す決心をした。第一団である一〇機は、ここから着陸するだけでいい。しかし、襲撃されている第二組の他にも第三、第四と輸送機隊は迫っている。敵戦闘機がそこにいる限り、それらの安全は図れない。

こうして一五機の零式艦上戦闘機隊は後方に戻り、敵戦闘機と戦闘になった。すでに第二組の輸送機一〇機で無事なのはほとんどなかった。そしてそこに第三組の姿が見える。戦闘機隊はすぐさま敵戦闘機に向かっていった。

この空中戦で、確かに零戦は目覚ましい働きをしたのは間違いない。短時間で一〇機を撃墜したとも言う。だが彼らにできたのはそこまでだった。

ガダルカナル島からエスプリッツ・サント島までさすがの零戦でも航続距離には余裕がない。燃料消費がはね上がる空中戦が可能なのは、一〇分から一五分が限界だった。

おそらく空母を出せたのなら、状況はまったく違っただろう。しかし、ダガルカナル島から出撃し、ガダルカナル島に戻らねばならない戦闘機隊は、まだ敵機が残っている戦場から離脱しなければならなかった。後ろ髪を引かれるのは当然だ。

だが自分たちが敵を深追いし、基地に戻ることができなければ、それだけ海軍戦闘機隊の戦力は低下する。搭乗員の錬成にどれだけの時間と手間がかかるかを考えるなら、彼らは死ぬわけにはいかなかった。

米海軍戦闘機隊の航続距離に限界があることもあり、第二組から四組までの三〇機の輸送機は、全滅だけは免れた。しかし、その三分の一が撃墜され、残りの半数もかろうじて飛行できるに過ぎなかった。銃弾を受け、着陸前に負傷した航空陸戦隊員も少なくない。

幾つかの機体では、墜落を免れるため、惜し気なく軽戦車が捨てられた。輸送機の誰もが戦車が投棄される現場を苦い思いで見ていた。だが、それが捨てられねばならない理由もわかっていた。ただ戦車が捨てられる分、犠牲者が増える。それもまた間違いのないことであった。

傷ついた輸送機の三分の一は、途中で墜落する。島にたどり着けたのは、わずか十数機に過ぎない。

前衛の一〇機が橋頭堡を確保していれば、作戦は実行可能と思われた。そうでなかったとしても、彼らは着陸できなければ墜落しか道はない。

だが、期待は大きく裏切られた。

「なんだ、あれは！」

「友軍機の残骸です！」

着陸を試みようとした輸送機の操縦員たちは、滑走路手前で炎上する幾つもの輸送機の残骸を目にした。そしてそれと同時に地上から恐ろしいほどの対空火器が放たれる。

輸送機の操縦員には軍属である新京航空の人間もいる。その中にはガダルカナル島の空挺作戦に参加した人間も含まれていた。

だが彼らは、この島の防御火器密度がガダルカナル島などとは比較にならないことを瞬時に悟った。数十門と思われる高射砲が自分たちを狙っている。高射砲により次々と輸送機が食われて行く。

しかも強行着陸さえできなかった。滑走路にはロンドンの二階建てバスのような背の高い戦車が並んでいる。

それはM3中戦車であった。日本軍との戦闘でM3中戦車が登場するのは、この時が最初と言われている。

戦車、それも複数の戦車がこの島の飛行場に存在するなど、第八艦隊はまったく予想していなかった。客船を沈めた以上、重機材の揚陸は大幅に遅れるものとの観測があったのである。

しかし、現実は現実だった。滑走路には、どこにどう侵入しても戦車と鉢合わせになる位置にそれらは配置されていた。

このままでは着陸はできない。しかも戦車はただ居座っているだけではない。その主砲の七五ミリ砲や三七ミリ砲で容赦なく輸送機を狙撃する。

この時の七五ミリ砲はＭ２野砲を改良したもので、装甲貫通能力はほとんど考えられておらず、歩兵支援戦車的な用途の主砲である。しかし、そんな火砲でも飛行機を撃墜するくらいの能力は十分にある。

じっさい戦車は輸送機が接近すると果敢に砲撃を始めた。一機の輸送機が斜めに強引な着陸を試みるが、それらは複数の方角からの戦車砲により撃破されてしまう。

だがその輸送機は、ただ撃墜はされなかった。そのままあくまで強行着陸し、戦車に体当たりしながら直進する。さすがにＭ３戦車も輸送機の体当たりを受ければ、ただではすまない。横転しながら、はじき飛ばされてしまった。

そしてそこに輸送機が着陸できる場所ができる。真っ先に着陸させられたのは、軽戦車を搭載している輸送機だった。対戦車戦に持ち込み、着陸できる場所を確保するという作戦だ。

この輸送機も戦車砲の砲弾を浴びたが、それでもなんとか大破しながら着陸はできた。すぐさま軽戦車が出動するが、事態はこれによりむしろ悪化した。

アメリカ軍も馬鹿ではない。日本軍が輸送機から軽戦車を投入するという戦術はすでに知られており、研究されていた。輸送機から出ると同時に、九八式軽戦車は

M３中戦車の三七ミリ砲弾を側面から受けてしまう。砲弾は装甲を易々と貫通し、戦車はその場で燃え上がる。

しかもこれにより再び滑走路は塞がれることとなった。悪いことにガダルカナル島の戦訓から落下傘による降下は今回は行われなかった。あとから考えれば、その危険性はわかるものの、作戦実行まで、誰一人として輸送機に全兵力を委ねることに何の疑問も感じていなかったのである。

輸送機隊は大混乱に陥っていた。滑走路に着陸できないとなれば、作戦の前提が崩れてしまう。ここで指揮官――本来の指揮官は戦死したので、次席指揮官――は滑走路への着陸を諦め、平坦地への着陸を命じた。

確かに島には滑走路以外の平坦地がある。それに元を質せば満州で、滑走路施設が十分でない場所での運用を織り込んだ旅客機をベースにしているだけに、確かに二式輸送機は並の航空機よりは着陸場所を選ばなかった。

ここで指揮官が帰還を選択せずに強行着陸を選択したことも、後知恵ではいくらでも批判はできる。だがこの時点でもまだ日本軍は、米軍の戦力を過小に評価していた。またガダルカナル島での二〇倍の敵兵力に勝利したという事実が、その理由の解析を抜きにして、一人歩きを始めていることも強行突入という判断を下させたと言えるだろう。

しかし、ここで指揮官の判断の問題点とすべきは、滑走路以外に着陸した点だろう。滑走路を強襲し、それを確保して増援を待つというのが基本的な作戦にもかかわらず、作戦の成否を握る滑走路の確保より着陸を優先させてしまったからだ。

はっきり言って、滑走路に戦車が立ちはだかっている時点で、作戦は失敗なのだ。ならばそのまま帰還するのがもっとも賢明な判断である。作戦目的が達成できないことが明らかな作戦を強行しても意味はない。

しかし、動いている作戦をやめるためには、聡明さ以上に揺るぎない意志の強さが必要だった。が、そこまで強くない多くの人間は、作戦の前提が崩れたとしても、作戦をそのまま進めてしまうのである。止める勇気に比べれば、続ける勇気などとるに足らない。

輸送機はこうして平坦地に着陸した。だがこれにより機体は分散、つまり陸戦隊員も分散することとなる。そして彼らが集結するよりも早く、M３中戦車をはじめとする陸軍部隊が海軍陸戦隊を攻撃し始めた。

空挺と完全武装の兵士、それも重火器の火力支援のある兵士とでは戦争にもならない。輸送機は砲撃され、軽戦車は最も敵の火力の集中を浴びる。何より部隊が分散したところを各個に撃破されたのだからたまらない。

こうして数時間で航空陸戦隊による空挺部隊は、一〇〇〇名以上の死傷者と三〇機以上の輸送機の損失によって終わる。作戦は大失敗だった。

後に明らかになったことは、このエスプリッツ・サント島の米軍兵力は一〇万近い規模であり、すでに基地建設は進んでいたということだ。第八艦隊がガダルカナル島の奪還作戦の影響で、主力部隊と判断したプレジデント・クーリッジの兵力は、主力ではなく単なる増援部隊なのである。

したがって、島には十分な食糧と武器と兵士が待っていた。レーダーだってある。そして何もない平野には一〇万人が生活できる町が作られていた。

第八艦隊も航空写真などで、島のことはある程度把握していた。ただ彼らは、町があることはわかっていたが、軍事施設はほとんど見当たらないために、島の駐留兵力が過小であるという先入観を抱いたまま、兵力が少ないという写真分析をしてしまっていた。

現実は、あまりにも部隊規模が大きいために、後方支援施設を都市と判断してしまっていたのである。何しろこの「基地」には四つの病院と大小合わせて四〇軒の映画館が並んでいたほどなのだ。他は推してしるべし。

　この「基地」よりも「都会」な場所など片手で数えられる程度しかなかった昭和初期の日本のことを思えば、写真分析で町はあっても基地はないと第八艦隊が判断してしまったのは、不可避とも言えるかもしれない。写真分析の過ちは、誰が悪いと言うよりも、日本が貧乏なのが悪いのだ。

　だが写真解析の過ちが貧乏のせいだとしても、索敵の軽視や先入観を持った作戦は、貧乏とは無関係だった。それは驕りが招いたのである。

「まぁ、ようするに、日本はアメリカに比べて貧乏な国であることが、作戦失敗の最大の理由だろう」

　大西瀧治郎は、そう言った。彼の表情に曇りはない。嘘は語っていない。つまり作戦失敗の根本原因が驕りにあるという自覚が全然ないことを、図らずも田島に語っていた。

「しかし、それでは第一航空輸送隊は壊滅的打撃じゃないですか」

「第一航空輸送隊って何？」

「何って……輸送航空隊ですよ。最初に編成された」

「ええとね、今月から海軍航空隊は輸送機の増加に合わせて編制替えが行われまし

て、輸送航空隊は一〇〇〇番台の番号表記になりました。第一航空輸送隊なんても
のは、もうこの世にはございません」
どうやら海軍首脳部にとって、今回の作戦失敗はもの凄いトラウマとなっている
らしい。航空隊の名称を変更して、第一航空輸送隊の存在自体を消してしまおうと
言うのだから。
まぁ、番号航空隊の話は田島も前から聞いてはいたが、どうやらこれ幸いと事態
を揉み消す道具として使われてしまったようだ。田島は、ふと不吉な予感を感じて
尋ねる。
「あのぉ、軍属として今回の作戦に参加した操縦員の何人かが、病気で面会謝絶と
なっているのですが、もしかして戦死してしまったのでは……」
「いや、それはないだろう。合同葬儀はやったんだろ？　海軍とて病人と戦死者の
区別ぐらいつくよ」
「そうですか、それはよかった。で、怪我の具合いはわかりますでしょうか」
「さぁ、怪我の具合ねぇ……誰がどんな怪我なのかまでは、儂（わし）もわからんよ。まぁ、
何にせよ年内には横須賀の海軍病院からは出られないよ」
「はぁ？　なぜ大西部長はそんな、年内は出られないなんてことを知っているんで

すか。病気や怪我の程度も知らないのに」

「ともかく年内は無理だろう」

田島は悟った。どうやら海軍は、この作戦失敗を徹底して秘匿(ひとく)しておきたいらしい。おそらく作戦に参加した生存者は作戦失敗の事実が漏れないために、横須賀の病院に隔離されているのだ。そうでなければ、軍属まで海軍病院に収容されるはずがない。

そして大西は、田島が海軍の事情を悟ったらしいことを、その表情から確認したらしい。田島はまたも思う。結局、田島は自分の知りたいことを大西から聞いているようでいて、その実、大西が知らせたいことだけを田島が聞くように仕向けているということを。

「どうして、そうまで作戦の失敗を隠さなければならないのですか？」

「別に作戦の失敗を隠しているのではない。今後の作戦遂行上、それが問題とならなくなるまで、今次作戦にかかわる情報を管理しているだけだよ。必要と判断されれば、情報は公開される」

それはつまり海軍が必要と判断しない限り、永久に事実は公開されないということである。必要かどうか、判断するのはあくまでも海軍なのである。大本営でも、陸軍でもなく、いわんや国民ではない。

「現にこうして田島さんには話しているじゃないか。必要な時と相手に対しては、海軍は隠しごとはしない」

田島は何となく共謀者と言われているような気がした。が、気がしたのではなく、じっさいそうなのだろう。

自分の会社は、陸海軍に飛行機を納入することで成り立っている。それどころか輸送機の大量受注で莫大な利益さえ生んでいた。資材の手配の問題さえなければ、工場を新設できる程度の利益があるのだ。

「ようするに輸送機の増産をいま以上にしろと？」

「そういうことだ。連合艦隊司令部や軍令部作戦課でも、輸送機で敵飛行場に強行着陸するような空挺作戦のやり方には反省が出ている。戦車まで輸送できるというのは大きな利点だが、まぁ、色々と再検討が必要なのは確かだな。それよりも輸送機は輸送機として運用することを忘れてはいかんということだ。足下を固めないとな」

おそらく大西は無意識にそんなことを口にしたのだろうが、田島はそこに海軍のいまの空気がうかがえるような気がした。

空挺の運用はとりあえず中止し、輸送業務に専念する。それは確かに結構な話ではある。

だが空挺部隊が基本的に攻撃部隊であることを考えるなら、そこには微妙な意味が含まれる。つまり海軍は開戦から続けてきた連合国に対する攻勢を、この作戦失敗を契機として、一旦停止するということだ。日本は攻勢限界点に達してしまったのだろう。

しかし、常に攻勢に出ることで、戦場のイニシアチブを握り、敵に反撃の機会を与えないのが海軍の戦略ではなかったのか？　だがその戦略を実行するだけの国力さえ、日本にはないのが現実らしい。やはり日本が貧乏なのが悪いのか。それとも貧乏なくせに分不相応な戦略を立てたのが悪いのか……。

「ところで第八艦隊からの報告で知ったのだが、例の六発陸攻の開発はなかなか進んでいるようだね。あの客船を爆撃したのは、そのための実験機だったというじゃないか。陸攻隊は壊滅的な打撃を受けたというのに大したものだ」

田島は目眩（めまい）がした。確かに大枠で事実関係は大西の言った通りだ。言った通りだが、合っているのは大枠でしかない。詳細はまるで違う。

実験をしていたのは動力銃座であって六発機ではない。しかし、大西の頭の中では、何かが着実に一人歩きしている。

「いえ、実験機ではなく、動力銃座の実験をしていた機体というだけです。まだ六発機は完成していません。せっかくの機会だからお見せしたいものが」

田島は大西を促した。

田島と大西がやってきたのは、工場の一角。ただし暗幕が垂れていて、内部は外から見えないようになっている。入口には警備の人間がおり、二人はそこから中に入った。

「おぉ、凄いではないか！」

大西部長は感嘆の声を上げる。

そこにあるのは六発機のモックアップであった。ただまだ完全な完成はしていないようで、あちこちで大工仕事の音が聞こえる。

「完成してから陸海軍の関係者の方々に公開し、意見を聞く予定なのですが、部長には特別にお見せしておきます」

なにしろ六発機、六発機とあんたが一番煩(うるさ)いから。

「いや、モックアップの公開については聞き及んでいたが……そうか、これか」

もちろんそのモックアップは六発機ではあったが、二式輸送機丙型を一回り大きくして六発にしたような輸送機型だった。

大西は大袈裟に驚いているが、冷静に考えたら、彼がこのモックアップの存在を知らないわけはなかった。何しろ彼は主要な関係者の一人なのだ。

基本的に航空機開発は海軍軍令部と航空本部、そしてメーカーの三者の話し合いで基本的な枠組みが定まる。つまり作戦面の必要性から軍令部が要求性能の概略を作り、航空本部とメーカーでそれを具体的な形にして行く。それから計画要求書がまとめられ、計画要求審議に回され、木型検査つまりモックアップの審査などを経て、ようやく試作命令が下される。

ただこの試作六発機——関係機関の色々な思惑が交錯しているので、陸攻とか輸送機とかいう用途についての説明はなく、単に六発機である——に関しては、軍令部よりも航空本部主導で動き出していた。航空本部・メーカーでアウトラインがまとまり、それから軍令部に話が行ったという形だ。

それで軍令部作戦課内部でヘソを曲げた人物がいたりして、色々と紆余曲折があり、連合艦隊司令長官筋の圧力やら何やらがあって、六発機開発のみがとりあえず進められることとなった。

航空本部が軍令部の了解も得ないで勝手に新型陸攻を開発していることへの反発と、軍令部内では艦隊決戦よりも現実には航空基地などの陸上施設の比重の高まりなどから鑑みて、二式輸送機は輸送機としての性能向上を求めていたことなどから、こうした結論になったのである。

それに軍令部は軍令部で、色々とメーカーに対してバランスをとらねばならない。陸攻は三菱がずっと開発し続けているわけで、ここでそれを川西に切り替えるというのはなかなか難しい。陸海軍高官にとって軍事産業というのは退役後の天下り先だったりもするわけで、現役時代にあんまりなことをしてしまうと、老後の生活設計にかかわってくる。

有力軍艦は三菱と川崎に、潜水艦は……やはり三菱と川崎にその他、駆逐艦はどこ、小艦艇はどこそこと、ちゃんといままでバランスをとってきたのだ。いまここであえてバランスを崩して波風は立てたくない。それが大人というものだ。

そうでなくても三菱の局地戦開発が遅れているところに、川西の局地戦が新規参入してしまったのだ。この上、陸攻も川西系列というのはちょっとまずい。

こういう背景もあって田島は開発期間の短縮のために、とりあえず六発輸送機の線でモックアップを製作していた。軍令部が了承すれば、試作命令は出されるはずだ。

「いやしかし、話には聞いていたが、実物大となるとやはり違うな」

確かにそうだとは、田島も思う。全幅で四〇メートルを越える六発機だ。これとて極力小さく製作してこれなのだ。小さく作るのは、その方が安いのと資材を食わないからだ。それと過去の開発経験からいって、航空機は大きく開発したものを小型にするのは非常に設計が困難なのに対して、小型のものを主翼や胴体の延長で大型化するのは、まだしもいささかながらも楽なのである。

輸送機でさえ、甲乙丙と三種類も短期間に開発させられた田島としては、六発機だって様々なヴァリエーションを要求されると考える方が安全だったのである。

「どうだね、試作命令がおりたら年内に試作機はできるかな？」

「残念ですが年内は無理です。もう秋なんですからね。治具の製造から始めなければなりません。年内に試作機一機は無理です」

「一機もか？」

「一機もです。ただし、春前には試作機五機程度なら何とかなるでしょう」

「春前に五機が可能で、年内は一機も無理なのかね？」

「実製作期間よりも、製作のための試作準備期間に時間がかかりますから。年内はそれで終わるでしょう。逆にその準備さえ終わるなら、一機作るのも五機作るのも時間に大差はありません」

「そういうものなのかねぇ……」

「模型飛行機だって、ばらばらに五機作るより、準備を整えて一気に五機作る方が簡単じゃありませんか」

「あっ、なるほど。そりゃそうだ」

こんなたとえで納得しないでくれよと、田島は思う。あんた航空本部の部長だろう。

「しかし、試作機はあくまでも六発の輸送機であって、陸攻にするためにはさらに時間が必要ですが」

「その輸送機に武装はつくのかな？　固有の機銃とか？」

「試験用に非武装の機体も作りますが、基本的に輸送機として動力銃座を装備することになっています」

「そうか、なら輸送機として頼もしいな。輸送機としてならば、年度末にも量産にはいれるかね」

「年度末、春先までにですか。持続した生産は可能です。ただ大量生産となると何とも……」

「何か問題でもあるのかね？」

「六発機を量産すると、現在量産中の二式輸送機丙型の生産機数が低下します。大型機はそれだけアルミの消費量も多い。しかも四発より六発は五割もエンジンが必要です。六発機二機生産するエンジンで、四発機なら三機生産できます。エンジン生産を一夜にして五割増やすことはできません。

ですので、六発機の量産は四発機の生産数を減らす覚悟が必要です。まぁ、アルミ材を五割増しで手配していただけるなら話は別ですが」

「それは無理だよ。うーん、オーストラリア北部を占領できればボーキサイトは取り放題なんだろうがなぁ」

田島はいまの大西の発言は聞かなかったことにした。おっさん、自分、何いうてるか、わかっとんのんか？

そう、アルミの問題は確かに頭が痛い問題だった。田島のホームグラウンドである満州にもボーキサイトはない。ただアルミナを含有する礬土頁岩（ばんどけつがん）などはあり、その工業化には戦前から着手はされていた。しかし、ボーキサイトからのアルミ生産に比べると、礬土頁岩などからのアルミ生産は容易ではなく、現実問題として工業化と言うより試験段階と言うべきものであった。

戦域全体で考えれば、日本の占領地ではパラオや蘭印、マレー半島などでもボーキサイトは採掘されたが、輸送能力その他の問題や、生産設備面のネックから生産は思うほど伸びていないのが実情だった。

これはアルミにかぎらない。工場機械設備の手配がつかないことが鉱工業生産の増産の足を引っ張るようなことが、この時期の日本とその周辺では数多く見られた。

もっとも田島にしても、そこまでの事情は知る由もない。それどころか大西少将レベルでも工業生産の全体像や、こうした問題点はほとんど把握していなかった。権力集中を嫌った明治憲法下の国家機関は工業社会全体を俯瞰する存在を欠いていた。それは軍部も例外ではない。

「それほど六発陸攻が必要なのですか？」

田島には、その辺がいまひとつわからない。航空本部はどう考えているか知らないが、軍令部は輸送機の陸攻化よりも輸送機は輸送機としての性能の向上を求めている。そんな中で作戦を立案する軍令部がにわかに陸攻化を推進するとは考えにくい。航空本部がどうであれ、軍令部が動かなければ陸攻化はない。

「いや、将来的には爆撃機なり陸攻にするとしても、当面は輸送機でいい」

「六発輸送機でよろしいと？」

「六発機そのものが新機軸なんだ。そのうえ陸攻化までというのは、開発としても容易ではなかろう」

大西部長もちょっとはまるで航空本部の幹部みたいなことを言ってみる。まぁ、じっさいに幹部だけど。

「それに、いましばらくは輸送機こそ必要だ」

「輸送機が、つまり先の空挺作戦の大失敗のせいですか」

「先の空挺作戦の大失敗って何？　公式にはそのような作戦の失敗などないのだよ。エスプリッツ・サント島に関しては、敵兵力を同島に圧迫し、初期の作戦目的を達成したので、我が海軍としては隷下の航空兵力をガダルカナル島に転進させようとしているだけだが」

「左様ですか……」

田島としては言いたいことは色々とあったが、大失敗を彼のごとく見事に言い換えられる国語力の持ち主と議論をしても口では勝てないので黙っていた。

「それでガダルカナル島に兵力を転進させるのに輸送機が必要と言うことでしょうか。しかし、それなら既存の輸送機でも十分かと思いますが」

「当面は、そう言えるだろう。いましばらくは航空輸送能力の増強が愁眉(しゅうび)の急だからな。ただこれから先の航空戦は、より激烈になる可能性が高い。既存の輸送機も、もはや非武装では通用しまい。多少の性能低下を招くとしても然るべき水準の固有兵装の充実は必要だろう。必要であれば、装甲の増設も覚悟せねばなるまい」

「固有兵装とはどの程度のものを？　七・七ミリ機銃などですか」

「いや、そんなものでは何の足しにもなるまい。軍用機ならまだしも、旅客機から派生した輸送機だ。敵戦闘機との闘いでは、逃げられないと考えるべきだろう。だとすれば、敵機を撃墜できないまでも近寄らせないだけの火力が必要だ。最低でも例の動力銃座による二〇ミリ機銃四門は必須だろう」

大西は簡単に言ってくれたが、田島にはそれはかなり難しい問題と思われた。

そもそもレイアウトに難がある。客船を沈めた輸送機の動力銃座は、甲型に取りつけられていたものだ。胴体下部と地面との間にストロークがあるから装備できた。しかし、現在製作の中心となっている丙型は胴体下部と地面とのストロークがほとんどない。胴体下部に動力銃座を装備しないか、さもなくば引き込み式にするかどちらかだ。

確かにあの動力銃座は照準機と連動して銃座が旋回するという、非常に高度な機能を持った装置だ。それは間違いない。多数の真空管を用い、かなり精密な装置である。それだけに機体表面に出ている部分こそ小さいが、本体はかなりの大きさだ。それを既存の輸送機に取りつけるとすれば、速力ばかりか、重量・容積の面で輸送機本来の性能低下は無視できまい。

そこまで考えて、田島は六発輸送機の位置づけが見えてきた。既存の輸送機の輸送能力を維持しながら、生存率の高い輸送機を求めるならば、機銃や装甲による性能低下を五〇パーセント増強したエンジン出力で補う六発機しかないわけだ。陸攻化を急がないと言うよりも、輸送力増強が急務になった。それが六発機の真相だろう。

「我々はガダルカナル島の要塞化を計画している」

「要塞化……砲台でも作るのですか？」

「……まぁ、そういうものも作ることになるかも知れないが、要塞化とは航空基地による要塞化だ。ラバウルに匹敵するような一大航空基地をガダルカナル島に建設する。そしてそこを拠点に再度、我が軍は攻勢に出るのだ。航空基地のみならず、軍港も整備することになろう。

この段階でも米豪を遮断とまではいかないだろう。しかし、オーストラリアに対するアメリカからの物資補給は大きな掣肘（せいちゅう）を加えられることになる。対ガ島での戦闘に備えなければならず、否応なくポートモレスビーをはじめとするニューギニアでの敵航空兵力の圧力は低下する」

「つまりガダルカナル島の要塞化により、米豪遮断への布石を打つと共に、ニューギニア戦線の整理を行うということですか？」

「その通りだ。そのためには迅速な部隊の展開と補給支援体制の確立が不可欠なのだよ。その鍵を握るのが二式輸送機やこの六発機だ」

輸送機を投機的な空挺作戦に用いるのではなく、堅実な輸送任務に従事させる。田島は、それがひどく真っ当な意見であることを認めないわけにはいかなかった。ただ問題は、失われた輸送機の穴を早急に埋められるかどうかという点にある。

確かに精力的に輸送機の量産には努めては来た。しかし、一つの作戦で一気に四〇機近い損耗を受けるとは予想もしていない。四〇機と言えば、いままで生産してきた輸送機全体の三割に当たる。それ以外にも戦闘などによる損耗分があり、稼働機全体の割り合いで見れば、その半数近くが失われたと言って良いだろう。

はっきり言って、いま海軍全体で稼働状態にある輸送機は、二〇機を割り込んでいるはずだった。果たしてそれでガダルカナル島の要塞化などできるのだろうか？

大西に対して田島が言えるのは、必ずしも彼の期待した答えではなかった。

「最善は尽くします。それ以上のことは確約できません」

大西は何か言いたげだったが、何も口にしなかった。

田島は改めて六発機のモックアップを見る。果たしてこの先、いままで通りにアルミの配給はあるのだろうか。

「最悪、鉄パイプに帆布張りや木製輸送機も考えねばならんかもしれないな」

この戦争が長期化しすぎれば、それは決してあり得ない想定ではなかった。少なくとも田島は、そう感じていた。

第二章　要塞化計画

昭和一七年秋。「海軍航空隊令」や「海軍艦隊令」の改訂と「海軍輸送航空隊令」の公布により、旧第一航空輸送隊司令官の河合大佐の周辺は、書類の上では大きく変わっていた。

まず、河合大佐は一〇月一日を以て海軍大佐から海軍少佐となる。そして同日付で第一航空輸送隊司令官の職を解かれ、即日で海軍第一〇〇一航空隊司令官の職を拝命することとなった。

しかし、当の河合大佐にとっては九月三〇日と一〇月一日で何が変わったということはなかった。第一航空輸送隊の所在地はラバウル。そして海軍第一〇〇一航空隊の所在地もラバウル。一〇〇〇番台航空隊の任務が航空機による輸送任務であることを考えると、変わった点は何もなかった。

もちろん布告された「海軍輸送航空隊令」などによると、輸送航空隊司令官は少将の職である——これ以外の海軍航空隊司令官は、他の戦隊などと異なり、大佐もしくは少将が司令官に就くと法的に定められている——となっており、その職域も広範囲にわたっていた。

特に他の「海軍航空隊令」と異なっているのは、「海軍輸送航空隊令」では、然るべき人数の幕僚が司令官に認められていたことだ。兵科の人間は少なかったが、通信科・主計科の将校・下士官はかなり充実しており、さらに備考として司令官が必要と認めた場合には、軍属として然るべき人材を雇用する権限も与えられていた。

これは輸送航空隊が従来の航空隊と性格が異なることが大きかった。輸送航空隊は人や物の移動が主要業務だ。しかし、これは言うほど簡単な作業ではない。物を運ぶというのは、その前提として「必要な時に必要な物を必要な場所」に運ぶことを意味するからだ。

だからこれを実現しようとすれば、どこに何があるかを把握すると同時に、どこで何が必要とされているかも把握しなければならない。河合司令官自身、輸送航空隊の業務に就いてわかったことは、輸送航空隊の主要な仕事のほとんどは輸送機を飛ばすことではなく、物品管理であったことだ。

本土や大規模な基地と前線の間の企業や需品部などとの折衝こそ、業務の中心であり、どこからどこまで、何をいつどれだけ運ぶかが決まってしまえば、仕事の八割は終わったも同然。昔は定期的に定数通り運べば事はすんだ。しかし、総力戦となり、物量がものをいう現在の戦争では、どんぶり勘定では補給はできない。無駄な輸送を省かねば、戦争には勝てない。

たとえば現地の状況も把握しないで定数通りに運ぶとする。しかし、そこでは部隊の増援があって、燃料弾薬の消費量が増えていた場合、定数通りではせっかくの増援部隊も実力が発揮できない。

しかし、物が足りないというのは、じつはまだましな方だ。厄介なのは余る場合。たとえば敵襲で大砲の大半を失った陣地に定数通りの砲弾を運んだとしても、それは何の意味もない。そればかりか、そんな戦場に砲弾を運んだばかりに、本当に砲弾が必要な陣地には必要な量が供給されなくなる。そういう点で砲弾は二重に無駄になる。

アメリカのような国なら、こういう無駄があっても戦線は動くかも知れない。しかし、国力に劣る日本では、こうした補給情報の不備によるミスマッチはあってはならないのである。だからこそ主計や通信の人間が大半を占める。

この難しい問題を解決することに比べれば、輸送機を飛ばすことなど容易(たやす)いことだ。敵戦闘機に襲撃され、輸送機が撃墜されたとしても、損失は撃墜された機体だけで済む。しかし、主計科士官の需品管理業務が止まれば、戦域レベルで戦線が麻痺してしまうのである。

派手な航空機搭乗員——も輸送機となるとかなり地味な方だが——よりも、地上勤務の地道な業務の方が、はるかに重要でかつ困難だった。

しかも他の航空隊と異なり、輸送機も管理業務を行う人間も司令部所在地にいるわけではなかった。じっさい河合司令官の部下に相当する人間は、組織としては多かった。しかし、ラバウルにいるのはそのごく一部。大半は前線部隊の需品部と共同で作業をしている。

分遣隊の一つはトラック島にあり、最前線部隊であるにもかかわらず、日本にも分遣隊は置かれている。主計科に並んで通信科の人間が多いのも、このためだ。

じっさい辞令は一〇月一日付ではあったのだが、こうした需品管理業務の拡大と整備のため、海軍第一〇〇一航空隊としては、すでに先月から活動は開始していた。前線の激しさを考えるなら新編成での作業は早いほど良い。一〇月一日では遅すぎるのである。

「司令官、これが調査結果です」

整備課の岡部機関少佐が報告に現れたのは、一〇月一日の午前の早い時間帯だった。

「八機……本当にこれだけしかないのか！」

「それだけしかありません」

「しかし、整備長、おかしいではないか。確かに例の作戦で四〇機近い輸送機が失われたが、それでも少なくともこの倍の機数はあるはずでは……」

「物理的実体を伴っている機体は、司令官のおっしゃる通りです。しかし、稼働機は八機です。我が航空隊が現在運用可能な機体はこれだけです」

「そうか」

河合司令官は、そう言うと、崩れるように椅子に座る。しかし内心、それほどのショックを受けていなかったのも事実だった。

それはある程度、予測できたことだからだ。

それまで旧第一航空輸送隊がエスプリッツ・サント島攻略作戦にかかわるまでは、輸送機による補給業務は何とか軌道にのりかけていた。しかし、攻略作戦が失敗し、四〇機近い輸送機が失われてしまうと、その後の業務は著しく支障を来し始めた。あちこちの基地からの苦情も多い。

さすがに第八艦隊からの苦情は公式にはなかったが――あったら、まず神主席参謀を手始めに艦隊司令部全員を血祭りにあげてやると河合司令官は半分本気で考えていた――ニューギニア方面の部隊からの補給要請は、それが切迫しているだけに河合には辛かった。

だから残存機で限界まで補給を行った。そしてそのツケが、稼働機八機という結果である。

「はっきり申し上げまして、稼働機に含まれていない飛行可能な機体の幾つかは、そのまま日本に戻し、アルミ資源として再生した方が良いような状況です」

それもまた悲しいが現実だ。河合司令官は、岡部が口にしないもう一つの状況も知っている。機体が酷使されるということは、搭乗員も酷使され、需品管理業務の人間たちも限界であるということだ。

特に需品管理の主計官たちはそうだ。要求のあるところに必要なだけ物資を送る。それが彼らの仕事であり、それをこなしてきたことが彼らの誇りでもある。だが稼働輸送機が八機では、それは不可能だった。

前線では切迫した補給要請が次々と届いていた。エスプリッツ・サント島攻略作戦は、他の戦線からも戦力を抽出した作戦だけに、その後遺症は広範囲だった。だからこそ、どこの戦線も戦線維持のためだけでも物資や人材を必要としている。そして物に話をかぎれば、必要な量は確保されていた。ただ輸送機不足で運ぶ手段がない。

だから彼らは血を吐くような支援要請さえ、時に黙殺しなければならなかった。最も切迫している戦場に、最も困窮している物資を運ぶ。自分たちが黙殺した相手で、自分たちが運ばなかった物資により戦死者が出ている。その事実を目の当たりにしながら、彼らは選別をしなければならなかった。

神であれば、それは容易な仕事であったかもしれない。だが自分の采配一つで同胞が死ぬという事実は、人間にはあまりにも過酷な作業であった。だがその過酷な作業をしなければ、助けられる人間さえも死ぬ。彼らは全滅を避けるため、一〇〇人を救うために一〇人を犠牲にするという現実の中で作業をしなければならなかった。

「増援はどうなっているでしょうか、司令官?」

「来週、五機が支援物資を積んだままラバウルに到着するそうだ」

「それでも一三機か」

一三機という数字は失われた四〇機の三分の一に過ぎない。ないよりはましだが、お世辞にも十分と言えるような数ではない。

　すでに海軍中央では第一〇〇二空や一〇〇三空の編制を進めているらしいが、輸送機の数がネックになるのと、業務の輻輳（ふくそう）から作業そのものはあまり進んでいないらしい。それに一〇〇二空などはフィリピンやシンガポール方面を主に担当するため、この部隊が編成されても河合司令官の抱える問題は解決しそうにはなかった。

　いちおう一〇〇三空が一〇〇一空の支援部隊らしいのだが、中央では部隊の新編よりも一〇〇一空の増強が優先されるという意見も強いらしい。

　非公式に聞かされた話では、この一〇〇〇番台航空隊も早ければ年内に解隊されるらしい。そのかわり航空輸送業務の一元化を目的に、航空輸送艦隊を別に設けるという話が進んでいるという。これは需品管理業務の強化と共に、南方の資源地帯からの物資輸送も業務の一環として組み込まれるという。

　もっともこの資源輸送という点に関しては、河合司令官は大いに疑問があった。二式輸送機を用いたとしても、貨物船一隻分の物資を輸送するのに三〇〇回は飛行しなければならない。燃料のことを考えると、どうにも割に合う話とは思えなかった。だが船舶不足が深刻なこともあり、希少物資などについては航空機輸送によるメリットは大きいらしい。

もっともまだ編成されてもいない部隊の業務にあれこれ頭を悩ませる余裕は、いまの彼にはなかったが。

「もう少し輸送機の補充はないのでしょうか、司令官」

「それは私も第八艦隊経由で何度も要請しているが、そう簡単にはいかんらしい。フィリピン、シンガポールでも輸送機は必要だ。それに生産された機体の半数は、陸軍に送られている。工場はすでに二四時間で動いているそうだが、戦線の拡大で輸送機の損耗が増えているのが問題らしい。せめて中央が南方向の輸送機をこっちに回してくれれば少しは楽になるのだが……」

「そうですか、でもまぁ、南方では仕方ないですか」

「整備長、どうして南方なら仕方ないのだ？」

「司令官はご存じありませんか？　問題は石油なんですよ」

「石油？」

岡部機関少佐が語った話は、河合にはまったく意外な内容だった。

「あの、神とかいう男、今度会ったら生かしちゃおかん！」

その話とは、このようなものだった。

昭和一六年九月一七日。陸軍参謀本部から辻政信中佐と種村佐孝中佐が軍令部を訪れた。「占領地行政指導要領案」を海軍と話し合うためである。要するに南方の資源地帯を占領した時、誰がどこを担当するかの話し合いだ。この時、海軍軍令部側の代表が軍令部一部一課の神重徳中佐であった。

この話し合いの席には、陸軍側はもちろん海軍側でさえ石油の専門家が一人も同席していなかった。陸海軍の兵科将校だけで、この占領地行政の区域分けが進められる。

ここで南方における石油産出量の五二パーセントを占めるスマトラは陸軍の担当となり、海軍が担当するのは南ボルネオと決まる。ここでの石油生産量はスマトラの五二パーセントに引き替え一八パーセントに過ぎなかった。この時に専門家がいれば、交渉内容もまた違ったのであろうが、そういう人材はいなかったため、海軍は一度はこの原案を了承する。

ところが軍艦を扱う関係上、海軍の方が石油技術については精通しているという事情と、何よりも海軍の方が陸軍の一二倍もタンカーを有しているという事実が明らかになる。

スマトラでいくら石油が生産できても、運ぶ手段は海軍の一二分の一なのである。じっさい陸軍の占領地では輸送手段もなく、タンクも不十分で川に石油が流れることさえあったという。

ともかく海軍は、神中佐を担当としてあわてて再交渉を試みるが、参謀本部の辻中佐他は、頑として受け入れない。「そんなことを言うなら他の協定でも海軍に協力しないぞ」と子供みたいなことを参謀本部が言い出すに至り、実に昭和一七年の春まで激論が続いていたのであった。

ただ幸いなことに陸軍南方燃料廠総務部長の岡田菊三郎大佐や山田清一南方燃料廠長といった現地の責任者が理解ある——と言うか大局的に物が見えた人たちなのだろう——人々だったので、海軍は何とかそこから作戦に必要な石油を手に入れることが可能となっていた。

このため海軍の輸送機がスマトラにタンク材料など石油関連機材を陸軍側に空輸し、帰りには石油を日本に運ぶか、あるいはそこからさらにボルネオに移動して航空機用燃料を空輸するという計画がすでにできあがっていた。

これも専門家不在で計画を立てた意外な効能だったが、参謀本部も軍令部もどういうわけか、ボルネオには航空機燃料に利用できる揮発成分の高い石油はないと思い込んでいた。ところが航空機燃料用の石油がとれることは、専門家には既知のこと。さらに海軍が占領した段階で、オクタン価の高い航空機用燃料をタンク二つ分も手に入れることができていた。ちなみにこのタンクの燃料で珊瑚海海戦は闘われ、ポートモレスビー占領作戦が実行されている。

このように将来的にはスマトラの石油もタンカー輸送するとして、そのための布石として航空機による機材輸送と航空機用燃料輸送が行われていたのであった。航空機で航空機燃料を運ぶという恐ろしく効率の悪いことをやっているのも、このためだった。

「あの主席参謀、アメリカのスパイじゃあるまいな。米軍でさえ、我が海軍に対してこれほどのダメージは与えておらんぞ」

「まぁ、そう熱くならんでください。主席参謀だけが悪いわけじゃないんですから」

「それにしてもだ……まぁ、いい。あんな奴のことをあれこれ考えてもはじまらん。それより来週の五機に期待しよう。工場から送り出されたばかりの新品だそうだ。それに……」

「それに？」

「この五機の輸送機のうち、ガダルカナル島要塞化の要となる秘密兵器が運ばれてくるそうだ。詳細は不明だが、これが届けば、中部太平洋の航空戦は一気にけりがつくらしいぞ」

「そんな新兵器が、本邦にあるんですか？」

「まだ試作段階だそうだ。だが実践での経過さえ良ければ、本格的に量産されるという話だ。そうなれば輸送業務もずっと好転する。戦力の消耗が減るわけだからな」

「無事に届いて欲しいですね」

「いや、無事に届けねばならん。それが我々の仕事だ」

「秘密兵器を護衛するのか……」

渡部飛行隊長は、木造の粗末な小屋の中で、その命令文を受け取った。丸太を組み合わせただけで、製材さえされていない。それでもここは航空隊の指揮所である。もっとも渡部少佐をはじめ、不平を言う航空隊員はいない。このガダルカナル島では、ちゃんとしっかりした屋根のある建物で生活できるだけでも、恵まれた境遇と言えるのである。

「どんな秘密兵器なのでしょうか？」

飛行士の木佐貫大尉が、期待を込めた表情で尋ねる。ラバウルにガダルカナル島要塞化の切札となる秘密兵器が届いたらしいことは、輸送航空隊の搭乗員からも耳にしていた。

「そこまではわからん。輸送機に収まるくらいの機械だろう。ここでの試験結果が上々なら、量産されるという話だ」

「そんな新兵器が密かに開発されていたんですか、技研もやるな」

「もっとも噂では占領地にあった英米の機械をずいぶんと参考にしたらしいがな」

「そうですか。でも、大丈夫なんでしょうか。我々が占領した場所にあったということは、我が軍の攻撃を阻止できなかったわけですよね」

「それは何とも言えまい。たまたま使い方が悪かったのかもしれない。あるいはその新兵器がないところを我が軍が攻め落としたのかもしれないだろう。まぁ、何にせよ、上がかりな力を入れているところからしても、画期的な装置には違いあるまい」

「そんなのが来たら、ここの士気もあがりますかね」

「わからん。しかし、そう願いたいな」

昭和一七年一〇月中頃。渡部大尉は少佐となり、一群の戦闘機隊を率いてガダルカナル島にあった。

隷下の戦闘機はお馴染の二式局地戦一一型ではなく、二式局地戦二二型となっていた。ロハ一七発動機の改良型と実戦での不都合を改修した機体を組み合わせたのが、この二式局地戦二二型である。機体の改修は、携行弾丸数の増加と搭乗員の生存性を高めるための装甲の装備などである。

エンジン馬力の余裕が、こうした装備を可能とした。こうでもして生存性を高めねば、航空機搭乗員の減少は、海軍中央では統計的に、現場では実戦という形で顕在化していたからだ。

ガダルカナル島での渡部少佐の部隊は、局地戦は新鋭機になったものの、機体の数はあまり増えていなかった。一二機だったものが、一八機になっただけだ。局地戦一八機の移動にともない、それまでいた零戦隊はラバウルへと帰還した。

制空戦闘機と防空戦闘機では求められる機能が異なる。もともとエスプリッツ・サント島攻略の支援として派遣された零戦隊であり、それがガダルカナル島の要塞化となれば、局地戦の出番となる。

つまり零戦隊から二式局地戦への転換は、そのまま現状におけるガダルカナル島の意味を表していた。

渡部少佐らは、ラバウルからガダルカナル島へ飛行して来た。そのことからも海軍の基地設営についていささか疑問を感じていた。ガダルカナル島を占領したために、海軍はその中間地点への航空基地建設が遅れがちになっていたためだ。ブーゲンビル島のブイン、ショートランド島のバラレ、ニュージョージア島のムンダに飛行場を建設しようという動きが本格化したのは、やっとエスプリッツ・サント島での敗戦後なのである。

これらの基地は着手そのものはもっと早かったらしい。しかし、戦局が有利に展開する中で、ガダルカナル島まで奪還してしまったため、建設が後回しになったのだ。海軍当局としては何よりもまず、ガダルカナル島の要塞化を進めなければならないと判断していた。いきおい設営隊や機材の補給も、それが中心となる。

おかげで渡部少佐らは二式局地戦に増槽をとりつけ、最も経済的な速力で飛行して、やっとガダルカナル島まで飛んできた。何しろ零戦でさえ、タイプによってはラバウル・ガダルカナル島は航続距離不足という現実がある。

上の人たちの算盤では、計算は合っているのかもしれない。だがそれは計算が合っているのではない。末端の人間に計算を合わさせているだけなのが実情だ。

計算を合わせると言えば、この要塞化されつつあるガダルカナル島がまさにそれだった。要塞化されつつあるという言葉の意味は、まだ要塞ではないということだ。じっさい状況はあまりはかばかしくない。敵の攻撃を受けながら、設営作業を続けるため工事は遅々として進まない。むろん局地戦の奮戦で大規模な被害は被らずに済んでいるが、無傷とはいかなかった。

一つだけありがたいことは、敵の航空基地も遠いため、爆撃機は護衛戦闘機なしで攻撃にやってくるということだ。こちらも無傷ではないものの、あちらの爆撃機隊の損害も決して無視できる水準ではないはずだ。

ただ、敵のB-17などを撃退するのはいい。問題は撃墜した場合だ。

敵のパイロットは何を考えているのか、いよいよ最後となると、ほとんどが建設中の滑走路に突っ込んでくる。着地と同時に爆弾が誘爆したこともある。だが爆弾が起爆することもなく、ただあちこちに不発弾をばらまいて機体が大破することも何度かあった。

建設作業への支障というと、こっちの方がはるかに厄介だった。爆発したら、穴を埋めれば事は済む。しかし、爆弾がばらまかれるという状況は、まず爆弾がどこに落ちたかすべて確認せねばならず、その上で、一つ一つを処理することになる。

　信管を抜いて丁寧に不発弾処理などという手間のかかることはやっていられず、多くは発破を仕掛けて誘爆させる。一度、機銃弾を撃ち込んだことがあったが、爆薬の組成によるのだろう、機銃弾を撃ち込んだくらいでは誘爆は起きなかった。だからダイナマイトで発破を仕掛ける必要があったのだ。手間のかかることおびただしい。

　とは言え誰にも局地戦部隊に場所を選んで撃墜しろとも言えなかった。やり場のない怒りという奴で、設営隊員にはフラストレーションだけがたまる。

　じつを言うとガダルカナル島の基地内の空気は、戦場という条件を差し引いても、必ずしも高い士気を維持しているとは言えなかった。正確には、士気には人間によりかなりの温度差があった。

　渡部少佐らの部隊は、確かに士気は高かった。二式局地戦で敵重爆を撃破し、時に撃墜する快感は間違いなく士気を高めた。同時に二式局地戦への信頼感も高めていた。

　整備をはじめとする、航空隊の飛行科以外の人間たちの士気も低くはなかった。良くも悪くも一八機しか局地戦はない。もともと海軍の戦闘機の考え方で言えば、制空戦闘機としての零式艦上戦闘機こそが主流であり、二式局地戦闘機のような戦闘機は良く言えば支援戦闘機、悪く言えば傍流である。

製造メーカーの川西にしても、二式局地戦闘機で実績を積んでから、陸海軍に対して三菱や中島と伍する戦闘機受注競争を行おうと考えていた。だから量産されるにせよ、その数は限られたものだというのが、メーカーをはじめとする多くの人間の認識だった。

ところがいざ蓋を開けてみると、ニューギニア方面など基地防空のための航空戦こそが制空戦闘よりも多発し、ここに重爆殺しの専門家としての二式局地戦がにわかに脚光を浴びることになる。

だが脚光を浴びたと言っても一夜にして量産体制が整うはずもなく、なおかつロハ一七発動機は四発の二式輸送機も使うため、主にエンジン生産がネックとなって生産数はそれほど伸びてはいなかった。

輸送機の生産を減らせば、局地戦の生産は増える。しかし、いまの海軍にとって輸送機生産もまた最重要課題であった。

幸か不幸か、ロハ一七発動機は、川西が独自技術で開発した――ぶっちゃけた話、川西傘下の下請工場に大出力エンジン開発を担える企業がなかったのが最大の理由。

部品の外注が期待できなければ、何としてでも内製しなければならない――後の世で言うトランスファーマシンを使って生産されていたため、三菱や中島がロハ一七を量産するわけにもいかなかった。

むろん川西もトランスファーマシンの増産はしているが、工作機械の入手難もあり、本格的な増産にはなお時間が必要だった。つまり当分は、大規模な二式局地戦の配備はなく、整備員たちは、いましばらくはこの一八機を丹念に扱っていれば良い。

トランスファーマシンで量産されているため、ロハ一七は部品の精度と信頼性が高く、整備も楽だし、いざとなれば部品の共食いで急場を乗りきることができた。

結局、航空隊は内部の飛行科が十分に活躍できる環境を他の科が作り出すシステムだ。だから飛行科が結果を出せば、部隊の士気はあがる。だからこそ整備や他の科の人間たちは、飛行科の搭乗員たちよりも劣悪な宿舎でも我慢することができた。

だがひとたび目を設営隊に転じると、状況は一変する。海軍設営隊と一言でくくっているが、その内情は技術士官をはじめとする一部の海軍軍人と、現場の作業を行う大多数の軍属からなっていた。そして設営隊内部では、軍人である技術士官らと軍属の待遇の違いはあまりにも露骨であった。

軍人は屋根のある宿舎で生活できるが、軍属は掘っ立て小屋か天幕生活。なぜならば設営隊員は、まず航空隊の兵員の住居を優先的に建設させられ、ついで技術士官らの住居を建設し、それから滑走路の建設作業に入って、空いた時間で設営隊員の住居建設に当たることになっていたためだ。

住居も違うのだから、当然ながら食事の待遇も違う。軍人と軍属だから扱いも異なる。しかも戦地では軍人には家族などに恩給も出るが、軍属では見舞金があるだけで、戦死でもすれば家族は路頭に迷うよりない。軍民というより官民の待遇格差は、戦場という場でより鮮明となっていた。

じっさい大きな問題が起こりかけたことがあった。

設営隊員の中で、一部の人間がボートを無断で持ち出し、ダイナマイトを海中に投げ込むという荒っぽい密漁を行ったのだ。収穫は大漁。設営隊員たちは嬉々として自分らの獲物を仲間のもとに持って帰った。

ところが無断で漁に出たことを咎(とが)めた設営隊長により、それらの魚はすべて没収されてしまう。それだけならまだ良かった。隊員たちを激怒させたのは、その次。設営隊長はそれらの魚を自分たちだけの食事にすると共に――生ものということもあって――渡部少佐らの部隊にも分けたのである。もちろん魚は航空隊員たち、特に将校以上の食卓に上ることとなる。

設営隊長にしてみれば、海軍士官や将校が軍属より優遇されるのは当たり前のことだったらしい。帝大の土木工学を修めた海軍技術士官の設営隊長にしてみれば、設営隊員の軍属など所詮は人足風情でしかない。

食べ物の恨みは恐ろしい。設営隊員はストライキを宣言しかけるところまで事態は悪化したのだが、渡部少佐が両者の仲介を買って出て、なんとか話は収まった。帝都を襲うB - 25の群れを単機撃墜した空の英雄、渡部飛行長の仲介となれば、軍属たちも話を聞こうという気になる。

結局は、設営隊員にボートで魚を捕ることを認め、捕った魚は基本的に彼らのものという線で話はまとまった。

ただそれ以来、設営隊員たちは、航空隊には魚を分けてくれるが、設営隊の技術士官たちには海藻一本渡さなかった。設営隊内部の人間関係は、お世辞にも良好とは言いがたかった。渡部や木佐貫にしてみれば、新兵器でこうした事態が変わってくれればと期待するのも仕方がないことであった。根本的な原因は、彼らにはどうしようもないのであるから。

ガダルカナル島の滑走路から、輸送隊をエスコートするために飛び立った二式局地戦は六機だった。飛んでくる輸送機は三機だから、局地戦二機で輸送機一機を守る計算だ。

完璧を言えば一機に対して局地戦三機だが、そこまでの余裕はない。それに留守を敵航空隊が狙うことは十分に考えられるから、エスコートに割けるのは六機までだった。

ラバウルから途中までは零式艦上戦闘機がエスコートする。それを途中で二式局地戦闘機にバトンタッチするというのは、あまりにも遠距離飛行では零式艦上戦闘機といえども十分な空中戦ができないためである。

ラバウルの零戦にも三二型や二二型などが混在しており、どれもが足が長いと言うわけではない。また足が長い機体だけで部隊を編成できるとも限らない。手持ちの戦力で何とかしなければならないのは、どこも同じであった。

二式局地戦は途中で二手に分かれ、周辺空域の安全を確認した上で、輸送機と零戦隊には左右両方から、相手の前に並ぶように移動する。友軍に敵機と思われてはかなわない。相手に敵味方の識別をはっきりさせる必要があった。

零戦隊は渡部少佐らの局地戦が味方であることを確認すると、ゆっくりと速力を落として行く。零戦は輸送機の周囲からだんだんと後ろに下がり、それまで彼らがいた位置に局地戦がつく。零戦隊はそうして両翼から離れ、速度を上げて彼らを追い越した後、翼を振り、そのままラバウルへと戻って行く。渡部少佐も自らの愛機でそれに応える。

ラバウルには一大航空基地があるとは言え、戦闘機搭乗員の数など知れている。まして指揮官クラスの将校は限られていた。渡部も一時はラバウルにいたこともあり、おそらくいまの戦闘機の指揮官も、彼の知っている人間のはずだった。

果たして敵など来るのだろうか？　渡部にはその可能性は低いように思われた。空母でも出すなら別だが、いまの米太平洋艦隊がいかに秘密兵器を搭載しているとは言え、輸送機を撃墜するためだけに空母を出すとは思えない。

戦闘機の可能性はもっと少ない。そもそも戦闘機がここまで飛んでこられるならば、ガダルカナル島を攻撃する敵爆撃機が戦闘機も伴わずにやってくるはずはないのだ。そもそも彼らを攻撃してくる敵がいるとしたら、それはこちらの暗号が解読されているか、スパイでも潜伏しているか、そんなことでもない限りあり得るはずはない。

もっとも渡部少佐も、だから護衛がなくてもいいとは思わない。敵の攻撃の有無と、護衛のあるなしは、また別種の問題だ。少なくとも長距離飛行の訓練にはなる。だが、そんな考えも、現実に敵機が現れた時、雲散霧消する。現実こそ勝者なのである。

「何だ、あれは？」

渡部少佐は、目の前に迫ってくる敵機らしきものが、戦闘機ではないことがわかると、アメリカ人の発想に驚き、またそのガッツにだけは感嘆した。

それは二機のB‐17であった。なるほど、B‐17ならここまで飛んでくることは可能だ。

ただその姿は遠目にも通常とは違っている。現場で改造したのだろう。通常のB‐17よりも機銃の数が多い。おそらくここまで飛行できるのはB‐17だけであり、それで輸送機を撃墜するために、山のように機銃を搭載しているのだろう。

渡部少佐は、この機体を見て二つのことがわかった。一つは、日本海軍の暗号は、ある程度解読されているらしいこと。もう一つは、ラバウルにスパイはいそうにないことだ。

たぶん敵は、輸送機単独で飛行すると考えていたのだろう。通常は航空輸送隊などは輸送機単独で飛行し、護衛の戦闘機がつくことはまずない。だからその状態でこのＢ-17と遭遇し、攻撃されれば、輸送機は撃墜される。輸送機さえ撃墜されれば状況がわからないから、米軍が暗号を解読していることも相手に気取られずに済む。

一方、スパイがいないというのは、このＢ-17がここにやってきたことそのものが証明している。

いまの想定は戦闘機がいたとすれば、根底から覆（くつがえ）されるからである。そしてスパイがいれば、零戦隊と局地戦隊が交代することまでわからないにせよ、戦闘機が行動を共にしていることだけは理解できたはずである。もしもそうであれば、輸送機が着陸したところを狙うなり何なり、方法は別にあっただろう。

だが日米ともにそんなことを考えていた時間は短かった。二機のＢ-17は、ここで勝負に出た。すべての砲門を開き、一気に輸送機めがけて突入してきたのである。

それはＢ-17から花火でも打ち上げているかのようだった。無数とも思える曳光弾が、周辺の空を埋める。その弾幕の中にあえて飛び込む者など誰もいないと思われた。

だが渡部少佐は、その重厚な弾幕にも弱点があることを見抜いていた。

局地戦が護衛についていることなど計算になかったためか、現場での改造のため他に機材がなかったのか、B-17機銃はすべて一二・七ミリ機銃であった。対する二式局地戦の二〇ミリ機銃は、初速を向上させ、貫通力と弾道を改善したものだ。

そして間違えさえしなければ、二〇ミリは一二・七ミリより強い。

六機の局地戦は、三機一組となり、それぞれのB-17に向かう。その間、輸送機は敵機から回避行動をとる。輸送機がそうして時間を稼いでくれれば、戦闘機も相手に対して余裕を持った戦闘ができる。

しかし、B-17の激しい銃撃にすべての搭乗員が平常心ではいられなかった。焦(あせ)った搭乗員の局地戦が、真正面からB-17にぶつかって行く。局地戦の二〇ミリ機銃もまた激しく銃弾を叩き込む。

だが、その戦闘距離は速すぎた。B-17に対して有効だった弾丸はわずかであり、

そして銃弾を撃ち尽くした時、彼はB-17の機銃弾の真っ只中に飛び込んで行く。

新設された装甲板は、たしかに乗員を銃弾から守りはした。しかし、それにも限界がある。横と後ろからの銃撃には搭乗員を守った装甲板も正面からの銃弾には無力だった。防弾ガラスが砕(くだ)け、風防が露になった時も銃弾は止まらなかった。

だがこの時の両者の相対速度は音速に近かった。搭乗員を失った局地戦は、その

機体性能のバランスの良さから、なお前進を続けていた。そしてそのままB‐17の機首に衝突する。

それは一瞬の出来事だった。その場にいた誰にも、何が起きたのかわからない。二機の航空機が一つになり、そして空中に火の玉が生まれた。火の玉が消えた時、そこには何もなかった。ただ海面に広範囲に水しぶきが上がっただけだった。

結果的に局地戦はB‐17と差し違えた。それは渡部少佐にとって、決して望ましい闘い方ではなかった。死ぬことを前提に敵と闘うなど、それはもはや人間の戦闘ではなく外道の手段だ。

だがその差し違えたことが、次の展開を大きく変えたのもまた事実であった。いかに機銃を増設しようと、一機のB‐17が五機の局地戦を相手にできるはずもなかった。

爆撃機に多数の銃器を装備して、攻撃機にするというガンシップ的な運用は、ほとんど全金属単葉の爆撃機の開発史には必ずと言って良いほど顔を出す。どの国でも爆撃機を開発すると、対戦闘機としてこのような機体を作ってみる。そしてどの国でも判で押したように同じ理由で失敗した。

だが米軍も、いわゆるガンシップであっても輸送機相手なら勝てると考えたのだろう。

なるほど非武装の輸送機なら、そうかもしれない。しかし、そうした考えも戦闘機が登場するとまったく意味を失った。むしろ臨時設計の悪い部分だけが顕在化する。

まず確かに銃器の数は多い。しかし、それは、単なる銃の増設であり、照準装置などなかった。そんな中で、移動する飛行機から移動する戦闘機を狙って命中するはずがなかった。十字線に敵機を捉えて引金を引く。だが銃弾だって移動するのに時間が必要だ。自分、銃弾、敵機。関係する三つの要素はどれも移動していた。

そして増設機銃は機銃配置がまずかった。取りつけられるところに機銃を取りつけたから、弾幕が不必要に濃い部分があるくせに、死角となる部分も生まれていた。

そして五機の戦闘機すべてに銃器を向けようとしたことで、Ｂ‐17内部はまともな対空戦闘指揮などできる状況ではなかった。

一機が側面から銃撃を加え、幾つかの火力を引きつける。そこに生まれた死角から、本隊の戦闘機が次々と銃弾を撃ち込んだ。

後部機銃と胴体下部の球形銃塔が真っ先につぶされた。そうなれば局地戦闘機を遮る者はない。次々と戦闘機は、Ｂ‐17の下部から二〇ミリ機銃弾を撃ち込んで行く。

最後の一機が銃弾を叩き込んだ時、おそらくは主翼の桁がついに耐えられなくなったのだろう、主翼がそこから折れ、爆撃機はそのまま海中に衝突した。

「高い買い物についたな」

敵機を全滅させたものの、渡部少佐の気分は晴れなかった。部下を一人失ったからだ。機体の補充はできても、熟練搭乗員の補充は簡単ではないのだ。

しかし、部下を失った感傷に浸る余裕はない。五機の局地戦は、そのまま三機の輸送機を護衛したまま、ガダルカナル島へと到着した。

均土（きんど）機。そのような機械が日本にあるということを、渡部少佐は生まれて初めて知った。しかも、どうも研究だけは戦前から続けられていたらしい。

「戦車とは違うのか？」

「違うでしょう、大砲がないから。どちらかと言えば牽引車に近いんじゃ？」

木佐貫大尉が言うように、その均土機と呼ばれた機械は、戦車のようにキャタピラで移動し、排土板が動力で上下するようになっていた。

「なるほど牽引車に近いか。しかし、どうしてあれがガダルカナル島を要塞化する新兵器になるんだ？」

「いや、わかりませんよ。新兵器はこれから船か何かで運ばれて、それを移動するのにあの均土機が使われるのかも」

「だったら、均土機も船で運べばいいだろう」

渡部少佐は部下を一人失うほどの代償を払って護衛した新兵器が、この均土機であるという事実がどうにも受け入れがたかった。

もっとも、なら重戦車でも現れれば納得するのかと言われれば、それも違う。ただ彼の気持ちとしては、人ひとりが戦死するからには、もっと重厚な何かが新兵器として輸送機から姿を現して欲しかった。

「だいたい、均土機って名前が胡散臭いな」

「押しならし機とも言うそうですよ」

「似たようなものだろう。だいたいあれは英米の模倣なんだろ。だったら英語でなんて言うんだ、あいつは」

「ブルドーザーです。bulldozer ですよ」

そう言って話しかけてきたのは、設営隊の技師である柴田であった。彼は設営隊の技術士官と軍属とのストライキ騒ぎに際して、渡部に仲介を頼み込んできた人物だった。

ただそれ以来、設営隊内部では孤立しているらしい。色々と事情もあるのだろうが、技師なら忙しいはずにもかかわらず、彼だけはそうではないらしい。設営隊長から仕事を与えられていないのだという話もあったが、さすがに渡部もそこまでは設営隊内部に関して口をはさめなかった。

「均土機のことを英語ではブルドーザーと言うのですか」

「というか、適当な和訳がないというのが実情です。排土機という言い方もありますし、陸軍では土木用牽引車と称しているようです。まぁ、名前は何であれ、実態は変わりません」

「しかし、あれがどうしてガダルカナル島要塞化の秘密兵器なんですか?」

柴田は露骨にそんなことも知らないのかという表情を浮かべる。こいつが孤立しているのは俺に仲介を頼んだからじゃなく、単純に設営隊で嫌われているだけじゃなかろうか。渡部少佐は、ふとそんなことを思った。

「あの均土機一両で、三〇〇人分の人間の仕事をこなせるんですよ。わかりますか?　あれを使えば、いままで遅々として進んでいなかった滑走路の拡張が一気に進みます。ガダルカナル島で運用できる航空機が倍増しますから、まさにガダルカナル島は、不沈空母、航空要塞になるんですよ」

「ブルドーザーだけで、そうなるのか？」

渡部にはやはり柴田の話は、半分程度しか信じられない。たとえばラバウルの航空基地がそうだ。あの一大航空基地は、いまもって滑走路の舗装が進んでいない。コンクリートなりアスファルトで滑走路を作ればよさそうだが、そうした作業は行われていないか、行われていたとしても耐久性などに難があるらしい。

確かに色々と実験やら工夫もなされていたのは確かだろう。しかし、雨が降ればぬかるみになり、乾燥すると土ぼこりが舞い上がって視界を遮るという問題は、少なくとも渡部少佐がいる間には解決してはいなかった。

日本国内の航空基地は、ちゃんとコンクリートで舗装も施され、こうした問題はない。しかし、最前線基地では滑走路の舗装さえおぼつかない。

設営隊長に渡部少佐もこの疑問をぶつけたことはあるが、海軍の滑走路標準では転圧のあとに簡易舗装乃至舗装を行いますと言うだけで、現実どうかについての返答までは得られなかった。

こういう中で、ブルドーザーで滑走路の拡張ができるから要塞化が可能というのは、いささか安直すぎるような気がした。もっとも素人の渡部にはわからない技術が設営隊にはあるのかもしれないが。

「ブルドーザーだけでできるかって、まぁ、見ていて下さい」

柴田は胸を張る。その人を見下したような態度に渡部は思う。こいつ、友人少ないなと。

友人が少ないかどうかはともかく、柴田技師の言うように、ブルドーザーはその日のうちに目覚ましい働きを見せた。

滑走路はただ木を伐採して開けた場所を作るだけでは意味がない。人間にはわからないが、そこは地面のあちこちが角度にして数度の勾配や凹凸を幾つも持っている。それらを平坦にしなければ、滑走路として使えない。

ブルドーザーはその伐採跡地を短時間で見事な平坦地に作り替えた。生憎と自走式のローラーまではなく、転圧は人間がローラーを引くよりなかったが、ブルドーザーによって整地された跡は、いますぐにでも飛行機の離着陸が可能なように思われた。

もともと滑走路の完成が遅れていただけで、樹木の伐採だけは日米の働きで広範囲に終わっていた。それだけにブルドーザーの効果は印象的だった。一週間もすると、陸攻や戦闘機がかなり大規模に運用できるだけの滑走路ができあがりつつあった。舗装はなされていないが、転圧は終わっており、飛行機は飛べる。

確かにガダルカナル島は一大航空要塞になりそうな雰囲気ではあった。ただ一週間しか経過していないためか、滑走路の拡張以外には、あまり目だった変化がないのも事実である。設営隊員の軍属は相変わらず天幕生活だし、技術士官には魚はないが、航空隊には魚が送られるのも変わらない。

さらに滑走路の拡張はいいが、肝心の航空隊の移動が滞っていた。滑走路の拡張を待って陸攻が九機、二式局地戦が六機、それぞれ増援された。元の戦力が少なかったのだから、これはこれで統計的には大増員ではあったが、具体的に何ができるという戦力ではなかった。

状況が動き出したのは、ブルドーザーが到着してから二週間が経過しようかという一〇月下旬のことだった。

それは夜のことだった。渡部少佐は指揮所のサイレン音にたたき起こされる。

「こんな時間に何だ？」

だが彼は、すぐにそのことの意味を知る。明らかに重爆とわかるエンジン音がサイレン音が途切れると同時に聞こえてきたからだ。

「敵襲、夜にか！」

それは意外な攻撃だった。米軍がこんな夜中に攻撃を仕掛けてくるなど、そうそうあることではない。都市爆撃なら夜間空襲もいいだろうが、ガダルカナル島のような密林の中に航空基地が点在するような場所を夜襲しても効果はそれほどないはずだった。

だが米軍機は、ここでも意外な行動に出た。先頭を進む爆撃機から次々と照明弾が投下され始めたのである。落下傘でゆっくりと降下する照明弾は、確かに飛行場とジャングルの区別がつくくらいの明かりは確保していただろう。しかし、それでも精密爆撃はおぼつくまい。

これが二週間前であれば、航空隊の飛行機は、ろくな掩体もなく、一発の爆弾で数機が破壊されるようなことになっていただろう。しかし、いまは違う。完全なものではないにせよ、ブルドーザーにより土が盛られ、掩体が構築されていた。

掩体は迷彩網で覆われ、上空からは識別が難しくなっている。特に夜間は。滑走路に爆弾が落ちたとしても、機体に損傷は及ばないはずだった。さすがに上から直撃を受ければ無事ではないが、その確率は小さいだろう。

じっさい爆撃はまったく見当違いでもなかったが、機体に命中する爆弾はなく、至近距離のものも掩体によりなんら損傷を受けることはなかった。ほとんどの爆弾は滑走路に落下し爆発する。

これもブルドーザーがない時期なら、爆弾によるクレーターを埋めるのも、設営隊総出で一日仕事であったが、いまならブルドーザーだけで、数時間の作業で済む。他の人間は基地建設に専念できた。

そういう点では、ブルドーザーにどちらかと言えばあまり好印象を持っていなかった渡部少佐にしても、飛行機の無事を確認できたら、それ以上のことに懸念はなかった。

だが、それも夜が開けるまでのことだった。

「不発弾だと？」

木佐貫大尉からその話を聞いた時、渡部少佐は何とも言えない不自然なものを感じていた。

「そうなんです。しかも一〇発以上の不発弾が、滑走路内に埋もれているそうです」

「米軍の爆弾の質も落ちているということか」

しかし、爆弾の質が落ちているのかどうかはともかく、渡部少佐にとってもそれは他人事ではなかった。不発弾処理が終わらない限り、航空隊は動けない。

そしてすでに作業は始まっていた。不発弾の信管を抜くための掩体作りが行われていた。前までは土嚢を積んでいたが、いまは誰もがブルドーザーに頼りっきりだった。排土板に山のように土を盛り、ブルドーザーは不発弾に近づいて行く。

不発弾が爆発したのは、まさにその時だった。排土板の土が飛び散り、周囲には何が起きたのかわからない。土煙が晴れた時、彼らはそこに破壊されたブルドーザーの残骸を見た。操縦員も道連れに。

被害はそれだけだった。それだけに思えた。

だが彼らはやがて状況を理解する。破壊されたブルドーザーを移動するのは人力しかないことを。そして不発弾であると思っていたものは、じつは時限爆弾であることを。

爆弾処理は、もはやできなかった。ブルドーザーを吹き飛ばしたのは偶然か、それともエンジンの振動でも感じるのか、ともかく時限爆弾は気まぐれに爆発した。意を決して信管を抜こうとした時に爆弾が起爆するにいたって、どうにも手が出せなくなった。彼らは最後の爆弾が起爆するまで、戦闘機隊の一部しか滑走路が使えないままの二日間を過ごす。

戦闘機隊は何とか敵の爆撃機を迎撃できた。しかし、残りの時限爆弾の位置が悪く、陸攻はほぼ活動を封じられた。そして爆発した爆弾孔は再び人力で埋めるよりなかった。

こうしてブルドーザーの喪失により、ガダルカナル島航空要塞化計画は、再び振り出しに戻ることとなった。

第三章　鉄血海峡

昭和一七年一一月。海軍第一〇〇一航空隊の河合司令官の日課は、朝の射撃訓練から始まる。

近くに設けた更地を射撃場としているが、使うのは私物のルガー自動拳銃だ。国を出る前に弾丸だけは箱単位で持ってきている。そこで毎日決めた数だけ射撃をする。

河合司令官が射撃練習をする時、周囲には誰もいない。と言うか、こういう時の司令官には誰も近寄りたくないというのが正直なところだ。射撃の的には「神」と半紙に自ら筆で書いたものが張ってあるからだ。

河合司令官は何も語らないが、その神が英語で言うところのGodとかspiritという意味ではなく、第八艦隊主席参謀を意味することは、このラバウルでは知らぬ者がない。

あのエスプリッツ・サント島での敗北からこっち、河合司令官の部隊は精一杯の努力はしているものの、作戦前の輸送力の水準をいまだに回復していない。河合司令官としては第八艦隊主席参謀に騙(だま)されたという想いが拭(ぬぐ)えない。「どうして毎朝射撃をなさるのですか」という質問に、「まさか本物を撃つわけにはいくまい」と語ったという噂さえ飛び交う中、ルガー自動拳銃の音が、朝のラバウルに不気味に響く。

このためかどうかは知らないが、七月に第八艦隊主席参謀として赴任してきた神中佐は、先月末日を以てトラック島の連合艦隊司令部出仕ということとなった。ただ帰路は頑(かたく)ななまでに輸送航空隊の利用を拒み、ラバウルからトラック島に向かう駆逐艦に乗って移動したとも言われている。

それでも習慣というものはなかなか止まるものではなく、河合司令官は相変わらず射撃を続けている。これも噂だが、的の半紙にはいまは「神」ではなく「三川」と書かれているのだというものまであった。

それが単に三本線を縦横に並べただけなのか、それとも第八艦隊司令長官を意味するのか、誰も知らない。知りたくもない。確かめたくもない。何より関わりたくない。

　ただしこれとて噂であって、誰も確かめたものはいない。なぜなら射撃が終わると、河合司令官は的の半紙を焼いてしまうと言われていたからだ。別の噂では、この時彼は何やら異国の言葉で不可解な呪文を唱えていたという。

　しかし、朝の射撃練習が終わると、河合司令官はごく普通のどちらかと言えば温厚な指揮官に戻る。

　ただし、彼が温厚でいられるのは、海軍第一〇〇一航空隊に第八艦隊の人間が近寄らないからだという噂もあった。第八艦隊の人間が近づくと、河合司令官はにわかに機嫌が悪くなると言われていた。

　どうしてそうまで機嫌が悪くなるかと言えば、輸送機が足りないのみならず、余計な仕事まで第八艦隊のせいで背負い込まねばならなかったからである。

「司令官、例の貨物船ですが手配がついたそうです」

　主計長の井上主計中佐が報告する。

　海軍第一〇〇一航空隊には副官は別にいる。ただし彼は兵科将校であり、じつは航空隊と言いながら需品管理が主要な任務であるこの部隊では、否応なく主計長が実質的にナンバーツーになるのであった。

「そうか、少しは三川の奴も仕事をする気になったようだな」

階級とか役職とか色々あるはずだが、少なくとも海軍第一〇一航空隊司令官にとって、第八艦隊司令部はカーストの最下層に位置していた。当の第八艦隊司令部もこの御仁に関してだけは、カーストの最下層に甘んじていた。泣く子と地頭には勝てないのである。それは海軍の仕事ではないのである。

「三川司令長官も管轄下の部隊の補給に関しては考えておられるのでしょう」

主計長は大人なのでそういうフォローもできるのだが、こと第八艦隊に関しては河合司令官にそういう理屈は通用しない。

「なに言ってやがる。三川の野郎がそんな補給なんかまともに考える玉か？　冗談言っちゃいけねぇよ。そんなに補給の重要性がわかっていたら、第一次ソロモン海戦で敵の貨物船見逃すか？　えっ、あの貨物船、どこの誰が撃沈したと思ってる？」

「それはそうかもしれませんが……」

こうなったらこの司令官は手がつけられない。決して悪い人ではないのだが。

「こないだもそうだ。知ってるか、二水戦の田中司令官が、ガダルカナルに関する補給体制は小手先の工夫ではなくて、もっと抜本的な改善を加えるべきだって言ったと思いねぇ。ってか、言ったんだがな。するとどうだ、三川の野郎と来たら、そういう田中さんの真っ当な意見を一蹴したって言うじゃねぇか。どこが補給の重要性がわかっていますだ。笑わせるんじゃねぇ」

「はぁ、まぁ、そういうこともございますでしょうが……」

「そうなんだよ。だから我々がこんな余計な苦労を背負う羽目になる」

河合司令官が怒るのも道理。海軍第一〇一航空隊はガダルカナル島に関する補給作戦で、船舶輸送の管理まで委ねられているからだ。

彼らが船舶輸送の手配まで背負う羽目になったのは、各地に点在する基地や軍需部の需品管理に関わっている関係上、船舶輸送と航空輸送をシームレスに行うには、彼らに全体を任せるのが効率的という判断からである。別の見方をすれば、誰も面倒な作業にあえて手を出さなかったとも言えなくはないのであるが。

「わかるか、主計長。我々は航空隊だ。航空隊は飛行機を扱う部隊だ。陸軍戦車部隊でも、海軍水雷戦隊でもない。海軍航空隊だ。航空隊は飛行機を扱う部隊だ。それがどうして船舶の需品管理までやらねばならんのだ！」

「仕事だからでしょう」

「……仕事か。そうだな、仕事だから投げるわけにもいかん。他人の尻拭いであろうともな」

河合司令官の視点で見ると、すべての始まりはエスプリッツ・サント島の攻略作戦の失敗にある。これで輸送機の大半を失った結果、各戦線で航空機による補給が滞る局面が続出した。

輸送航空隊が一日に輸送している物資の量は、二〇〇トンから三〇〇トンであった。それは貨物船一隻にも満たない量ではあるが、しかし、無視できる量でもなかった。特に船舶では間に合わない緊張に必要な物資や消耗品に限れば、平均二五〇トンの物資というのは馬鹿にならない。

たとえば他のすべてがそろっていても、エンジンオイルが欠けていれば飛行機は飛べない。こんな時にはわずか数リットルのエンジンオイルの有無が戦力を左右する。それはいわば日本海軍の各戦線が自転車操業でいる時に、その自転車をこぐ原動力を輸送航空隊が運んでいたということだ。

だが輸送機の激減で自転車操業はいままでのように回らなくなった。こうした中でガダルカナル島の基地を維持するために、連合艦隊と第八艦隊はガダルカナル島に対する船舶輸送を実行することとした。船団で物資を一気に運んでしまうのである。

それができるならもっと早くやれよと、河合司令官も考えた。しかし、いざ需品管理をやってみると話はそう単純ではなかった。

冷静に考えてみれば、船舶と航空機では輸送量が違う。船舶輸送がちゃんとできていれば、何も輸送航空隊の航空輸送で戦線の自転車操業などする必要はない。それをやらざるを得なかったのは、船舶輸送がちゃんとできていなかったからだ。

じっさい日本海軍の船舶輸送はかなりの緊張状態にあった。ミッドウェー島の基地を維持するための輸送、ポートモレスビーなどニューギニア方面を維持するための輸送。この二つの戦線を維持するためだけでも船舶量は馬鹿にならなかった。それらの戦線と日本をただ往復するだけで、数多くの船舶がそれに食われてしまうからだ。

だからガダルカナル島への船舶輸送と言っても、その船舶の手配から始めねばならなかった。それは言うほど容易な問題ではなかったのである。

「こうなると、あれだな」

「なんですか、司令官」

「航空、船舶、鉄道のすべてを管轄する補給艦隊でも編成した方が、話は早いんじゃないか。少なくとも、船舶まで扱うとなれば航空隊規模じゃ、らちがあかん」

「海軍も変わったな」

「何がですか、飛行隊長？」

「輸送航空隊の貨物船から、航空隊が飛行機を受け取るからだ。しかも陸送でな」

渡部少佐は、そう言いながら力を込める。

二式局地戦は悪路をゆっくり進んで行く。サボタージュでもするように。

渡部少佐はさっきルンガ岬より海上を眺めた時の光景を思い出す。そこには空母と数隻の貨物船が並んでいる。すでに陸攻が敵機襲来に備え前方哨戒にあたり、渡部少佐らの部隊もいつでも出動すべく待機していた。

にも関わらず彼がこんな場所にいるのは、航空隊の稼働機が減っているためと、滑走路の使える面積がますます狭まったためである。米軍の滑走路に時限爆弾を投下するという戦術は、誰が考えたのか非常に効果的だった。

爆弾処理そのものは、すでに発破をかけて誘爆させるという荒っぽいものになっていた。

安全に対する余裕がだんだんと部隊の中で失われてきたためだろうか。ただし発破をかけて爆弾を処理しても、爆弾孔は残る。それを埋めて整地するのは、ブルドーザーがないいま、人力でしか処理しきれない。

生憎と海軍にもブルドーザーに余裕があるわけではなく、次の補給がいつあるかさえわからない状況だった。

そうした中での輸送部隊である。空母は商船改造空母の大鷹、この八月まで特設空母春日丸だった船だ。この空母は船団護衛のために来ているのではなかった。速力が遅く、飛行甲板も小さいため航空機運搬艦として活用されているのである。

補充するのは二式局地戦闘機で、零戦ならまだしも、局地戦を空母大鷹から発艦させるのは、不可能とは言わないまでもかなり困難であった。だから大人しく飛ばさずに積んで運ぶ。

ただ運ぶと言っても簡単ではない。何しろ港湾設備などガダルカナル島にはほとんど整備されていないのだ。単純な物資なら大発に積んで海岸まで運べるが、飛行機ではそうはいかない。

まずクレーンで洋上の艀に下ろし、その艀をルンガ川まで移動させ、さらに川を遡る。そして飛行場までの最短距離の川辺につけ、そこから陸上輸送するのである。だから艀で一番最初に運んだのは、飛行機ではなくクレーンであった。

川岸から飛行場までは、壊れる前にブルドーザーで切り開いた道路がある。そこからゆっくりと人力で移動する。日本の技術を集めた最新鋭機は、こうして人力で運ばれるのだ。運ぶのはもちろん航空隊の人間だ。渡部少佐とて例外ではない。

ここは、もともと計画にはない道路だった。設営隊の人間が漁に出るために密かに設定した道路である。だから川岸には桟橋などがしつらえてあったのだ。魚を運ぶためにトラックは通過できるようになっている。そこを拡張し、何とか飛行機が移動できるまでに整備したのがこの道だ。

整地された部分と機体の車輪幅との遊びは多くない。だから彼らはゆっくり進む。しかも川岸から飛行場までは数キロあった。渡部少佐も、自分の人生の中にこんな一駒が挿入されようとは思ってもみなかった。

道半ばを過ぎた辺りで振り向くと、二番手の飛行機が揚陸されようとしていた。この調子なら三機目が揚陸される頃に飛行場には着くだろう。

「まったくな。目の前に空母があって、その空母にこの飛行機が積まれているっていうのに、どうして海上と陸上を移動させねばならんのだ」

「愚痴ってもはじまりませんよ、飛行隊長。空母から飛ばすも何も、沖に停泊していちゃ合成風力も期待できませんよ。それに着陸する場所も、我々ならわかりますが不馴れな搭乗員ではわからんでしょう」

「着陸に失敗して脚でも折られてはかなわんか」

「そうです」

計画ではこの船団に日本から緊急輸送されたブルドーザーが二台あるらしい。そいつがあれば、この道の拡張も進み、転圧も完璧になる。そうなれば艀から下ろした戦闘機を自走させて運ぶことも可能だ。若年搭乗員には無理だろうが、渡部の部下なら容易い話だ。

やがて彼らは聞きなれたエンジン音を耳にする。二式局地戦の音だ。

「後は任せたぞ！」

そう言うと、渡部少佐は飛行場まで駆ける。局地戦闘機のエンジンがかかるということは、敵機の襲来があるということだ。ならば彼も陸で黙ってはいられない。指揮官としての責任がある。

渡部少佐が愛機に取りつく前に、すでに部下たちは敵機に向かって出撃していた。滑走路に向かう道路を走る渡部少佐を、二式局地戦の影が次々に通り抜けて行く。

あまり走りすぎるのも良くはないのだが、そうは言っていられない。そして渡部が愛機の姿を捉えるころには、すでに機付整備員らが燃料や弾薬の補充を終え、機体を掩体から移動させるところだった。

「敵機は？」

通信科の伝令が走ってくるのを渡部は捕まえる。

「哨戒中の陸攻が発見しました。発見時で、本島から北西に一〇〇キロ地点です。五機編隊だそうです」

詳しいデータは画板にまとめてある。渡部はそれを受け取ると、すぐさま機体に乗り込み離陸する。

途中、ルンガ湾から飛行場までの一本道を眼下に臨む。そこでは三機ほどの局地戦で人間により運ばれて行くところであった。ルンガ側にも飛行機を載せた艀が幾つか見える。

そして海岸に出れば、そこには無防備な大発からおびただしい物資が海岸に積み上げられていた。海岸と基地までの間は一応、それなりの道路が開発されていた。ただ多くの点で未完成であり、トラックが通れる程度に整備したのは海軍設営隊であった。

その道路は単線であり、トラックは交代で移動している。順番を守らねば途中で立ち往生するのは明らかだ。いまここを爆撃機に襲われたならば、揚陸作戦は失敗に終わるだろう。米軍を敗北させたのと同じ危険に日本軍は見舞われることになる。それだけは避けねばならなかった。

陸攻隊は哨戒任務ながらも、巧みに敵のB-17編隊を翻弄しているらしい。真正面から牽制攻撃をかけるなどして、隊列を乱すことに成功しているようだった。戦闘機隊の前衛との遭遇は、島から五〇キロ離れた場所であった。陸攻隊が敵の飛行高度や針路を逐次報告していたため、局地戦は有利な方向から攻めることができた。

最も早く敵と遭遇した三機の局地戦は、相手から見て太陽を背にする形で、上空から一気に急降下攻撃を加えた。上部機銃は応戦する間もなく、多数の二〇ミリ機銃弾に撃ち抜かれる。そしてその銃弾は操縦室をも貫いた。最初の一機がこうして撃墜された。残るは四機。

ここで陸攻隊が隊列を乱してくれたことが利いた。相互の火力支援を行うには、個々の機体の間隔が開きすぎていたからだ。そして三機の局地戦は、最も離れたB-17に対して、今度は急上昇をかけながら銃弾を叩き込んだ。だが、局地戦の側も一機がかなり胴体下部の球形銃座は、これで叩きつぶされた。だが、局地戦の側も一機がかなりの銃弾を受けることになる。

僚機が急上昇をかけるなか、その一機だけは黒煙を曳きながらガダルカナル島へと戻って行く。よほど状態が悪いのだろうか。それの上には黒い線が激しく蛇行する様が描かれて行く。そして黒煙がひときわ濃くなった時、煙は炎へと変わる。

本当なら搭乗員はここで脱出するはずであった。だがなぜか彼は脱出しない。しないのかできないのかがわからない刹那、機体は爆発した。

残り二機の局地戦にはいささか苦しい展開となって行く。一機は撃墜したが四機が残っている。撃墜する必要はなく、追い返すだけでいいわけだが、それとて倍の数では苦しい。

そんな時に後続の六機が現れる。すでに基地までは二五キロ切っている。B-17はガダルカナル島の西端に到達し、おそらくはレンゴ水道の輸送船団の姿も見えているかもしれない。

だがここで局地戦闘機の数が爆撃機に倍することは、戦況を大きく変えた。もはや戦闘機側も奇襲は望めないが、数の優位がある。

まず三機一組で、先頭とその次のB-17に攻撃を仕掛ける。三機の局地戦は上からB-17に迫るが、最初の二機は、ここで下から先頭のB-17を攻める。爆撃機の火力が分散したところで、主力の三機は防御火器の薄い方角に回り込み、続けざまに銃弾を加えた。さすがのB-17もこれだけの銃弾には耐えられず、火災を起こしながらゆっくりと高度を下げ、ガダルカナル島の密林へと吸い込まれて行く。

爆発したかどうかまではわからない。ただその機体から脱出できた乗員はいなかった。

戦闘は、さらに数分続く。しかし、手負いのＢ－17が火災を起こすにいたり、爆撃機隊はほとんど爆弾を捨てるような形で輸送船団の手前で爆弾を投下し、帰還する。

もちろん輸送船団に損害はなかった。ただ渡部少佐は帰還する爆撃機をそのまま放置はしなかった。さらに増援を出し、炎上中のＢ－17から始めて、残り二機も撃墜する。

これらの機体もまた爆撃にやってくるというのが一つ。さらにここで徹底した攻撃をかけておけば、連合軍も船団も攻撃するためには相当の覚悟が必要だとわかるだろう。それは敵に攻撃を断念させるかも知れず、少なくとも時間稼ぎにはなる。

そして、ここで一時間でも二時間でも時間が稼げるならば、それだけ多くの物資が揚陸可能だ。物資の量は、そのまま基地の戦闘力と、そこの人間の命にかかわる。

案の定、連合軍は夜襲を試みたが、やはり上空哨戒に出ていた陸攻などの働きにより、奇襲は免れ、逆に局地戦により返り討ちに遭う機体が出る。だがそれは陽動部隊であった。五機のＢ－17による別働隊がガダルカナル島に接近、輸送船団に対して爆撃を行った……かに見えた。

だが連合軍の爆撃は失敗した。夜襲を予測した渡部少佐らの提案で、輸送船団とはまったく異なる場所で艀に電球を灯し、あたかもそこで揚陸作業が行われているかのような囮（おとり）を用意していたのである。空母搭載の動力艇なども艀の間を移動させ、本当に船舶が動いているかのような演出まで行った。

もちろん本物の船団では、懐中電灯だけが頼りという状況で、やはり揚陸作業は続けられていた。海岸でも無灯火のトラックが、道々に並ぶ兵員の指示に従い、ゆっくりと物資を基地まで移送していた。

この囮は手間をかけただけのことはあり、まんまとB‐17を出し抜いた。艀にしても至近距離に爆弾が落ちるのは決して良い気持ちではないものの、そんな小さなものに爆弾が命中することもなく、一つも失われることなく終わった。

翌日、米軍のB‐17が単独で現れる。それは昨日の爆撃の成果を確認するためだったらしい。だがそれが現れた時には、すでに揚陸作業は終わっていた。そしてやはり過剰なほどの戦闘機の襲撃を受け、B‐17は撃墜される。

「弱い者いじめをするつもりで闘え」

渡部少佐は、そう部下たちに命じる。現実に国レベルで見れば弱いのは日本の方だ。だからこそ、相手が数で劣勢で現れたならば過剰なほどの兵力の優位で敵を撃墜する。そのためには方法など二の次だった。

敵に日本海軍航空隊を恐ろしい連中だと思わせる。狙われたら確実に死ぬと思わせること。

それが自分たちの航空隊が任務を果たすための条件である。渡部少佐がいままでの戦闘で得た結論が、それだった。

ガダルカナル島への輸送船団の物資輸送の成功は、各方面に色々な影響を及ぼした。

まず米太平洋艦隊と海軍中央との関係は、ガダルカナル島への輸送船団の成功を許したことで、再び緊張の度合いを強めていた。それは一言でいえば、失敗の責任をとるのは誰かということである。

ガダルカナル島を日本に奪われて以降、作戦指揮を太平洋艦隊司令部ではなく、海軍中央が執ったことの是非を問う意見が強まっていた。

しかし、海軍中央は対日戦がうまくいかない責任を自分たちが負わされるのは間尺(ましゃく)にあわないと感じていた。一方の米太平洋艦隊は実権が中央にある以上、責任も中央という態度を変えていない。ただ一つ共通なのは、現状をこれ以上は放置できないという相互の見解だけだった。

海軍第一〇〇一航空隊の河合少将は、最近では朝の射撃の的が「三川」から「山本」に変わっているという噂が流れていた。

需品管理能力があるからと航空隊に輸送船による補給の手配をさせることは、本来ならば緊急避難的な処置であるはずだった。ところがそれが思いの外うまくいったことから、これが常態化しつつあったのである。

だったらいっそ補給艦隊を新編し、その指揮官を河合少将にさせれば良さそうなものだが、そうした動きに関しては進捗ははかばかしくなかった。

海軍第一〇〇一航空隊は、指揮系統の上では連合艦隊に属する。で、連合艦隊司令長官は彼の職権により、河合少将に緊急避難的な処置として輸送船に関する補給業務を委ねることはできた。じっさい航空隊には需品管理の関係で、通常でも運送艦や貨物船が組織内に編入されていることは、それほど珍しいことではない。

ところが連合艦隊司令長官は、そういう命令は出せるのだが、補給艦隊を新編するというような権限はない。それは海軍省や軍令部の管轄だ。それにもっと厄介なことがある。

河合司令官は少将なのであるが、艦隊司令長官は中将が就く。これは艦隊司令長官が親補職であるためだ。艦隊司令長官は中将と簡単に等号で結ばれることが多いが、じっさいは艦隊司令長官は、中将の職であるというのが正しい。

なぜこういう言い方になるかといえば、陸海軍では中将は通常は高等官一等であるのに対して、艦隊司令長官は親補職であるため、待遇面では一段上の扱いとなるからだ。

だから艦隊司令長官だった中将は、その間は親任官として遇されるが、それから海軍次官になったとすれば元の高等官一等に戻ってしまうのである。それが明治憲法下における日本の官吏制度なのである。

ちなみに少将は高等官二等であり、もとより少将では艦隊司令長官の職には就くことができない。もちろん勅令または軍令を変えれば河合少将が艦隊司令長官になることも不可能ではないが、勅令や軍令はそうそうころころ変えられるものではない。

それにいかな海軍とは言え、高等官二等の人間を他の省庁との釣り合いを無視して親任官にするわけにはいかない。彼が少将で司令長官になるためのハードルは思った以上に高い。

一番簡単なのは河合少将が中将になる場合だが、それもまた難しい。三倍速い赤い愛機で、敵軍艦を何隻も撃沈した……というような実績でもあれば、破格の昇進も周囲は納得してくれるだろうが、生憎と河合少将にそういう経歴はない。と言うか近代海軍に、そんな奴はいない。

そして河合少将は、じつは海兵の同期の中ではけっこう早い昇進で大佐から少将になっている。将官になって半年にも満たない人物を中将にはできない。

まぁ、艦隊司令長官になれないことを河合少将も恨みはしない。いまでも早い出世なのだから。問題は航空隊規模の指揮官でありながら、輸送機や輸送船舶の需品管理など、艦隊並みの仕事が降りてくる、その現実にあった。

自分をこういう状況に追い込んだのは、馬鹿な作戦をやっちゃった第八艦隊であり、彼の中では「神」「三川」というのは、射撃の的に等しい名前だった。

だがこの状況で艦隊規模の作業を下ろしてくるのは誰あろう、連合艦隊司令長官山本五十六大将――ちなみに大将はすでに親補職なので、艦隊司令長官の職になくても待遇は同じ――である。

河合少将は過去にそれほどこだわる人間ではない。今と明日を見る人間だ。だから現状を鑑みて射撃の的は山本に変わったのであった。

まぁ、でも、これもあくまでも噂なのであるが。結果的に彼は司令官の権限で、外部から傍若無人に使える人間を引き抜き、連合艦隊司令部以上の主計科や通信科を持つ航空隊を維持していた。

こういう不幸な人たちが世間を下から支えているので、最前線の渡部少佐らの航空隊は、まだしも恵まれた状況にあった。搭乗員も増員され、機体も補充された。また消耗品も備蓄されている。

そして最初から船で運べば良かったように思えるのが、新しいブルドーザーやスクレーパーなどの建設重機である。運ばれたのはそれぞれ一両とか二両という数字なのではあるが、やはりその働きは目覚ましく、滑走路の整備は急速に進んだ。それに応じて設営隊員の宿舎もようやく完成し、それまでの不穏な空気は解消こそしてはいないが小康状態にはあった。

ガダルカナル島の二式局地戦は、さすがにすべてが二二型とはいかず一一型も三割ほどあったが、それでも総勢三六機を数えた。修理などで五、六機が使えなくとも常時三〇機が運用できる体制ができあがったのである。

もっとも陸攻隊の進出は、局地戦ほど順調ではなかった。ニューギニア方面の航空戦の激しさは相変わらずであるし、最近ではミッドウェー島に対する米空母部隊の奇襲攻撃なども行われたばかりだ。連合艦隊は米軍によるミッドウェー島奪還の可能性を警戒し、多数の戦闘機や陸攻が配備されることとなった。迎撃用の戦闘機の少なさが反省点としてあげられたからである。

じっさい後から聞いたミッドウェー島の航空戦力は、かなりお寒いものだった。南方や中部太平洋で激戦が続く関係で、占領以来ほとんど動きのない同島からは、少しずつ戦闘機隊が引き抜かれていたというのだ。

また前線での消耗を補うために、島の零戦などは最前線に運ばれ、島には九六式艦戦が代替されていたらしい。九六式艦戦は優秀な機体だったかもしれないが、昭和一七年の標準では見劣りするのは否めない。

三六機の局地戦は確かに印象的ではあったが、陸攻の少なさやミッドウェー島の話を聞くと、渡部少佐は内心で日本の国力の限界を感じずにはいられない。ガダルカナル島は最前線であり、そこに局地戦の有力部隊が配備される。それはつまり海軍戦線は攻勢から守勢に変わったということだ。局地戦とはそういう機体なのだ。

むろん陸攻が配備されるということは、海軍はエスプリッツ・サント島をいまだ諦めていないということであろう。しかし、一〇機に満たない陸攻で何をしようというのか。なるほど威勢の良い話は耳にするものの、彼自身は自分たちの任務と状況から、ここが日本の攻勢限界点なのだと感じていた。

しかし、そんな彼でも、戦線さえ整理すれば、長期持久は可能であると思っていた。この時はまだ、大きな脅威の足音を誰も知らない。

その日、昭和一七年一一月一四日の夜。ガダルカナル島は闇につつまれていた。

ここしばらく米軍は夜間でもB‐17を飛ばすようになっていた。どうやら空の要塞といわれたB‐17も、根性すえて真正面から攻撃すると、意外に弱いらしいこともわかり、キルレシオは日本から見た場合は、着実に数値が改善されていた。

おそらくこれとも関係があるのか、B‐17のガダルカナル島への夜襲が最近増えている。どうやら何か特殊な装置を搭載しているのか、天測もできないような天候でも彼らは飛来して空襲する。

さすがに精密爆撃とまではいかないが、それでも飛行場周辺をどうやってか発見し、先頭の一機が照明弾を投下して、後続部隊が爆弾を落とすという戦術がとられていた。

ただこの夜襲も昼間ほどではないにせよ、やはり犠牲を覚悟しなければならなかった。ガダルカナル島に新兵器である電波探信儀が配備されたからだ。

こいつは開発したばかりというより試作品のようなもので、小屋一つ分の大きさがあり、性能も安定しているとは言えなかったが、それでも対空見張りには大きな効果があった。

おそらくB-17より小さな飛行機なら発見はかなり難しかったのかもしれない。しかし、B-17のような大型機が編隊を組んでやってくれば、性能が悪い電波探信儀でも不意打ちはされなかった。

「敵の空からの奇襲は電探が防いでくれる」

渡部少佐以下、ガダルカナル島の将兵は誰もがそう信じていた。確かに、空からの奇襲は防いでくれた……。

攻撃を知った時、渡部少佐は虫が知らせたのか、夜中に目が覚めた。長年の経験からこういう時は眠らずに起きていた方がいい。彼は何かに促されるように、軍服を着込む。そして海の方を見る。

「なにっ、こんな時間に夕焼けか？」

飛行場の周辺はジャングルであり、ここから水平線は見えない。しかし、どうも水平線の向うが赤く燃えている。彼とて海軍将校、それが軍艦による砲戦であることはすぐにわかった。

「敵と友軍の艦隊戦か……」

そう思った時、最初の砲弾が着弾した。砲弾の弾軸と爆発し飛散した破片との為す角を飛散角といい、飛散角と破片密度を飛散界と言う。砲弾が爆発すると散飛界は円形に飛び散ると思われるが、実際には砲弾の運動や形状のために、散飛界は独特の形状を持つ。細かいことを言えば砲弾の種類ごとに異なるが、一般に弾丸の側方九〇度から左右に二〇度の範囲が濃厚と言われる。斜め前後は比較的砲弾の破片密度は小さい傾向にあった。

渡部少佐が助かったのは、砲弾のこうした犠牲のおかげであった。さもなくば、弾着地点の直線距離からすれば、彼は死んでもおかしくない位置にいた。

砲撃が行われたと理解した彼は、すぐに近くにある側溝に飛び込む。爆撃に備えた待避壕なのだが、ここの工事はまだ完成していなかった。

「戦艦か、これは……」

そうとしか思えなかった。もちろん彼も戦艦の砲弾を至近距離で受けた経験はないし、受けていたらいまごろ生きてはいないだろう。
しかし、砲撃のスケールの違いは明らかであった。砲撃の大音響は、すでに音の域を超えていた。剝き身の衝撃波が、透明な壁をたたきつけるかのように周囲のものをなぎ倒す。

幾つかの施設は砲弾の破片により切り刻まれているらしい。漆黒の闇の中で、間欠的に砲弾の爆発の光が周囲を照らす。そして周囲の景色は、爆発の光が照らすごとに、その景観を変えていた。

渡部少佐はともかくここから離れることにする。部下や戦闘機のことも気にはなったが、いまここで自分が死ぬわけにはいかなかった。最初に最も近い掩体に飛び込もうと彼は考えた。だがそれはすぐに諦める。

戦艦の主砲の威力だろうか。掩体は崩れていた。それもどうやら直撃ではなく、破片によるものらしい。数メートルの土盛がなされていたにもかかわらず、砲弾の破片はそれらを貫通していた。戦闘機は土砂に埋もれると言うよりも、砲弾の破片により破壊されていた。

そして突然周囲が明るくなる。渡部少佐は、正直、自分はここで死ぬのだと覚悟を決めた。だがそれはいささか早計だった。戦艦の砲弾により破壊された戦闘機から燃料が漏れ、それがいま発火したのだ。

電気系統の火花でも引火したのだろう。いつでも出撃できるように燃料が入れられていたため、戦闘機はひときわ燃え上がる。そしてやがて戦闘機を構成するアルミ合金自身も高熱のために燃え始めた。

だがこの火災のおかげで、渡部少佐は周囲の状況をある程度、把握できるようになった。もっともそれで何が良くなるものでもなかった。相手は明らかに戦艦だ。しかも一隻の砲撃とは思えなかった。砲撃の密度と間隔から判断して、二隻の戦艦が攻撃をしているらしい。

ただ断言はできないが、巡洋艦などによる砲撃はなされていないらしい。砲弾の威力はどれも同じようだった。

いかにアメリカ海軍とは言え、戦艦二隻が行動するのに巡洋艦や駆逐艦を伴わないとは考えにくい。しかし、それらが砲撃に参加しないのも戦力的には無駄に思える。唯一考えられるのは、砲撃が巡洋艦や駆逐艦の主砲の射程外から行われている場合だろう。米海軍としても貴重な戦艦の安全を図りつつ、砲撃を行っているのだろう。それに推定で四〇センチクラスの砲弾を二隻の戦艦が撃ち込めるなら、巡洋艦以下の艦艇が参加しなくても十分なのかも知れない。

さすがに基地は動き出していた。だがほとんどが消火作業などであり、積極的な攻勢に出られる状況ではなかった。滑走路にしても使い物にはなるまい。

そんな中で小屋が一つ吹き飛んだ。砲弾が直撃したか、至近距離に落下したらしい。ただそれが何かわかって渡部少佐は唖然とする。それは電波探信儀の小屋そのものだった。

「結局、海から来られては役に立たなかったということか」

だがそんな事実に渡部は取り立てて感慨もわかない。奇襲と激しい攻撃で、精神はとうの昔に飽和しているのかも知れなかった。それでも塹壕を這って歩く程度の判断は自然にできる。

そうやって移動していると、渡部少佐は、戦艦の砲撃に偏りがあることがわかってきた。位置の測定か偵察に問題があるのか、砲撃は滑走路を狙っているにしては、ややずれているのである。

「囮か！」

どうやら輸送船団の揚陸作業中に艀に明りをつけて相手を騙したことが、米軍に飛行場の位置を誤解させてしまったらしい。一時は自分たちも占領していた施設であるが、日本海軍がどの方向に拡張工事をしているのかを読み間違えているのだろう。

ある程度の距離を離れると、砲弾は急に密度を下げる。そしてジャングルの一部が燃え始めた。

「弾着観測機だ！」

航空基地の人間たちは彼が考えている以上に冷静で、よくやっていた。砲撃に耐えた高角砲陣地が上空の飛行機に対して砲撃を始める。確かに遠距離砲戦で弾着観測機も出さないなどとは考えにくい。その複葉機は、燃えるジャングルの炎を受けて、ガダルカナル島上空を紅に輝いていた。その紅の中に、高射砲弾の白い光が舞う。

だが活動しているのは、高角砲だけではなかった。

「しまった！」

そう、それは渡部少佐にとっては、しまったと言うしかなかった。

滑走路の一部は砲撃にもかかわらず使えることは彼以外の人間にも明らかだったのだろう。一機、そしてさらに一機の局地戦闘機が炎の中に突っ込むかのように離陸を開始した。使える滑走路を進む戦闘機。その姿もまたジャングルの炎の照り返しを受けて、不思議な光につつまれていた。

そしてその戦闘機の姿を見た時、航空隊の人間たちは、何を為すべきなのかを瞬時に悟った。渡部少佐は駆け出していた。そして自分の前にも後ろにも掩体に向かっている人間がいることがはっきりとわかった。そこには戦闘機がある。

生憎と近くの掩体にある戦闘機は少ない。すでに炎を照り返しながら五機の二式局地戦が上空を舞っていた。そしてたちどころに弾着観測機を撃墜する。一旦上に上がってしまえば、観測機は燃えるジャングルの中ではっきりとしたシルエットを浮かび上がらす。

渡部少佐は、次の掩体に向かう。爆撃に備え、局地戦闘機は複数の掩体に分散して収容されていた。だがこれまでの道程は、意外に遠い。そして渡部は掩体に向かう中でさらに信じがたい光景を目にすることになる。

「奴らも出るというのか！」

それは陸攻だった。陸攻隊も二つに分かれて配置されていたが、その中の一つが離陸を始めているのだ。未明の出撃を準備していたのと、砲撃が彼らの位置とはずれていたことが幸いしたようだ。

「一……二……三……四……五機！」

渡部は、やはり燃えるジャングルを際どいところでやり過ごす陸攻の数を数えた。

「こんな連中がいるなら、この戦争、まだまだいけるかもしれん」

渡部少佐は、基地が戦艦の砲撃により著しい被害を出しているにもかかわらず、不思議と気持ちの高揚する自分に驚いていた。

この時、ガダルカナル島を砲撃していたのは戦艦ワシントンとサウスダコタの二隻であった。むろん他にも巡洋艦や駆逐艦も同航している。彼らは渡部少佐の予想通り、戦艦の射程ギリギリの辺りで砲撃を行っていた。そして予定よりも早く砲撃を切り上げざるを得なくなった。

そんなことはあり得ないはずにもかかわらず、弾着観測機が敵戦闘機により全滅させられたのである。航空基地を奇襲し、砲撃で滑走路は使えないはずにもかかわらず、戦闘機は迎撃してきた。

このことで米艦隊の指揮官は、砲撃を切り上げ避難する道を選んだ。自分たちの砲撃の効果に疑問が出てきたからだ。しかもそれを確認しようにも観測機はすべて落とされている。砲弾がジャングルに落下したという報告もある以上、作戦は成功とは言い難い。

さらにそれを裏付けたのは、レーダーの報告だった。大小多数の航空機が自分たちに向かっている。

「レーダーか!」

ここで指揮官はとんでもない勘違いをする。自分たちは日本軍のレーダーにより発見され、奇襲は最初から失敗していたのだと考えてしまったのだ。

確かに対空レーダーはあったし、それについても報告はあった。だが水上見張りレーダーまであるとは彼らは予想だにしていない。そんな電波は受信していないからだ。水上見張りレーダーなどないのだから受信するわけもない。

艦隊は砲撃をやめ、急遽南下する。だがやがてレーダーから続報がある。

——敵機は大小合せて一〇機程度。

それはある程度の希望を抱かせてくれる数字だ。どうやら自分たちの奇襲攻撃もまったく無意味ではなかったらしい。

二隻の戦艦を中心とする艦隊は、輪形陣ではなく単縦陣のまま対空戦闘の態勢に入った。輪形陣を組まなかったのは、できるだけ早くガダルカナル島から離れなければならなかったのと、そもそも輪形陣を組むほど巡洋艦や駆逐艦がなかったためだ。

レーダーは小隊ごとにまとまりながら接近する敵航空隊の姿を捉える。戦艦の艦上ではレーダー室からの状況報告が、次々とラウドスピーカーから流れていた。すべての高角砲や機銃が接近するであろう敵機の姿を求め上空を睥睨（へいげい）する。

やがて敵機はレーダーから姿を消した。もはやレーダーが無力になるほどの至近距離へと迫っているのだ。

すぐに星弾が艦隊上空に打ち上げられる。

「あそこだ！」

艦隊の将兵は、見慣れた日本海軍の局地戦闘機のずんぐりとした機影を視野の中に捉えた。だからそのはるか低空を五機の陸攻が迫っていることには、気がつくのが遅くなっていた。

これは必ずしも米艦隊が迂闊（うかつ）というわけではない。この時代のレーダーでは相手の方位と距離はわかっても、飛行高度までは特定できないからである。そして陸攻が雷撃を行う時、ある程度の距離から急激に高度を下げるのは、基本的な手技なのであった。

対空火器が陸攻に気がついた時、局地戦の一団が、戦艦めがけて急降下をかけてきた。本当ならそんなものは無視すべきであっただろう。

戦闘機で戦艦は沈まない。しかし、四丁の機銃を撃ちながら戦艦に迫ってくる戦闘機を対空火器は無視することができなかった。その遅れが致命傷になった。

五機の陸攻は戦闘機隊と打ち合わせなどしてはいなかったが、互いに相手が何をするつもりで何を望んでいるかは自ずと理解していた。この勝負、勝敗を決するのは戦闘機ではなく陸攻だ。

五機の陸攻は、三機と二機に分かれ、夜襲とは思えないほどの低空を飛行した。戦艦の対空火器は、ここで陸攻を一旦見失う。彼らが考えた飛行高度と陸攻の高度に大きな隔たりがあったためだ。

先頭を行くのは戦艦サウスダコタであった。五機の陸攻は、この戦艦に集中した。先頭の艦艇なら僚艦からの支援を受けにくいという読みもある。三機は戦艦の右舷から、そして残り二機は左舷側から接近する。敵がどちらに回避しても、いずれかの魚雷は命中する計算だ。

戦艦サウスダコタは上空の敵機に幻惑され、低空を飛ぶ陸攻の動きに気がつくのが遅れていた。そして彼らが反撃した時には、陸攻は至近距離——といっても一キロ以上は離れていたが――まで迫っていた。

一機の陸攻が対空火器により撃墜される。だがそれは魚雷を投下した後だった。

そしてその魚雷は真っ直ぐに戦艦サウスダコタを目指す。

すべての魚雷が至近距離から投下され、そして戦艦の側は夜間ということもあり速力をあげることには躊躇いもあった。

戦艦を狙う五本の魚雷は、すべてが戦艦に命中する。

戦艦サウスダコタはそれ以前の旧式戦艦よりは防御力も改善されている。しかし、それでさえも五本の航空魚雷に耐えられるようには作られてはいない。

次々と戦艦の周囲に白く輝く水柱が林立し、そして戦艦は急激な速度を傾斜して行く。そしてほとんどの乗員が脱出できないまま、艨艟は艦首から水没していった。

五機の陸攻で戦艦を撃沈。それは特筆すべき大戦果である。一隻一億円はするであろう戦艦を、一機せいぜい二〇万円の陸攻五機、一〇〇万円相当で撃沈してしまったのだ。一対一〇〇。それは日米の国力の差をも凌ぐ圧倒的な数値である。

しかし、この時の陸攻の搭乗員たちにはこの瞬間の感激、戦艦を自らの攻撃で沈めたのだという感激はなかった。

彼らが己れの戦果を実感したのは、基地に帰還した時だった。

すでに夜は明けている。朝日の中で見るガダルカナル島の飛行場周辺は、その惨状に言葉も出ない有り様だった。掩体の一部は崩れ、航空機の幾つかは失われている。滑走路は一部は利用できるものの、大半は使用不可能な状態だ。

そしてジャングルで発生した火災は、すでに鎮火していたものの地上施設の多くを焼きつくしていた。あるいはそれは火災のせいではなく、戦艦の砲撃によるものかもしれない。しかし、いずれにせよ結果に変わりはない。基地施設は甚大な損害を被っていた。

それは敵戦艦の攻撃のすさまじさを彼らに強く印象づける。そんな相手を自分たちは沈めてしまった。彼らはそんな屈折した想いにより、自分たちの戦果を実感する。それはうれしいと言うよりも、むしろ怖い感じであった。敵に対して、そして自分に対して。

後にこの戦闘は、「ルンガ沖夜戦」と呼ばれることとなる。

第四章　作戦目的

昭和一七年一一月下旬。日本は久々の朗報に沸き立っていた。わずか五機の陸攻が、米海軍の新鋭戦艦を撃沈させてしまったことにだ。およそ一年ほど前のマレー沖海戦では、やはり陸攻隊がイギリスの二大戦艦を撃沈させている。

このニュースがさらに国民に喜ばれたのは、陸攻隊を支援していた戦闘機隊の指揮官が、あの米軍の爆撃機を乗っていた新鋭機によりたった一人で阻止した――むろん一人で阻止したわけではないが、この程度の意図的な情報操作は戦時では常にあったこと――渡部少佐であったことだろう。

――海軍航空隊に敵なし！

この海戦の結果を新聞やラジオから知らされた国民が、そう信じたとしてもなんら不思議ではない。新鋭機で敵の爆撃機をばったばったと撃ち落とした男が、イギリスの戦艦を屠った陸攻隊を守り、おかげでアメリカの戦艦がまた沈んだ。話としてこれほどわかりやすい構図はない。強い奴は強い、実に単純だ。

しかし、ラバウルの関係者、なかでも河合少将にとっては、戦艦が撃沈されたことよりも、それによる砲撃の被害の方がはるかに深刻だった。

「人的損害は少なく、物的損害が中心か」

河合少将のもとに提出された報告書は、ガダルカナル島の惨状を克明に表していた。砲撃は激しかったが、意外にも死傷者の数は少なかった。相手の攻撃目標が滑走路であったことによるのだろう。もっともそれでも一割の人間が死傷者の数に入っていたが。

甚大なのは、地上施設の損害だった。砲撃による損傷の大半は滑走路であり、それによる地上施設への直接被害は意外に少なかった。

しかし、ジャングルの火災などによる延焼は想像以上に大きかった。特に設営隊など、米軍の爆撃に備え、近くのジャングルに物資や機材を隠していたことが、完全に裏目に出たと言える。

火災によりそうした機材と物資は燃え尽きてしまった。せっかくのブルドーザーはもとより、その日の食糧さえ事欠く始末である。

こうした時こそ輸送航空隊の真価が発揮されるのだが、状況は良くない。輸送機が足りないというのが一つ。もう一つは滑走路が使えないことにある。

陸攻隊が出撃できた滑走路も、その後の砲撃でやはり無傷ではなかった。じっさい離陸に成功した陸攻隊は、ほとんどが着陸に失敗し、死傷者は出なかったものの、機体は大なり小なり損傷を受けた。局地戦は何とか離着陸可能だが、それとてかなり限られた運用を迫られた。

二式輸送機丙型はそれでも何とか離着陸はできたが、それも一度に一機が限界だった。滑走路の穴は埋められ始めたが、ブルドーザーはおろか、シャベルにさえ事欠く有り様では復旧は容易ではない。さらにガダルカナル島の燃料備蓄も多くが失われているため、輸送機は自分が帰る分の燃料まで積み込まねばならないという有り様だった。

運べる物資は少なく、対して運ばねばならない物資は少なくない。強いて良い部分に目を向ければ、島の怪我人などを輸送機でラバウルまで運べることだろう。怪我人が少ないということは、軍事的な意味も小さくないのだ。

「輸送機はどれくらい使える？」と主計長に尋ねる。

「機体としては、かき集めるなら二〇機程度は。ですが、滑走路の状況が悪く、一日で、そう五機が限界ではないでしょうか」

「五機！　五機というのはあまりにも少なすぎないか。それでは島に運べるのは三五トンの物資だけか」

「いえ、最大で二五トンです。自前の燃料も積んでいかねばなりませんから。施設の損傷は深刻です。燃料補給もポンプが使えないため、ドラム缶から直接給油するような危険な作業を強いられるのが実情です。また物資を下ろすのもすべて人力です。そうした帰還のための作業に時間を取られ、一日に運用できるのは現状では五機が限界です」

「二五トンか……」

ガダルカナル島には現在、一万人近い人間がいる。主に設営隊の人間だが、彼らが必要とする食糧は、最低限に見積もって五トン。

しかし、航空基地として機能するために必要な機材は、そんなものでは済まなかった。失われてしまった陸攻の爆弾や魚雷を運ぶなら、それだけですぐにトン単位の重さになる。自転車操業は可能かも知れないが、それでは意味がないのだ。要塞化されてこそ、ガダルカナル島は本当の価値を持つ。

「輸送船団を、もう一度編成するよりないな」

河合はそう決心した。もはや自分は航空隊の人間などと悠長なことは言ってられない。

ただ彼には懸念もある。いままでは多分に幸運にも助けられ、作戦はうまくいってきた。しかし、これからはどうか？

彼がそれを心配するのは、過去のブルドーザーの空輸など、自分たちの暗号が米軍に解読されていると解釈できるような兆候が見られることだ。

この件については彼も上層部に上申するなどしてはきた。しかし、連合艦隊司令部をはじめとして、彼らの反応は鈍い。

「海軍暗号を解読したとしても、そこにあるのは日本語であり、アメリカ人には容易に解読できない。そうした点で日本海軍の暗号は二重に強力なのだ」

司令部幕僚の意見はおおむねそんなものだった。生憎と河合司令官も暗号の専門家ではなく、幕僚たちにそう断じられると、反論するだけの根拠はなかった。しかし、暗号が本当に安全なのかどうか、河合には司令部幕僚たちほど楽観的にはなれなかった。

「どう考えても、最低でも一〇隻近い貨物船を用意する必要があるな。大鷹は使えるか」

「ええ、使えるはずです。空母とは言え実質的に航空機輸送艦以上の使い道のない船です。いまもトラック島で髀肉の嘆をかこっているはずです」

「大型優秀商船を中途半端な空母にしたのも、思わぬ効果があったということか」

今の河合には白い船でも黒い船でも、物資を運ぶ船だけが良い船だったのである。

「大鷹を旗艦として再度輸送船団を編成し、ガダルカナル島へ向かう。島の設営隊には飛行場建設など後回しにして海岸と飛行場までを結ぶ幹線道路の整備を優先するよう命令するか」

「我々から直接ですか？　しかし、我々は彼らの上部組織でもなく命令は出せませんが」

「直接の命令は確かに出せないだろう。しかし我々の指示に従わなければ、自分たちの命にかかわるということは教えておいてもよかろう。『命令』はどこか他の連中が出すにせよ、連中が何を為さねばならないかはっきりさせねばなるまい。

今度の作戦は、揚陸能力がすべてを制する。そのためには可能な限りの揚陸体制の構築と、道路の整備が不可欠だ。トラックが往復できるだけの拡張は何がなんでも行わねばならん」

「しかし、ガダルカナル島のトラックは、かなりの損害を……」
「だったらトラックも運べばいい！　空母でも何でも、トラックを運ぶ船ならいくらでもあるだろう。いいか、忘れるな、ガダルカナル島の米軍は補給で負けたということをな！」

実際に船団が編成され、出港したのは、昭和一七年一一月二三日のことであった。それは規模と時間からすれば、異例の早さと言えた。

空母大鷹をはじめとして大型貨物船一〇隻と、それに見合うだけの補給物資。船の大半は先の輸送作戦の時に参加した優秀商船が主な戦力だ。

船団の指揮官は、書類上は河合少将ではあったが、彼自身は多くの戦線の補給業務を統括する立場であり動けない。そしてトップが中将ではなく少将ということで、次席指揮官は大佐ということになり、結果、船団の指揮官は空母大鷹艦長である藤田太郎大佐が執ることとなった。船団で唯一の軍艦が空母大鷹であることもある。

航行計画は迅速に行わねばならない点と同時に、敵機の攻撃を考え、ガダルカナル島到着は日の入り後になるようにと調整されていた。そうすれば敵機の攻撃は、ないかあったとしても最小限度の被害に抑えられるだろうという読みだ。

また昼間は、中間地点前半はラバウルから、後半はガダルカナル島から船団護衛のための直援機が出されていた。飛行時間と稼働機の数から、常時直援に当たってくれている戦闘機はせいぜい四機というところだが、それらが飛んでいるのとそうでないのとではまるで違う。

特に航路も後半になり、局地戦が浮上中の敵潜水艦を発見し、急降下で銃撃を加え撃沈したという報告は、船団における航空機の支援の重要性を多くの人間に印象づけた。もっとも本当に撃沈したのかどうかは、相手が潜水艦なので何とも言えないのではあるが。

このような状況で航海は順調に進んでいた。そしてガダルカナル島まで指呼の距離まで船団は前進できた。

すでに夜間であり直援機の姿はなかったが、もはやその必要を感じている人間は少なかった。船団はすでにサボ島の手前まで来ている。

「通信員、ガダルカナル島に報告。定時に到着予定だと」

藤田艦長兼船団指揮官は、電話でそれを通信室に伝える。あと数時間で揚陸作業が始まるだろう。夜ではあるが、まだ陽も沈んで間もない。時間は十分にあるだろう。すでにどの船でも大発や小発の準備に入っているはずだ。

作業手順では空母大鷹が大事な役割を持つ。その飛行甲板に並べられた大発には トラックが積まれていた。最初にそれらが揚陸される。そしてそのままそのトラックが物資輸送にあたるのだ。

すでに報告では、ガダルカナル島にはトラックがすれ違えるだけの道路ができているという。二車線あれば、単車線と違って相手待ちで無駄な時間を過ごす恐れもなくなる。それだけ迅速に物資輸送ができるはずだった。

「ガ島の奴ら、また米軍を騙そうとしてますよ」

航海長が言う。

「騙すとは、どういうことだ？」

「あそこですよ、艦長。あそこで何か光っているじゃないですか。ああやって艀に灯をつけて米軍の爆撃機を惑わすんですよ。そこに滑走路があるみたいに」

「そう言えば、そんな話も……」

空母大鷹の周辺に水柱が林立したのは、まさにその時だった。

「あれは囮じゃない、敵艦の砲撃だ！」

砲撃のマズルフラッシュから弾着まで、場合によっては十数秒の時間差がある。

しかし、二人が砲撃と艀の灯を間違えたのも無理はない。ここに敵などいるはずがないからだ。だが現実に敵はいた。

「なぜだ！」

それは藤田艦長の率直な気持ちであった。航空哨戒までしていたというのに、どうしてここに敵がいるのか。

夜間なので敵の姿はわからない。しかし、マズルフラッシュに浮かび上がるように見える敵艦隊の数は七から一〇隻前後と思われた。ただ戦艦はない。いずれも巡洋艦や駆逐艦が中心だ。

だがこの船団には空母大鷹以外の軍艦はない。戦闘力を持つものは空母一隻だけであり、他は非武装の貨物船だった。なるほど機銃などは積まれているが、いまの状況でそれらに意味があるとは思えない。

藤田艦長は、隷下の船団に対して回避行動をとるべく転舵を命じる。だがそれはかえって状況を悪くするだけだった。藤田艦長が相手の位置を読み間違えていたのか、敵艦隊の砲弾は、次々と空母大鷹の周囲に落下する。

「どういうことだ……」

藤田司令官には状況がまったく理解できなかった。夜間だというのに敵艦隊の砲撃は信じられないほど正確だった。なによりも回避行動をとった空母に対して、敵の砲撃は正確に追尾している。肉薄攻撃というならまだしも、夜襲でこれほどの砲撃精度を維持できるとは……。

しかし、そんなことを考えていられた時間は短かった。ついに敵の砲弾が飛行甲板に命中する。それはまさに最悪の状況であった。

飛行甲板には揚陸前のトラックが並べられていた。それらを真っ先に島に降ろし、以降の作業を迅速に行うためだ。当然、ガソリンも満載している。つまり飛行甲板の上には可燃物が山と積まれていたのである。

命中した砲弾は駆逐艦の砲弾が一発であったらしい。しかし、それは飛行甲板の上を火の海にするには十分な攻撃だった。デリックに吊り下げられていたトラックを載せた大発は、火災の爆風で吹き飛ばされる。そして飛行甲板は次々とトラックの燃料に引火して行く。

悪いことに空母搭乗員の多くが、上陸準備のために甲板上で作業を行っていた。砲撃とわかった時、自分たちの状況が極めて危険なものであることは彼ら自身にもわかってはいたが、咄嗟にはどうすることもできない。空母としては小さいが、その上に並べられたトラックの類いを排除するには大きすぎた。

空母大鷹の甲板上は、短時間で松明（たいまつ）のように燃え上がった。それはガダルカナル島からも水平線が赤くなることで目視できたほどだという。米艦隊の攻撃は空母が燃え上がると、すぐに貨物船そのものへと切り替わって行く。

貨物船は燃え上がる空母から可能な限り離れようとした。敵に自分たちの居場所を知られないためである。だがそれはほとんど効果がなかった。砲撃は、やはり恐ろしい精度で続けられる。

一隻の大型貨物船は回避行動を急ぐあまり、座礁してしまう。そしてその座礁した船に後続の貨物船が衝突してしまった。座礁した船は船底を損傷したのみならず、艦尾を衝突されたため、傾いたままそこで一部を海面上に出したまま、擱座（かくざ）してしまう。

一方、衝突した側も無傷ではなく、船首部に破口を開いたまま、別の地点で座礁してしまった。これだけで二隻の貨物船が失われる。

そして残りの七隻は、順番に米艦隊の砲撃を受け、時間と共にその数を減らしていった。巡洋艦や駆逐艦は高速艦であり、貨物船が逃げ切れるはずもない。しかもそれらの艦艇は夜間にもかかわらず、かなり正確な砲撃を維持していた。

戦闘は一時間足らずの間に終了する。浮いている貨物船は一隻もない。いや、正確には砲撃を受け、大破した貨物船が一隻、かろうじてガダルカナル島の近海まで逃げ延びてはいた。その船の姿は補給を待ちわびる将兵たちのいる海岸からも見ることができた。

だがそこまでだった。消火作業に何か手落ちでもあったのか、あるいは何か別の原因か。ともかくその船は、一万人近い将兵の目前で、爆発し、そして沈んでしまう。彼らは希望を目の前で踏みにじられた。その精神的なダメージは決して小さなものではなかった。

ガダルカナル島への第二次輸送作戦は大失敗に終わる。そして海軍航空隊はこの米艦隊を求めて飛び立ったものの、正確な位置も不明のため、なんら成果を上げることなく帰還することとなった。この第二次輸送作戦の失敗は、後に「サボ島沖海戦」と呼ばれることとなる。

昭和一七年一一月末。先の戦艦サウスダコタの撃沈報道の異例の迅速さに比べ、サボ島沖海戦の日本での報道は遅く、かつ扱いの小さなものだった。

米艦隊の待ち伏せにより貨物船が何隻か沈められた。それは確かに間違いではなく、不正確だが嘘でもなかった。受ける印象はともかくとして。

だから田島泰蔵も大西瀧治郎航空本部総務部長から話を聞くまでは、それがどのような意味を持つか必ずしも理解していなかった。

もっとも大西が彼を訪ねてきた段階で予感はあった。ここしばらく大西が語る戦局の話は、大本営発表などと大きく異なることが増えていたからである。特に扱いの小さな記事は要注意だ。

「ガダルカナル島はいま、非常に緊張した状態にある」

大西は挨拶らしい挨拶のないまま、社長室で戦況を語り出す。もちろん人払いがなされているのは言うまでもない。

「戦闘が激化しているのですか？」

「それもある。だが最大の問題は補給だ。社長も新聞で読んでるだろう、サボ島沖海戦の話。あの報道だけは、基本的に新聞の内容と同じと考えてもらって結構だ」

大西は自分が「あの報道だけ」などというとんでもないことを口にしたことも気がついていない。そんなことに気がつく余裕もないということだろうか。

「補給の問題ですか……しかし、第一次輸送船団は無事に到着し、物資はかなりの備蓄があるはずでは？」

「そう、それは正しい。ちなみに社長はルンガ沖夜戦についてどこまで知ってる？」

「どこまでって……新聞程度ですが。ガダルカナル島に接近してきた敵艦隊を発見し、陸攻隊の攻撃で戦艦一隻が撃沈……これが間違いであると？」

「間違いじゃない。ただあの夜の出来事の半分であるという点を除いてな」

「半分と申しますと？」

「我が航空隊はどうして敵艦隊の存在を知ったのか？　それは島が敵の奇襲攻撃を受けたからだ。二隻の戦艦による一六インチ砲の砲撃で、飛行場は壊滅的な打撃を受けた。現状は残存航空機が使える滑走路部分で任務を果たしているのが実情だ。

　それを考えるなら、たった五機の陸攻でサウスダコタ級を撃沈した彼らは、まさに真の英雄と言うべきだろう」

「つまり、最初の船団が運んだ物資は米軍の攻撃ですべて灰塵（かいじん）に帰したと？」

「すべてではない」

「そうですか！」

「ほとんどだ」

「似たようなものじゃないですか」

「何を言う、多少なりとも物資があるから、何とかやりくりがついているんだ。これがゼロだったら、飢え死にか降伏しか残された道はない」

大西の話によると、ガダルカナル島の補給事情はかなり厳しいらしい。輸送機が限界まで働いているので、何とか戦線は維持されているが、それも結局は消耗分の補充程度でしかなく、備蓄を作る余裕などない。

もとより大型輸送機が有効とは言え、一度に運べる物資の量では船舶の敵ではなかった。二式輸送機でさえ、貨物船一隻分の物資を輸送するためには延べ三〇〇機が必要なのだ。

しかしながら日本が保有する船舶には限りがあり、しかもそれを陸海軍が奪い合っている状況では、輸送機の存在は――まぁ、輸送機生産においても陸海軍は奪い合ってはいるが――決して小さくない。特に陸軍のように鉄道や自動車――と言っても日本陸軍の場合、なかんずく関東軍などは満州鉄道などへの依存度が著しく高いのだが――といった輸送手段が期待できない海軍では、船舶が駄目なら輸送機だけが頼りだった。

「それで総務部長、今日はどのようなご用件で」

と田島は訊いてはみるが、すでに大西が来た用件には見当もついている。航空機輸送だけが補給を支えていると語っている人間が、輸送機製作会社に何をしに来るというのか？　そして田島の予想は当たっていた。

「例の六発機だが、早急な実用化をお願いしたい」

「実用化ですか」

それが無理なのはすでに説明したはず……という道理が通用する相手ではないことは、田島もよく理解していた。しかし、ここは言わねばなるまい。

「前にもご説明いたしましたが、年内に試作機を完成させるのは無理です。来年春には五機……」

「試作機を完成させたという話は儂の耳には入っておるがな」

「えっ⁉」

田島には大西の言っていることの意味が、すぐには理解できなかった。六発輸送機の試作機などまだ治具の段階であり、機体製造はほとんど進んでいない。だが田島は嫌な予感と共に大西の言っていることの意味が理解できてきた。

「まさか総務部長は二号の話をなさってるのですか？」

「ほう、あの飛行機は二号というのかね」

「イロハニのニです。なるほどあれは六発機ではありますが、試作機開発のための機体構造の試験台であって、試作機ですらありません。単に通常の機体のアスペクト比を大きくして六発の影響などを調べるためのものです」

航空機開発などの場合、大きな機体を縮小するのと、小さな機体をスケールアップするのとでは、前者よりも後者の方が開発は容易であるという。基本型の拡大は胴体なり翼の延長で対処できるが、基本型の縮小は時にエンジンの再検討さえ必要になる。二式輸送機も四発を六発にするのは比較的簡単であったが、四発を双発にするのはおそらく新規開発した方が早いくらいの手間が必要なはずだった。

田島が言うように、試作機開発に先立ち動力銃塔など各要素技術の開発には田島も以前から着手はしていた。当面は旅客機としてでなく軍用機として陸海軍に売る以上、大型化や武装化が将来必要になるかもしれないからだ。動力銃塔などは最悪、川西など他所の会社に販売しても良い。

そうした中で研究されていたのが、既存の輸送機の翼長を延長し、六発にした試験機だ。

そう、それは構造強度やエンジン系統の試験用であって、試作機ではない。実際は安定性も考え、胴体もやや延長されているが、それほど顕著な違いはない。

ただ武装も何もなく、エンジン馬力の強化と胴体の延長により、八トンから九トンの物資を輸送することは理屈の上では可能と考えられていた。最適化された機体設計ではないが、ともかく軽いので、それなりに馬力で輸送力は増やすことができる。

「二トン余計に運べるならば、前線の将兵にとってどれほどの福音になるかわかるかね」

「そりゃ、わかりますけど……しかし、これは構造強度の実験機であって試作機ですらないのですよ」

「実験なら、日本ではなく最前線で行う方が、より実践的な知見を得ることができるのではないか」

「そうかもしれまんせんが……」

「二式輸送機の性能はすでに海軍で知らぬ者はない。あの高い信頼性を持つ機体なら、多少の改造で性能が低下することはないだろう。ならば二式輸送機がすでに戦場を飛んでいる以上、その六発機が飛行しても不思議はあるまい」

大西はそう言いながら、実験機という言葉を発するのを巧みに避けた。それはそうだろう。本来であれば、彼はそうした得体の知れない機体を領収してはいけない立場の人間なのである。搭乗員の命を預かる以上、機体には然るべき性能と信頼性が要求されるのだ。

だがいま二人が議論している六発の実験機には、明らかな失敗作というデータもないとはいえ、性能や信頼性には多くの未知数があった。

それはたとえるならば、父親が立派だから息子も立派なはずだと論じるのに似ている。現実には父親が立派であることは、息子が立派であることを何も保障していない。それどころか父親が立派すぎるために、その息子は平均以下に甘んじることさえ珍しくない。ベースが成功と言っても、それは改造機の性能を保障はしないのだ。

ただ田島の知る限り、大西はその程度のことは百も承知しているはずだった。彼とて伊達や粋狂で航空本部の幹部はやっておるまい。それだからこそ彼はあくまでもこの機体を二式輸送機の一種と主張し続け、実験機という表現を避けているのではないか。

「部長、いったい何をさせようと言うのですか?」

「ガダルカナルの窮状の原因は、現地の設営能力にある。滑走路の補修が進まない限り、大規模な部隊の移動も航空機輸送もおぼつかん。もしも滑走路が復旧し、同時に多数の大型機が運用できるようになれば、航空機輸送だけで島は維持できる。一日に消費する物資以上の物資が輸送できるなら、あえて危険をおかして船団を編成する必要はない。そうなれば我々は、限られた船舶を別の方面に割り当てることができるのだよ」

「そういうことですか」

田島には海軍が抱えているらしい問題の輪郭がようやく見えてきた気がした。彼は航空機のことしか見ていなかったが、それは本質ではなかった。

日本は現在、手持ちの海運能力以上の規模まで戦線を拡大してしまった。そのことが航空機輸送に過大な期待を上層部が持つ背景にあるのだろう。逆に言えば、航空機輸送が駄目であるならば、海軍は拡大した戦線の維持が補給面で不可能であることを認めなければならなくなる。

「しかし、部長、あの六発機を輸送任務に動員しなければならないほど戦線は逼迫しているのですか？」

「いや、そうではない。あの機体でなければ運べない物があるんだ。二式輸送機は七トンが最大積載量だ。だが運びたい物は八トン以上ある」

「なんですか、それは？」

「新型の均土機だ」

「均土機？　何ですか？」

「何ですかって、そりゃぁ、名前の通りだ。土を均等にする機械だよ」

「土を均等にする？　粒の大きさを揃えるとか？」

「いや、そういう機械ではない」

どうやら大西総務部長も均土機を運ぶということは聞いているようだが、肝心の均土機なる装置がなにものかまでは知らないようだ。たぶん海兵では教えない類いの機械なのだろう。

「まぁ、国産の機械なら儂もわかるんだが、外国製だからな」

「外国製ですか、いまどきならドイツかソ連ですか？」

「いや、イギリスらしい。シンガポールで鹵獲（ろかく）したとかいう話だ。それを運ぶ。だが通常の二式輸送機では運べない。運べるのは六発機だけだ」

「そんな機械があるんですか。しかし、均土機がなにものかは存じませんが、我が国の軽戦車よりも大きな機械なのですね」

「そう言うことになるかな。まぁ、戦車じゃないのだから、単純に同列では比較できないだろうがな」

状況は田島にも飲み込めた。これからまた面倒な仕事が増える。しかし、面倒だからとやめるわけにもいかない仕事ではある。これには人の命がかかっている。

そこで、ふと田島は考えた。もしも均土機が六発機でも運べない機械であったら、海軍はどうしたのだろうかと。

渡部少佐は操縦席についていた。これから出撃するためだ。二式局地戦二二型の操縦席は、零式艦上戦闘機よりは広い。それだけ機体を扱いやすい。変に窮屈な思いをしないで済むからだ。

生産現場の関係なのか、計器盤や操縦装置関係の配置には一一型と比較して細かい相違点がかなりある。しかし、それはまさに改善と言うべきものであり、計器の位置やスロットルなどの形状や配置は一一型より明らかに操作性に貢献していた。これは川西が二式輸送機の母体となった旅客機開発にかかわっていたためだろうか。

風防も外から見ると太い胴体の上に不器用にせり出しているように見えなくもないが、いざ乗ってみると全周視界は良好だった。局地戦闘機なのにフラップを自動的に操作するような機構もついて、運動性能も改善されている。

まぁ、単純な運動性能では零式艦上戦闘機には劣るが、速力や上昇性能では負けない。防空戦闘に限れば、二式局地戦は零戦に圧勝できる自信が渡部にはあった。

渡部は待っていた。彼の視野の隅に飛行場の指揮所がある。もっともそれは基地の人間たちが指揮所と呼んでいるから指揮所なのであって、客観的に見れば丸太を組み合わせた火の見櫓だ。

例の戦艦が砲撃を加えるまでは、この基地にも指揮所らしい指揮所があった。だがそれも昔の話だ。いや、昔のように思えるがまだ一ヵ月も経過していない。

しかし、あの攻撃の傷跡はいまだ癒えていない。基地施設の多くは再建の目処さえ立っていないのが実情だ。ただそれぞれの人間が、自前の工夫で仕事をこなすことで、基地機能そのものは維持されている。

幸いにも輸送機は一日に何便かが到着するため、最低限度のことは維持されている。燃料備蓄は決して増えないが、枯渇もない。食糧も補給が跡絶えれば早晩飢えることになるはずだが、しかし、いま現在は三度の食事は出されている。

復旧が最も遅れているのは滑走路だった。二式局地戦の奮戦でB‐17の損害は決して小さなものではなかった。そこで米軍は作戦を変えた。大部隊ではなく、少数がゲリラ的に奇襲をかけてくる。通り魔のように小さな爆弾を投下して行くのだ。

命中精度は低い。しかし、基地周辺のジャングルを迂闊に歩けば爆弾に出くわす可能性があった。それらの爆弾の幾つかは時限爆弾であり、ばらばらの時間に爆発する。

このため爆弾処理も容易ではない。手榴弾に毛が生えたような爆弾でも、それらを処理しない限り、滑走路の復旧はおぼつかない。作業は全面的に中断されてしまう。

大型爆弾なら発破を仕掛けて誘爆させることもできたが、小型では手間ばかり増え、ダイナマイトも足りなくなる。誰が考えたのかは知らないが、アメリカには少なくとも一人、恐ろしく底意地の悪い人間がいるのだろう。

しかし、底意地がどうであれ、それは効果的な戦術であった。滑走路の使える部分は依然として砲撃を免れた一本のみ。基地は一度に一機しか扱えなかった。だからいま渡部少佐は待っていた。離陸の順番が来るのを。

もっとも待っている時間は少ない。いまガダルカナル島で使える戦闘機は六機しかないからだ。ある意味で、六機しかないから航空機輸送で部隊が維持できているとも言える。

すでに機体の多くは先日の砲撃により失われていた。残った機体も連日の戦闘で消耗している。整備科が幾つかの残骸から使える機体を二機作り出すべく奮戦中だが、それが使えるようになったとしても、戦力は八機。決して十分な数ではない。だが不十分であろうとも、彼らは飛ばねばならなかった。

指揮所から旗が振られた。ようやく渡部少佐はスロットルを操作し、愛機のエンジンの馬力をあげる。基地が大破しても二式局地戦闘機の力強さは変わらない。

噂では年が明ければ二式局地戦闘機三三型というのが実戦配備されるらしい。詳細は不明だがエンジンに過給器を装備することで出力を強化し、それにともない防御と火力を増強したものらしい。噴進弾という新兵器も搭載できるらしい。ともかく局地戦としては画期的な性能のものになるようだ。

渡部は一人の操縦員として、その新鋭機を操縦してみたかった。そいつはいままで以上にB‐17に対して強力な武器となるはずだ。それがどんな機体なのか、自分のこの手で操縦したかった。

だからこそ、渡部少佐はそれまでは死ぬわけにはいかなかった。その新鋭機の能力を最大に引き出すためには、部隊として動かねばならぬ。だからこそ部下も死なせたくなかった。

そして死なないためには、今日を生きて行くしかない。悔いのない生き方などない。少なくとも死ぬことで悔いが残る時期はある。渡部らにとって、いまがその時期だ。だからいまも死なないために出撃する。

真正面の景色はあまり変化しないが、左右の景色は機体に勢いが出るに従い、目まぐるしく変わって行く。そこには爆弾や砲撃で生まれた穴を埋める設営隊員の姿も見える。

ブルドーザーは失われ、すべてが手作業だ。工具も足りず、ジャングルから伐採した木で作ったような工具で作業を行っている人間の姿も少なくない。

やがて機体は離陸する。彼は部下たちを集結させ、三機一組で、二組を率い、敵のやってくるであろう方角に向かう。前方哨戒に出ている飛行艇によれば、五機のB-17の編隊が迫っているらしい。

——撃墜を考えるな。

渡部は自分に言い聞かせる。撃墜しなくてもいい。追い返しさえすれば、基地は守れる。消極的な態度だが、いまの彼らにはそれしかできることはなかった。

撃墜しようとすれば深追いせざるを得ない。だが燃料も銃弾も、何より機体がぎりぎりのいま、深追いは禁物だった。

――あと少しの辛抱だ。

彼は部下たちにそう言い聞かせてきた。それは自分に対する言葉でもある。ラバウルから明日、六発の大型輸送機が到着するという。

それさえやってくれれば状況は変わる。基地の拡張は一気に進み、ガダルカナル島は再び一大航空要塞となるだろう。そうなれば好きなだけＢ‐17も撃墜できる。

――それまでの辛抱だ。

渡部少佐は辛抱を繰り返す。明日のことを考えれば、今日のことは我慢できる。そうやって一日を塗り潰し、明日へとつなげるのだ。

やがて渡部少佐の部隊は、前方に五機の航空機を認める。四発の大型機。間違いなくＢ‐17の編隊だ。

高度はすでに飛行艇から聞いている。自分たちの方が五〇〇メートルは高い。そして相手から見て、自分たちは太陽を背にする位置にある。

渡部少佐が操縦席の中から合図をし、翼を振る。家族のような部下たちにはそれで十分だった。六機の局地戦闘機は、いま五機の重爆に急降下をかけていった。

第五章　技術士官の想い

太平洋戦争開戦からちょうど一年目の昭和一七年一二月八日。相変わらずガダルカナル島の飛行隊指揮官であった渡部少佐は、ラバウルから輸送機で運ばれてきたその新兵器の使い方がよくわからなかった。

「いざという時、これで局地戦を加速するというわけではないのか」

渡部は輸送機でやってきた牛尾造兵大尉に尋ねる。丸眼鏡をかけ、渡部のイメージ通りの技術士官である牛尾造兵大尉は、やはりイメージ通りの口調で、目の前にある細長い木箱の中身の解説を始めた。

日本国内でも戦局の影響が現れ始めているのは、その木箱からもわかる。材質も工作もいままでのものより粗末な物だ。そのうち爆弾や砲弾も厚紙の箱か何かで運ばれてくるのではなかろうか。渡部少佐は、そんなことをふと思う。

「空母などで大型攻撃機の加速に用いる研究もなされてはおりますが、この新兵器そのものはそうした目的のものではありません」

新兵器を運んできた木箱の出来など眼中にないかのように、牛尾造兵大尉は箱の蓋を開け、新兵器の姿を見せる。

「飛行隊長は、ロケットというものをご存じですか」

「名前程度は知ってる。大砲が物になる前に使われていたな」

渡部の言葉に間違いはなかったが、ロケットに対する好意もまた、そこにはなかった。

箱の中に入っているのはロケットだった。その程度のことは見ればわかる。太さは一二、三センチ、長さは一メートルを少し超える程度か。箱に入っているのはロケットだけではなく、それを発射するのに使うのであろう、鉄製のレールのようなものの姿もあった。

「これが頼んでいた新兵器ってやつか」

「噴進弾を飛行隊長はご存じだったのですか」

理解者を得られたという期待の表情を露にする牛尾に対して、渡部は取りつく島もなく答える。

「いや、知らぬ。聞いたこともない」

渡部の冷淡な態度にはわけがある。

ガダルカナル島を占領した日本海軍ではあったが、占領という事実は戦局を有利に進めるどころか、航空消耗戦をより激化させたのが実情だった。ポートモレスビーを中心とするニューギニア方面とガダルカナル島。日本海軍航空隊はこの二つの戦域で、戦線を維持するための航空戦で多くの機材とそれ以上に貴重な人材を失っていた。

渡部少佐の部隊にしても、部隊が移動した時からの部下はすでに半数を切ろうとしている。他は新規に補充されてきた者たちだ。

これで激戦地がガダルカナル島だけならば、まだ何とかなったのかもしれない。しかし、ニューギニア方面はガダルカナル島以上の激戦であり、消耗も激しいと聞く。

じっさい補充されてきた若年兵や新米の下士官の技量は、低いとは言わないまでも高くはない。陸上基地でならそこそこの任務はこなせるだろうが、空母部隊での任務につくにはまだまだ経験が必要というレベルだ。

実戦配備される二式局地戦の数は微増。可能なかぎり補充されるが、損失も多いのである。計算の上では局地戦一機で敵重爆一機と刺し違える形となっている。戦時経済的に言えば、戦闘機の犠牲で重爆が撃墜できるというのは高利得かもしれない。が、じっさいに部隊を預かる身としては、あまりにも多い犠牲と言わざるを得ない。

何より厄介なのは、全体的な部隊の技量の低下と、敵重爆の防御火器の増強により、戦闘時の選択肢が著しく狭められているということだ。開戦当初のような敵重爆のコクピットだけをピンポイントで撃ち抜くような、名人搭乗員ばかりで部隊が編成されてはいないのだ。渡部は名人の闘い方から凡人の闘い方にルールを変えなければならなかったのである。

その中で彼が唯一頼りにしたのは、二式局地戦の性能の向上、中でも火力の増強だった。なるほど二〇ミリ機銃四丁は、戦闘機の火力としては水準にある。しかし、渡部はこの戦闘機の能力からすれば、運動性能をそれほど犠牲にせずとも機銃の増設なり、三〇ミリクラスの機銃の装備は可能と考えていた。

すでにそうした三〇ミリクラスの機銃の開発が始まっているとか、実用化間近という話を渡部も何度か耳にしている。海軍独自ではなく、さる銃火器会社の独自開発とも言われるが、彼にとっては誰が開発しようと、そんなことはどうでもいい。火力が増強できること、なにより重要なのはそこだ。

だから局地戦の対重爆用の新兵器と聞いた時には、彼が火力の増強に関して、それなりの期待をしても不思議はない。火力の向上は、そのまま若年兵の帰還率の向上となって表れる。若年兵の帰還率が上がれば、それは熟練搭乗員の増加を意味するのだ。

が、いま二式輸送機によって運ばれてきた新兵器は海の物とも山の物ともわからぬロケット兵器だ。渡部は目の前の噴進弾とかいう細長い鉄の筒を見た時、航空艦隊司令部は現状を理解しているのか、彼らに対する疑念さえ覚えていた。

「こんな兵器は信用できませんか、やはり」

牛尾造兵大尉の率直な物言いに渡部も率直に答える。新兵器は気に入らないが、この技術士官の率直な態度には、渡部も好感を抱いた。

「はっきり言わせてもらえば、部下の命をこの装置に託せると信用できるだけの根拠を私は持っていない。あるいは、これは画期的な装置であるのかもしれない。しかし、まったくの見掛け倒しの可能性もある。

もちろん貴官は、この新兵器開発に関して寝食を忘れて当たったのだろうと思う。だがどんなに開発に苦労しようとも、実戦で役に立たねば意味はない。そしてこの装置が役に立つのかどうか、私は部下の命を危険に晒(さら)してまで確認しようとは思わない。そういうことだ」

「それでも、これを使ってくれと言ったらどうします？」

牛尾造兵大尉は、渡部の率直な返答に直球を返してきた。

「私の部下に死ねと？」

「いえ、生きてくれと。この装置で」

渡部はこのロケットだか噴進弾だか知らないが、胡乱（うろん）な装置を持ち込んできた技術士官を、馬鹿じゃないかと思った。この男はガダルカナル島の実情を何もわかっていない。

だが、牛尾の一言は、事がそれほど単純ではないことを渡部に教えてくれた。

「時間がないのです、帝国には」

「時間がない？　どういうことだ」

「圧倒的な火力で敵を制圧しないかぎり、帝国は英米に勝てません。国力が違います。相手が機銃で撃ってくる時に、こちらも機銃で撃ち返すだけでは勝てんのです。日本の熟練搭乗員一名は、英米のそれよりもはるかに重いのです」

牛尾は必死だった。それは単純に技術士官の責任感によるものだけとも思えなかった。そして渡部には、牛尾がいわんとしていることがわかってきた。彼も渡部も同じ問題を別の角度から見ているだけなのだ。

渡部は、ふと思うところがあった。

「どなたか航空隊に？」

「二人いました」

牛尾は過去形で語る。それだけで十分だった。おそらくは彼の親兄弟の誰かが航空戦の犠牲になったのだろう。技術士官である彼だけが残されたのだ。

「あなたを信用しよう。ただし、部下を危険に晒してまで、この装置の実験はできない。それは理解してもらいたい。私の部下にも親兄弟はいるのだ。ただ」

「ただ」

「私が実験をすることはできる」

「隊長ご自身が！」

「言ったはずだ。貴官を信用すると」

渡部少佐がそう言うと、牛尾にも何かが伝わったのだろう。噴進弾はその日のうちに二式局地戦への装備を終えることができた。

もともと局地戦用の兵器だからであろう、細々とした装置類も割と単純につけ加えられていった。

「この照準装置のこの丸の中にB‐17が収まった時に撃てば命中するようになって

ます」

　さすがに照準機まで開発する時間がなかったのだろう。噴進弾の照準装置は、針金細工のような単純なものだった。しかも速力の関係で、真正面から撃ってくれと言う。

　まぁ、頭をつぶせばたいていの飛行機は落ちる。それはそうなのだが、真正面から飛行機同士がチキンレースをするというのは、何度やっても嫌なもの。牛尾造兵大尉の真摯(しんし)な態度に打たれたのは事実だが、少し軽挙(けいきょ)を反省する渡部でもあった。

　しかし、反省する時間は長くはなかった。航空撃滅戦の最前線であるガダルカナル島。烏(からす)の鳴かない日はあっても、敵機の来ない日はない。というか、ガダルカナル島に烏はいないが。

　ともかく敵機に休日はなく、それはつまり渡部らにも休日がないことを意味する。

　小型の電波探信儀が大型機の接近を告げる。半試作品で、気分屋の機械だが、こいつがあるとないとでは、渡部らの生還率が俄然違った。敵の接近を早く探知できるなら、迎撃ははるかに有利に進められる。

　渡部少佐が出したのは、局地戦が五機。電波探信儀が捕捉した敵爆撃機の数は二機。本来は四機で向かうところだが、渡部は自分の一機は戦力として数えずに出撃した。

局地戦は渡部機を先頭に「く」の字型に飛行する。中心で先頭が隊長機。

これは海軍の戦闘機の隊列からすると、いささか例外的な隊形だ。だが渡部は、最近はこうした隊形で飛ぶことが多い。零式艦上戦闘機のような軽戦闘機なら、二機もしくは三機の編隊でも良いかもしれない。しかし、局地戦にはまた違う闘い方がある。

それに渡部の部隊は若年兵が多いのだ。数少ない熟練者が彼ら全体を掌握するとなれば、四機以上の編隊を組み、集団で闘わざるを得ない。また、これには特定の相手に対して火力を集中できるという利点もあった。集団で通り魔のように敵重爆に銃弾を叩き込み、一撃離脱で次の爆撃機に狙いを定める。

すべての要は割り切りだった。撃墜は狙わない。深手を負えば敵機は爆撃を断念し、帰還する。そうすれば基地の防衛という目的を果たすことは可能だ。若年搭乗員の生還率も高められ、戦闘経験も積める。

もっともこんな闘い方がいつまでも続けられないことは、渡部にはよくわかっていた。敵が基地を前進させるなり、足の長い戦闘機を実戦投入すれば、局地戦とて爆撃機だけを相手にしているわけにはいかなくなる。戦闘機同士の戦闘となれば、闘い方はまた変えねばならない。その時に経験を積んだ搭乗員がどれだけいるか、勝敗はそれで決まるだろう。

作戦は簡単だった。Ｂ‐17は二機。先頭とその後続。そこで、先頭のＢ‐17に渡部が噴進弾をお見舞いする。それが命中するかしないかはともかく、敵の隊列は乱れる。そこを一気に五機の火力で叩くのだ。

Ｂ‐17は教科書通りの速度と高度で接近する。彼らが二機とか三機という小出しの戦力なのも、ニューギニア方面での損耗がアメリカにとってさえ無視できないためらしい。

だが日本は、戦闘機の損失分を補充するだけで手一杯なのにもかかわらず、連合国は重爆撃機の補充が可能だ。その違いは、この戦争が長引けば長引くほど効いてくる。

Ｂ‐17の動きは読みやすかった。もっともそれはあちらさんも同様かも知れない。プロの軍人が互いに正攻法をとって行くかぎり、戦技レベルで奇策が入る余地はない。

この新兵器が奇策なのか、新たな戦技を開拓するものなのか。渡部にもいまはまだわからない。だが照準機の中にはＢ‐17の姿が点となって入っていた。

機銃とは別に、操縦桿に間に合わせのボタンがある。それを押せば噴進弾は作動する。

ボタンを押しても機銃のような反動は感じられない。また黒色火薬のような派手な白煙も出なかった。煙の筋を曳いて行くように、噴進弾は真っ直ぐにB-17へと飛んで行く。

「これは案外……」

渡部がそう思った時、噴進弾は一発は翼に、もう一発はそのまま操縦席に命中する。そして一瞬にして翼を吹き飛ばし、胴体を四散させる。

渡部は、それで理解した。どうやらあの噴進弾は、駆逐艦か何かの砲弾を弾頭に転用しているらしい。だとすると直撃して命中というのは、信管のタイミングにやや問題があるということか。

だが、感心ばかりもしていられない。破壊されたB-17をすぐにかわすと、彼らは後ろのB-17へと迫る。が、撃墜はしなかった。先頭の機体が爆散したことで、後続機はすぐに攻撃を諦めたからだ。そうでなくても五対一では分が悪い。

ガダルカナル島の基地への帰路。渡部は牛尾造兵大尉への、信管や照準装置に関する意見を頭の中でまとめていた。自分の不見識への謝罪の言葉と共に。

第六章　ニューギニア戦線

「機長、あれですか?」

夜、それを最初に見つけたのは、副操縦員の和田部飛行兵曹だった。

機長の佐藤飛行兵曹長は、膝の画板の地図を一瞥（いちべつ）し、現在位置を確認する。

「あれだろうな、おそらく」

「暗いですね。どうしてでしょう」

「前線だからさ」

すでに海岸線は見えている。陸地側の滑走路と思しき平坦部には、灯籠（とうろう）流しでも見ているような淡い光の列が見えた。真面目な話、本当に蠟燭（ろうそく）か何かで照明しているようだ。

「何を考えてるんだか」

佐藤飛行兵曹長は、愚痴を言いながらも飛行機を安定した姿勢で着陸させる。着陸しても飛行場では何も起こらないように見えた。ただしばらくすると、向こうから提灯(ちょうちん)を持った人間が近づいてくる。

「おい、ここ、本当にウエワクの航空基地か？　青山墓地か何かじゃあるまいな」

「墓地じゃないでしょう。ほら機長、あの人影には足がある」

「あぁ、本当だな」

佐藤とて軍人、ここが厳格な灯火管制下にあるらしいことはわかる。ただそれでも占領した飛行場なら、もっとそれなりの応対があっても然るべきではないかと彼は思っただけだ。言っては何だが、ここまで夜間飛行したために食事だってとっていないのだ。

「中野主計兵曹です。佐藤飛行兵曹長ですか」

「あぁ、佐藤だ」

佐藤は提灯を持ってやってきた主計兵曹に書類を差し出し、受領の手続きを終える。すべては提灯の灯りの中での作業だ。

「どうなってるんだ、ここは？」

「灯火管制です。ここは激戦地なので、夜間でも敵襲があるんですよ」

「おいおい、そんな中で護衛もないような輸送機を飛ばしたのか」

「いやまぁ、滅多に夜襲はありませんから。それに相手は爆撃機ばかりです、輸送機は安全でしょう」

佐藤は、そういう楽観的な見方には色々と言いたいことはあったが、中野の「宿舎に食事が用意してあります」の一言で大人しくなる。誰だって食事前に喧嘩はしたくない。

中野らは輸送機からの荷物の積み出しがあるということで、佐藤と和田部ら輸送機の乗組員は、中野に教えられた滑走路脇の細道を歩いていった。細道はジャングルの中で、闇が比較的薄いことで周囲と区別できた。

「あれか、宿舎って？」

「ほかにありませんよ、それらしいのは」

「いやはや、これが最前線か」

そう言うと佐藤飛行兵曹長は、床と屋根しかない建物へと向かっていった。

佐藤飛行兵曹長らが所属する海軍第一〇〇一航空隊は、海軍航空隊の中ではいち早く、というより勝手に空地分離を実行している部隊であった。なぜなら、空地分離にしないと仕事にならないからである。

彼らの仕事は航空輸送。しかし、航空輸送の中心は世間が考えているような、輸送機による物資の移動ではなく、何を、いつ、どこに、どれだけ運ぶか――そして時には、誰の要求を無視し、誰の要求を優先するか――といった判断機能、いわゆるマネジメントにあった。

このため航空隊の人間は、圧倒的に主計科と通信科の人間が多くなり、それらの人間により編成された幾つもの作業班が、前線と後方の配置についていた。輸送機は、それらの作業班の間を移動する。

いわゆる飛行隊の部分と、需品管理の陸上部隊は組織としては一つであったが、運用面では完全に分離していた。実働人数だけで言えば、海軍第一〇〇一航空隊は第一一航空艦隊よりも大きな組織になっていた。

佐藤飛行兵曹長の操縦する二式輸送機丙型は、比較的最近攻略したというニューギニアのウエワク飛行場に着陸した。ここは連合軍のポートモレスビー攻撃の拠点の一つであり、海軍が陸軍の協力を仰ぎ、攻略に成功したのだという。

佐藤飛行兵曹は、しかし、ウエワクについてそれ以上のことは知らなかった。彼はいままでどちらかと言えば日本とトラック島の輸送など、比較的後方で勤務していたためである。じっさい輸送機任務は安全な任務だと思っていたこともある。

彼が戦局の悪化あるいは厳しさを感じたのは、ほかでもない自分が最前線の輸送部隊に異動になったことでだ。それまで輸送機などは操縦員や機長は基本的に幹部搭乗主義であった。しかし、戦線の拡大と幹部の慢性的な不足から、下士官や准士官の機長も現れ始め、いまではそちらが主流になりつつある。開戦前までは少尉、中尉といった下級士官が担っていた航空隊の役職は、いまや准士官、下士官へと移りつつあった。

それが権限の委譲を目的としたものならば、佐藤飛行兵曹長もそれほど危機感は感じない。だが結果として権限は委譲されているものの、その原因は戦線の拡大と人材の消耗に対して、管理職たる士官・将校の養成が間に合わないためというのが実情であった。じっさい新規に配属される搭乗員の中には、飛行時間の少なさばかりでなく、佐藤が受けた時と比べて、明らかにその教育内容も簡略化されていた。

そんなこんなで彼は、前線任務に自分が回されたことに戦局の悪化を皮膚感覚で捉えていた。それは宿舎に入るまでの出来事でも明らかだった。

宿舎は床と屋根だけの粗末なものであった。ジャングルの中に、そんな宿舎が幾つか見える。なぜ夜のジャングルでわかったかと言えば、ところどころに提灯のような薄暗い照明がともされていたためだ。

さすがに軍事施設だけあって、着剣した歩哨も立っている。ただなぜか彼らは宿舎から離れた場所で位置についていた。

当然のように誰何され、身分を明かす。佐藤らの輸送機については、すでに部隊全体に知らされていたのだろう。歩哨の声に安堵感と、喜びの色が感じられた。彼から放たれていた敵意のようなものも消えている。

佐藤としては、こんなところで誰何することに意味があるとは思えない。だが、声からすればまだ若いらしい歩哨は、深夜の密林で歩哨をすることに何の疑問も抱いていないらしい。しかし他はともかく、この歩哨については、佐藤はすぐに認識不足を知らされる。

「どうしてこんな場所で歩哨についているんだ。宿舎はあそこだろう」

「屍衛兵です！」

「屍衛兵……すまん、つらい任務だろうが頑張ってくれ」

佐藤は、ほとんど反射的に持っていたタバコの箱を衛兵に押しつける。それは規則違反かも知れなかったが、佐藤は何もしないことに耐えられなかった。アリバイでも作るように、屍衛兵の歩哨にタバコを渡す。

「ありがとうございます」

そう答える歩哨の後ろには、気のせいか人のような形の闇が幾つも見えた。戦死、あるいは病死した軍人や軍属たちだ。夜は火葬にできないため、明るくなってから茶毘（だび）に付されるのだろう。佐藤や和田部たちは、顔も見えない屍に向かって手を合わせる。彼らの姿は決して他人事ではない。

屍衛兵の所を通りすぎて、彼らは無言で宿舎に向かう。指示された宿舎はすぐにわかった。

「これが食事ですか、機長」

「一汁一菜だからな。これが食事だろう」

屋根と床だけの宿舎には、丸太を荒く加工しただけの背の低いテーブルのようなものが置かれ、その上には食事が人数分用意されていた。夜中に緊急輸送を要請するくらいだから、ウエワクの補給事情が厳しいものであろうことは佐藤飛行兵曹長もわからないではない。だがそれを差し引いても、その食事は粗末なものだった。

高粱飯（コーリヤン）が一膳に漬物が一皿、そして味噌汁というより菜っぱが浮いている味噌っぽい水が一杯。食事はすでに冷えきっていた。

搭乗員たちは、無言でその食事を口にする。彼らは漬物ではなく怒りをおかずに箸を運んでいた。

兵科将校たちから航空輸送隊が軽く見られることは、佐藤らも良いこととは思わないが、慣れてはいる。しかし、夜間飛行は危険な任務なのである。まして最前線の基地ならば、生還できるという保障もない。しかも佐藤飛行兵曹長らは、食事さえまだしていないのだ。緊急輸送ということで、食事もとれなかったばかりか、弁当の手配さえ間に合わなかったのである。

少なくとも彼らは、兵科将校ではないにせよ、この任務に命を張っているという自負はある。輸送は彼らの義務であるから、義務を果たすのは当たり前で、それに対して特別の感謝をしろと彼らも言うつもりはない。

しかし、それでも粗末で冷えきった食事しか残されていないというのは、佐藤飛行兵曹長らには自分たちへの侮辱としか思えなかった。こんな待遇をされるなら、飯抜きの方がまだしも気分が良いだろう。

「貴官らが、緊急輸送の搭乗員か？」

暗闇から声がするまで、彼らは宿舎に人が近づいていることにさえ気がつかなかった。粗末な食事でも彼らはやはり一心不乱に食べていたのだ。それだけ空腹なのだ。

「そうだが、あんたは誰だ？」

横柄（おうへい）な佐藤に対して、暗闇の主は言う。

「私はこの基地のいまの司令である、佐々木中佐だ」

「えっ、司令ですって！」

さすがに佐藤らも司令の前では居住まいを正す程度の礼儀はある。だが佐々木中佐は、そのままで良いと言う。

「最前線への夜間飛行という危険な任務にもかかわらず、それを成功させてくれたことに司令として礼を言う」

暗くてよくわからないが、司令は頭を下げているらしい。

「いえ、そんな司令自ら礼に来なくても。我々は自分らの仕事をしたまでです」

人間というのは現金なものだと佐藤は思う。司令が直々に礼に現れただけで、彼らの怒りは嘘のようになくなっていた。あと一往復くらい今夜のうちにやってもいいくらい。

「いや、貴官らは職責以上の仕事をしてくれた。貴官らの補給のおかげで、我々は明日もまた闘うことができる」

「あのう司令、いまの司令は自分とはどういう意味でしょう。転属されるということですか」と和田部。

「本来の司令が戦死を遂げたので、臨時に私が司令の職務を代行しているだけです。先のことはわかりませんが、現状はそうです」

ウエワクは激戦地と聞いていたが、航空隊司令が戦死するほどの場所であったらしい。考えてみれば、そうでなければ夜間の緊急輸送など行われないだろう。

「本来なら貴官らにはもっとまともな食事を出したいところなのだが、生憎の状況でそんなものしか出せないことを許して欲しい。

粗末な食事ではあるが、それが我々に出せる精一杯の食事なのだ。その野菜にしても、基地の周辺部を開墾して育てたものだ。もっとも土地が合わないのか、まともな野菜に育つのはほんの一部だが」

「いえ、こんな夜中に食事を出していただいただけで十分です」

「それを聞いてほっとしたよ」

佐藤は、緊急輸送した積み荷の中身について思い出す。それらは発動機の消耗部品やエンジンオイルなどの類いばかりで、医薬品はあったが、食糧はほとんどなかったはずだ。

しかし、この基地で食糧が危機的な状況にあるのは明らかだ。にもかかわらず、この司令は食糧よりも航空機の部品を優先した。輸送機が一機しか出せないとわかった時、彼は食糧より飛行機をとったのだ。

佐藤も部下たちも、いまさっき食事に不平を述べ、怒りさえ抱いたことを激しく後悔する。世の中には自分たちよりも劣悪な状況で、自分たち以上に責任を果たそうとしている人間がいる。

「せめて温かい食事を出すべきなのだろうが、衛生の問題もあるし、夜間、火を使うのは我々としても極力避けているところだ。無理な任務を果たさせておきながら冷たい食事しか出せないがわかって欲しい」

「いやもう、そんなことはもう、どうもあれです」

佐藤は佐々木中佐にどう返事をすればいいのか、とっさにはわからなかった。ただこういう人間が上に立つ部隊なら、死ぬことが怖くないとまではいかないまでも、納得はできそうな気がした。

佐々木中佐の訪問はそれほど長い時間ではなかった。司令によれば、帰路は早朝が良いらしい。護衛に割ける戦闘機の余裕がないため、単独の輸送機が安全に帰還するなら早朝が良いということだった。佐藤は彼の好意を受け、早々に眠ることにする。

ウエワクの基地が海岸に近いということを知ったのは、未明に起きた時だった。佐々木は翌朝の挨拶や報告は不要で、そのまま発ってくれと指示されていたので、起きるとすぐに飛行場に向かう。その途中で彼はここが海に近いことを知った。

佐藤飛行兵曹と部下たちは、宿舎周辺の光景に無言になっていた。昨夜はわからなかったが、ここはまさに激戦地だった。いままでずっとジャングルの密林だと思っていた茂みは、すでにジャングルではない。無数の樹木が立ったままの姿勢で、焼けた杭のように並んでいる。

それは佐藤でさえはじめて見る光景だった。最初、それは爆弾が投下されたためのものだと彼は思った。だがすぐにそうではないことがわかる。

焼けた杭の林の中に、明らかに航空機とわかる残骸が幾つも埋もれていた。大型機もあれば小型機もあり、敵機もあれば友軍機もある。なかでも片翼のない二式輸送機の残骸は、この戦線が決して自分らとは無縁の戦場ではないことを教えてくれた。

そして激戦を物語るのは、焼けた林だけではなかった。海岸が見える場所に出た時、彼はそれを知る。

「あれは何だ？　航路標識か」

「航路標識ですかね。しかし、なにもわざわざ海中に……」

「違う！　あれはマストだ！」

あるいは一本二本なら、佐藤や和田部にもすぐにその正体がわかったのかもしれない。だが港近くに十数本と並んでいれば、別の何かを想像しても不思議はない。

しかし、それは航路標識などではなかった。港やその近くで撃沈された船舶が、そこに沈んでいるという記しにほかならない。

「船もやられたか」

佐藤には、昨夜の貧しい食事や夜間緊急輸送が必要な理由が、その瞬間にはっきりと自分の中で腑に落ちた。それはこの基地のぎりぎりの選択だったのだ。

「次に何か必要な物があったら連絡してくれ。必ず俺が運んでやる」

輸送機が飛び立つ時、佐藤飛行兵曹長は航空基地の発着機部の人間たちにそう言い残して操縦席につく。

帰路は彼にとって、心の重いものであった。まるで自分だけが逃げ出すような、そんな後ろめたさがあったのだ。必ずやってくるという基地の人間に押しつけるように交した約束も、彼にとってはある種の弁明であったかも知れない。

数時間後、二式輸送機は敵機に襲撃されることもなく、ラバウルへと帰還した。着陸するとすぐに、オートバイにリヤカーを取りつけたような自動三輪車が彼らのもとに走ってくる。

「大丈夫ですか」

基地で働く顔見知りの下士官は、開口一番そう尋ねた。

「大丈夫とは？」

機体を降りた佐藤が問い返す。

「えっ、ご存じない？　ウエワクはここ一ヵ月で最大の空襲を受けているって無線連絡があったんですよ。どこかに秘密の飛行場でも作ってあったんですかね。B‐17やB‐24が総勢……」

それから先の話を佐藤は聞いていなかった。ただ彼は、自分たちに礼を言いに現れた佐々木中佐の無事だけをその時心から祈っていた。佐々木は、下士官として彼が戦場で生きていて欲しいと祈ったはじめての将校だった。

ウエワクが激しい空襲を受けている昭和一七年の師走。都内某所では満州からさる用件で東京に戻っていた関東軍の町田参謀の姿があった。

「まだ来ないんですかね、人事局長は？」

町田の隣には二式輸送機の製造会社社長である田島がいた。二人は都内某所で軍民が総力戦というものを研究するため（主催者側発表）の同人誌即売会の会場にいた。前線はますます苛烈になっているものの、まだ日本本国はこうした研究会が可能な程度の余裕があった。

「いや、来るはずなんですが」

この場に田島を誘ったのは、町田であった。陸軍省人事局長を紹介するためである。航空機メーカーの側から、陸軍の人事担当者に然るべき要望を伝えるためだ。要するに工場の熟練作業員の徴兵猶予その他の問題を非公式に訴えるのが田島の目的だった。

どうやら同人誌会場には、そういう非公式に陸海軍に陳情することを目的とした民間人が多いらしく、田島と同じ雰囲気の人間が目についた。

町田の前には「関東軍大百科」とか「ＢＴ戦車大図解」とか書かれた同人誌が並んでいる。印刷は新京の印刷所だった。もっとも町田の視線が怖かったので、田島も中身は見ていない。

「二時から人事局長がここの売り子なんですよ。今朝、あの人も一般よりも早く同人入場で入っているはずですから、いないわけがない。他の同人を回っている姿は私も見掛けてます」

「陸軍省の人事局長ほどの人が、同人の挨拶周りですか？」

「いや、そうじゃなくてですね。田島さん、まぁ、同人だと一般より数時間早く入場しないとならんのですよ。準備などがありますから」

「そうでしょうねぇ」

「とはいえ、机に同人誌並べるだけですから、そんなに時間はかからない。で、人気のある同人の所に出向いて、人気があってすぐに売りきれるような同人誌を手にいれておくわけですよ」

「特権ですか、同人の」

「まぁ、結果的には」

「それって不公平なんじゃありませんか」

そんなことに声を荒げるのは大人気ないとは思ったが、田島としてはそれは見逃せないことである。彼が熟練工の調達と維持に苦労している理由は、「兵役は平等」という原則のために熟練工も半人前も関係なしに兵役にとられてしまうことだ。

機械化率などを向上させ、熟練工に可能なかぎり依存しないような工場を建設してきたが、前線での輸送機の損耗の激しさと、生産施設の拡充のために熟練工は不足していた。それを補うために自動機械を導入しようにも、戦線の拡大にともない国内ではそうした機械の入手は難しくなっている。輸入に至っては問題外だ。

熟練工だけは徴兵されないようにしてくれないかと、陸海軍の関係筋にはすでに何度か働きかけてはいる。しかし、国民に与える影響が深刻ということで、陸軍も海軍も生産現場の戦力の低下を招いてでも、「兵役の平等」は守ろうとしていた。

そういう中で、陸軍省の人事局長が同人入場という立場を利用して一般では手に入りにくい同人誌を優先的に押さえているという。それが事実であれば、田島にはとうてい納得できない話である。

「不公平と言えば、まぁ、不公平かも知れない。しかし、同人誌を作成・販売する労力に対する報酬と考えればいいんじゃないかな」

そんなものだろうか。田島にはその理屈はいまひとつ納得がいかない。同人誌を作ったから多少の特権が認められるのなら、田島の工場の熟練工だって戦争に貢献しているのだから、兵役を免除される程度の特権は認められて然るべきだろう。

しかし、そんなことを町田と議論しても始まらない。それよりも、まず人事局長だ。

「しかし、遅いですね。時間にルーズな人なんですか」

「東条の側近だ。時間にルーズでは務まるまい。何かあったのか……ここで何かあるわけはないか」

そこに一人の私服の軍人が通りかかる。町田とは顔見知りらしい。彼はその男に人事局長を見なかったか尋ねる。

「あぁ、富永人事局長ですか。あの人なら隅部さんと帰りましたよ」

「帰ったぁ！　帰ったって、どういうことだ！」

「私に怒鳴られても……」

「あっ、すいません。しかし、どうして富永人事局長が帰ってしまうんです。あの人が売り子なのに……」

「病気だということでしたけど。病気なので富永さんは帰ったらしいですよ。隅部さんも付きそいで一緒に」

「病気……同人入場でいち早くやってきて、自分の欲しい同人誌を購入したら病気を理由に帰宅しただと！　なんて野郎だ。自分の特権だけは最大限行使するくせに、自分の義務となったらてんで気にかけない。義務は鴻毛（こうもう）より軽いってか！

これが戦場なら敵前逃亡だぞ、敵前逃亡！　特権ばかり要求する前に、上に立つ者なら義務を果たせよ、義務を！」

町田は民間人の田島の前ということも忘れ、激昂する。

「まぁ、仕方ないじゃありませんか、帰ってしまったものは。代わりに我々が売り子をやりましょう」

「あぁ、そうですな。ここは人事局長に貸しということでね」

「ちなみにどれくらい売り子を務めればいいんですか」

「二時には海軍から人が来ます。三戦隊の司令官と七戦隊の司令官が」

「海軍の司令官ですか。そうそうたる面子ですね」

だが、二時になっても海軍の二人は来なかった。そして彼らは、会がお開きになるまで売り子を続けることになる。

後に町田が聞いた噂では、三戦隊の栗田司令官はブースの近くまでやってきながら、何を思ったか来た道を引き返してしまったという。謎の反転。同じく七戦隊の西村司令官は、何もしないまま町田と田島の前を通りすぎてしまったらしい。

この二人が同人入場で他人より早く会場に入り、目当ての同人誌を買い漁ったかどうかは定かではない。なにはともあれ帝都は今日も安泰だった。

昭和一七年一二月現在、海軍第一〇〇一航空隊の司令部はラバウルに置かれていた。

司令部の陣容は戦線の拡大に比例するかのように拡張に次ぐ拡張。物資の輸送と分配の効率化を追求した結果、航空隊であるにもかかわらず、司令部要員の半数は船舶管理の担当だった。船舶で運んだ物を小分けして航空機で輸送するような局面が増えてきたためである。

組織の急激な拡大にともない、海軍第一〇〇一航空隊の司令官である河合少将は、自己の権限を惜し気もなく有能な部下に委譲していた。そうでもしないと現場が回っていかないためだ。それに権限を委譲したとしても、結果の確認はしているのと、新しい仕事が増えているので忙しさは減るという兆しすらなかったのである。

すでに海軍第一〇〇一航空隊は、ラバウルやトラック島などで農園や缶詰工場の経営にまで着手しようとしていた。現地で消費する食糧生産を行うためだ。

日本からわざわざ食糧を輸入せずに現地で生産できるなら、食糧の分だけ工業製品を輸送できる。それが輸送効率の向上に結びつくというわけだ。もっとも農園はまだ試験的なものであり、補給事情を改善するのはまだ少し先と思われた。

缶詰工場の方は、南方の委任統治領時代に建設した缶詰工場を接収し、軍需工場に加えるというもの。これも食糧生産のための方便で、哨戒艇で漁をするようなことも計画されていた。

ようするに海軍第一〇〇一航空隊は単なる航空機輸送の部隊ではなく、後の世で言うロジスティクス部隊へと変質しようとしていた。それもこれも戦線の拡大が急激なのと、最前線の戦闘が激烈なためである。

可能であれば、海軍第一〇〇一航空隊をロジスティクスの専門部隊としてより効率的に再編すべきなのかもしれない。しかし、日本海軍にはロジスティクスの専門家はいない――ロジスティクスは単なる補給業務や輸送業務とは異なる――ため、改編するにも何を為すべきかわかる人間がいない。河合少将がともかく部隊を切り盛りしているなら、それに一任という暗黙の了解ができていた。

まぁ、この辺には他にも色々と理由があったとも言われる。河合少将と補給のことで喧嘩した連合艦隊の人間が、深夜何者かに狙撃されたとか、第八艦隊の人間が海軍第一〇〇一航空隊とトラブルを起こした後、正体不明の人間たちに袋叩きにあったとか、色々と噂があったことも無関係ではなかったらしい。

この辺の真偽のほどは噂なので何とも言えない。ただ司令官の部屋に大きく司令官直筆で「月のない夜は気をつけろ」と書かれていれば、あらぬ噂も立つだろう。もっとも火のないところに煙は立たぬとも言うのだが。

「ガ島に大空襲か……」

河合司令官は、ガダルカナル島からの緊急電を傍受していた。海軍通信隊からの前線の通信は第八艦隊司令部経由であるため——と第八艦隊からは海軍第一〇〇一航空隊が嫌われていることもあり——緊急電が届くのには時間がかかった。

そこで彼は略奪同然に第八艦隊の隷下の通信隊の一部を手にいれ、独自の通信網を整備していた。公式な連絡があるころには、彼らは独自の判断であれこれの準備を終えていた。

海軍のルールではそういうことはよくない。それは河合も十分に承知している。彼だって好き好んで三川軍一司令長官に拳銃を突きつけたり、艦隊司令部の中で手榴弾の安全ピンを抜いたりはしない。ただそれくらいのパフォーマンスをしなければ、自分の任務を全うできないのである。

それに河合の観念では、艦隊司令長官とか参謀というような高官は、額に拳銃を突きつけられるとか、目の前で手榴弾のピンを抜かれる程度の些細なことで動じたり、根に持ったりしてはいけないのである。それでこそ一軍の将なのだ。まぁ、彼の観念では。

「B-17やB-24を中心とした大規模なものだそうです。しかも今回は戦闘機の護衛もあり、局地戦だけでは爆撃を完全には阻止できなかったとか」

先任参謀が報告する。

「戦闘機の護衛か……」

河合は壁――「月のない夜は気をつけろ」が貼ってある壁の向かい側――にあるガダルカナル島周辺の地図の前に立つ。

「戦闘機の護衛があるということは、足の長い戦闘機が投入されたか、あるいは近場に敵の基地が建設されたかのいずれかだな。どちらにしても厄介なことだ」

河合にはガダルカナル島の損害状況も気になったが、それ以上に今後の補給方針をどうするかが心配だった。敵戦闘機がガダルカナル島に現れたということは、ガダルカナル島周辺の制空権が、必ずしも日本にないことを意味する。

いままでガダルカナル島の物資輸送には、船舶と輸送機の二本立てで事に当たってきた。

局地戦を中心とする防空態勢が整っていた間なら、輸送船がガダルカナル島に接近してもそれほど危険はない。だからここしばらくはガダルカナル島の補給状況は潤沢であった。局地戦の補充もなされ、防空態勢はかなり整備されている。そう、防空態勢さえ確実なら、補給もまた確実になる。

しかし、その前提が崩れるということは補給の安全が崩れるということでもある。ガダルカナル島の制空権を確実なものにするためには、敵の基地を叩くしかないだろう。だが河合司令官にとって、それはジレンマであった。

敵の基地を断続的に叩いても効果はない。確実なのは占領することだ。そうすればガダルカナル島の安全は確保できる。しかし、それは最前線の前進を意味する。ガダルカナル島のみならず、その最前線基地にも補給を行わねばならない。

はっきり言って、ガダルカナル島でさえ補給先としては遠すぎる。そこからさらに遠くの基地となれば、まずガダルカナル島に大規模な後方支援基地を建設するところから始めなければなるまい。それだけでも一大事業だ、しかもそうした施設は戦争が終わるまで維持する必要がある。河合の部隊にとってと言うより、それは日本国にとっての大きな負担だ。

河合としてはガダルカナル島の安全という点では、戦線の拡大が望ましい反面、補給面からは戦線の拡大は決して望ましいことではなかった。補給という点で、このことは明らかな矛盾である。

「ここは決断せねばならんか……」

「決断とは？」

「ガダルカナル島の防空態勢が強化されるまで、ガ島に対する補給業務は輸送機でのみ行う」

「船舶は？」

「敵の航空戦力の脅威が明らかな中で、鈍足の船舶を移動させるのは沈めてくださいというだけのことだ。安全という点では航空機輸送に分がある。ニューギニア方面の輸送機をガダルカナル島へと回し、そちらは船舶で補給を行う」

「しかし、司令官。ニューギニア方面も決して安全とは言えませんが」

「安全とは言ってはおらん。そもそも安全な戦線などないのだ。ただニューギニアならラバウルの制空権下のもとでラエやサラモアまで船舶輸送が可能だ。ラエやサラモアからなら距離も近い。比較的少数の輸送機だけでポートモレスビーまでの補給を支えられるはずだ」

ラエとポートモレスビーの距離は、直線でラバウルからガダルカナル島までの距離のざっと三分の一。単純計算でラエ・サラモアからなら、ガダルカナル島と比べて三倍の稼働率が期待できるはずだった。同じ輸送量なら輸送機の数は三分の一でいい。

だが河合司令官は、物事がそんな単純計算通りに動かないことを誰よりもわかっていた。すべてが計算通りに進んでいたならば、いまごろこんなところで、こんな話題で部下と頭を悩ませたりしない。じっさい先任参謀は、彼の意見に異を挟む。

「お言葉ですが、司令官。航空機の稼働率などを考えた場合、ラエやサラモアとポートモレスビーの距離がガダルカナル島の三割程度だとしても、航空基地での滞在時間や整備時間などを考えるなら、効率はせいぜい倍程度。つまりガダルカナル島までの航空輸送に必要な数の半分程度の輸送機を揃える必要があります。

しかしながら、現状ではそれは無理だと思います。輸送量では輸送機は船舶の敵ではない。船舶輸送が維持できるからこそ、輸送機による物資補給で戦線は維持できている。この方面の輸送機すべてを投入しなければ、ガダルカナル島の戦線を維持できるかどうかもわからない。もしもあえてそれを行おうとすれば、ニューギニアでの航空輸送は諦めるよりないでしょう」

「そうだな」

先任参謀が意外に思うほど、河合司令官は自説をあっさりと引っ込めた。

「まずブナに物資集積所を設ける。それと並行して、ブナとポートモレスビーの間を啓開し、物資をトラック輸送するための道路を開く。あるいは鉄道であればなお好都合だ。そうすれば輸送機も要らず、輸送船も必要以上の危険に晒すこともない」

「司令官……」

「もちろん、それが可能であるとするならばの話だ。現在の我々には、そんな工事を可能とするだけの資材も時間もない。いまの手持ちの戦力で可能な方法を探す。我々にできるのはそれだけだ。先任参謀、このことが何を意味するかわかるか？」

「我々は、より現実的な手段を選択しなければならない」

「そうじゃない。それは我々の方針を言っているだけであって、意味ではない」

「どういうことでしょうか」

「我々が現実的な選択をするという意味。それはだ、理想的な手段が実現できない以上、輸送任務のどこかの部分で犠牲が避けられないということだ。次善の策しか取れないことで、命を失う者が出る。必ずな。そういうことだ」

「なら何もするなと？」

「そんなことは言ってはおらん！　我々が何もしなければ、方面の友軍は全滅だ。

我々は友軍の全滅を阻止するために働く。全滅を回避するためなら、一部の犠牲は甘受しなければならない。そういうことだ。

船舶や輸送機の生還率が九〇パーセントだったとする。作戦としては、それは成功だろう。だが一〇パーセントの兵員や軍属は命を失う。彼らにも親兄弟はいるんだ。それでも我々は、死んだのがその一〇パーセントであったことを成功と考えねばならんのだ。全滅よりはましだとしてな」

先任参謀は何も答えなかった。河合はそのことで、何とも言えない孤独感を覚えた。

先任参謀には損失一〇パーセントというような数字を、人間と考えるという河合の思考が理解できないらしい。あるいは海軍将校としては、それが正しいのかもしれない。兵員は数字とでも思わなければ、指揮官なんて商売は務まらない。

「まぁ、いい。ラエ・サラモアに船舶輸送で物資を集結すると共に、ラエ・サラモアとポートモレスビーの間も制空権を維持しつつ、船舶輸送を行わねばなるまい。そうすればニューギニア方面からすべての輸送機を移動できる」

「なぜ直接ポートモレスビーに向かわないのですか？」

「ダンピール海峡までは制空権はこちらにある。ラバウルとサラモアの間を移動している船舶が沈められる可能性は低い。だから低速の船でも問題はない。だが、珊瑚海からはそうもいくまい。高速船で突破しなければなるまい。高速船の移動距離を短くして、稼働率をあげ、輸送量を確保する」

「司令官の言う一部の犠牲とは、その優秀商船ですね」

「そうじゃない」

河合は、また孤独感を感じた。海兵を優秀な成績で卒業したこの先任参謀には、戦場での犠牲は結局、記号でしかないのだ。彼は議論している優秀商船を、すでに死を運命づけられた存在として処理しているらしい。

河合司令官はおもむろに電話をとる。

「どちらへ？」

「第一一航空艦隊司令部だ」

「航空艦隊司令部に何を？」

「優秀商船を犠牲にしない算段だ。犠牲というのは、可能なかぎりの手を尽くして、それでも生じてしまうものを言うのだからな」

「可能な手段を尽くさなかったら？」

「殺人、少なくとも犯罪だ」

第七章　珊瑚海

昭和一七年一二月。第一一航空艦隊第二六航空戦隊第七〇五海軍航空隊の分遣隊は、ポートモレスビーにあった。第七〇五海軍航空隊とは、この一〇月一日に改称した三沢航空隊のことである。

分遣隊は一式陸攻九機よりなる部隊で、飛行隊長は雨宮大尉であった。空地分離を意識して行っているわけではないが、実態はそれに近い。雨宮大尉の部下は、陸攻の搭乗員と機付き整備員のみ。他の基地機能に関する支援は、全面的にポートモレスビーの航空隊の基地機能に依存していた。

離陸してからは第七〇五航空隊として独立して活動はできたが、着陸した瞬間に、食事から補給、通信から給与計算まで、すべてポートモレスビーの基地に依存していた。

それでも大きな問題が生じないのは、ポートモレスビーの航空隊は他の科はほぼ無傷なのにもかかわらず飛行隊——航空隊の組織編成は基本的に軍艦内のそれに等しい。だから医務課や主計科なども存在する。いわゆる航空機を直接運用するのが飛行隊であり、航空隊には二から三個の複数の飛行隊が置かれることが多かった——だけが著しい損害を出していたからだ。

要するに失われた飛行隊を補充する形で、雨宮大尉らの飛行隊はやってきたことになる。この辺の采配は、厳密に法規を解釈すればイリーガルな処置ではあるが、軍隊区分で可能な采配でもあった。というより、そうでもしなければ最前線の航空隊は戦力を維持できない。

本当はこうした事態に対処するために、特設航空隊というものが設けられていた。しかし、ガダルカナル島やニューギニア方面の航空戦はかろうじて日本軍の優勢を維持しているものの、損耗も激しく、特設航空隊の編成などという悠長なことを言ってられなかったのである。

じっさい各航空隊の中で、機体定数の実態が書類と一致しているような所は一つもないどころか、書類と実際で半分以上異なる部隊さえあったのである。

「稼働は五機ですか……」

基地の整備長からそう告げられても、雨宮飛行隊長はじつはそれほど驚いてはいなかった。連日あれだけ酷使すれば、半分近くが飛べなくなっても不思議はない。基地に戻ったものの夥しい銃弾を受け、搭乗員の半数が負傷している機体もあった。むしろいままで戦死者が出ていないことこそ、驚くべきことなのかもしれない。

「で、残りの四機なんですが、二機はまぁ、修理すれば飛びますが、他は駄目ですな、飛びません。と言うより、飛ばないやつから部品を共食いするから、残りの二機の修理ができるんですけどね」

　整備長と雨宮の関係は微妙なものだった。階級や役職上はともかく、雨宮はいわばポートモレスビーの航空隊の居候。彼らにも固有の飛行隊はあり、整備についてもそちらが優先されることに雨宮もあまり強いことは言えなかった。むしろ雨宮の立場から考えるなら、この整備長は公平に整備をしてくれている。

「ということは、我々の戦力は陸攻七機ということか」

「まぁ、戦局次第ですけどね」

「戦局次第か」

　戦局次第とは気弱な発言にも思えるが、雨宮にとっては十分説得力のある話だった。

　連合軍はオーストラリアに対して本格的な反攻態勢を整えつつあるらしい。真珠湾で主力艦の多くを無力化し、空母もほとんどを撃破した。水上艦艇の戦力では日本はいまだかなりの優位を保っている。だがアメリカは、航空機生産で本格的な反攻に打ってきたらしい。

生産体制の準備などで緒戦は数の優位を出せなかった連合軍も、ここしばらくは航空機の数で日本軍を苦しめていた。特に二月に入ってからは、大小さまざまな爆撃機が連日のようにポートモレスビーをはじめとしてニューギニア方面を攻撃している。

もちろん二式局地戦を中心とする防空戦闘機隊がそれらを迎撃し、多大な戦果を出しもしている。だが今日守り抜いても、明日また同じだけの戦力で攻撃してくる。対して迎撃側は、損耗を補充するのは容易ではなかった。一日二回迎撃に出ることも珍しくはなくなっており、ひどい時には朝から晩まで四回くらい迎撃戦闘に赴く猛者(もさ)さえいた。

それだけ闘えば、搭乗員の疲労も溜るし、何より機体がもたない。戦闘機は耐久消費財ではなく、消耗品なのだ。

だから二月も半ばを過ぎると、迎撃戦力は急激に低下していた。搭乗員は疲労と栄養失調で飛べる状態にはなく、無理して起き上がっても飛べる状態の機体がない。すでにウエワクなどの飛行場は、敵の猛攻を受け奪還されていた。いまニューギニア方面が静かなのは、ウエワクで反攻態勢を準備しているためではないかというのが、もっぱらの評判だった。

「しかし、飛ばないなら飛ばない方がいいのかもしれませんな」

「なぜだ、整備長？」

「機械だって酷使すれば壊れる。ましてや搭乗員は生身の人間だ。休養が必要ですよ」

「戦局がこんな状況で休養しろと？」

「こんな戦局だからこそ、休養が必要なんです。若い連中は食うものだって十分にはとっちゃいないんです。弾に当たって死ぬ覚悟はできているんでしょうが、飢えて死ぬ覚悟はできちゃいないでしょ」

食事の話題は胸の痛くなる話題だった。航空戦の激しさからポートモレスビーへの輸送機の飛行は途絶状態にあった。飛べば二機に一機は撃墜されることから、輸送航空隊が中止を決めたのである。特にガダルカナル島への大規模な空輸作戦を控えているとなれば、ポートモレスビー側も強いことは言えなかった。ガダルカナル島はニューギニアよりも補給状態は緊張している。

代わりに船舶輸送が試みられているが、敵機の動向を探りながらのため、必ずしも円滑な輸送は行われていなかった。航空艦隊はポートモレスビーの航空隊の支援を受けられない場合には、珊瑚海に輸送船を入れなかったからだ。

悪いことにポートモレスビーの航空隊司令官である石橋少将は、「たかが補給部隊のために」貴重な航空戦力を割くことを好まなかった。

彼には主計科の集まりであるような海軍第一〇一航空隊から、あれこれ言われるのが気に入らなかったこともあるらしい。よせばいいのに河合少将に対して「船など半分沈んでも構わないから、至急船団を派遣しろ」と要請したために、両者の間はひどく険悪なムードになっていた。

石橋は意地になって輸送船団の上空警護を約束しようとはしなかった。このため河合少将はラエ・サラモアの航空隊の支援を受けるために、あれこれ奔走しているらしい。

ただこの件に関して、第一一航空艦隊司令部も第八艦隊司令部もあえて仲介の労をとろうとはしなかったため、結果、前線の将兵は食料事情の悪化に悩まされていた。

さらに石橋司令官は「他はともかく搭乗員の食事を優先しろ」と厳命していたた

め、雨宮大尉らが食事で不満を持ったことはない。というか、不満を口にできる状況にはない。整備その他の将兵の貧しい食事の内容を知っているだけになおさらだ。ポートモレスビーで米の飯が食べられるのは、最前線に出動する搭乗員――と航空隊司令官および幕僚――だけだった。他は高粱飯がいいところだ。

「出られるものなら、我々が船団の護衛に出るのだがな」

「陸攻じゃ護衛になりませんよ。戦闘機じゃなければね。ラエの部隊もかなり態勢ができてきたと言います。来週には船団が到着するでしょう」

「来週か……しかしなぁ、とりあえず明日はどうなるのかな」

昭和一七年一二月末頃。ポートモレスビーとガダルカナル島をめぐる動きは、慌しさを増していた。河合司令官はガダルカナル島へは輸送機を中心とした物資輸送を、ポートモレスビーに対しては船舶を中心とする輸送を行う計画を立てていた。

河合司令官は主にガダルカナル島への航空輸送について重点的に采配を振るっていた。なにしろ彼らの本職は航空輸送であるのだから。ポートモレスビーへの輸送に関しては、実質的に彼の副官が担当していた。

ラエにはすでに五隻の優秀商船が待機していた。それは河合司令官が各方面と交渉し、ようやく手にいれた珠玉と言っても過言ではない船舶だ。速力は二〇ノット以上出るし、積載量も最も小さなもので六〇〇〇トン、大きなものは一万二〇〇〇トンにも達した。これなどは商船として使うか、改造して空母にするか議論されたほどの船なのだ。

そして、ポートモレスビーからダンピール海峡を越えてラエに向かうまでの航路は、この五隻とは対照的にあり合わせの旧式商船が用いられた。そこまでは制空権下であり、旧式商船でも安全と判断されたためである。こちらは速力も速いもので も一五ノットが最高で、積載量も六〇〇〇トンが上限だった。そのかわり隻数は八隻。低速で積載量の少なさを数で補おうというわけだ。

すべては比較的順調に推移すると思われた。だが輸送計画の実行二日前、事態は大きく動き出す。それはガダルカナル島で始まった。

その日、連合国軍は戦闘機を伴う総勢五〇機以上の戦爆連合でガダルカナル島を襲撃した。戦闘は苛烈だった。渡部少佐らの局地戦部隊も、噴進弾まで用いて迎撃にあたったものの、敵戦闘機の護衛に阻まれ、必ずしも噴進弾を有効に活用することはできなかった。

それでも敵戦爆連合に大打撃を与え、ガダルカナル島は死守された。しかし、敵に大打撃を与えるのは容易ではなかった。早い話が、ガダルカナル島の航空隊も無視できない損失を被ったのだ。敵戦闘機はP‐38ライトニングという機体らしかったが、二式局地戦にとって決して侮れない性能を持っていた。

それでも熟練搭乗員であれば、対処の仕方もある。しかし、若年搭乗員ではそうもいかない。

相手が爆撃機だけならば、いつもの編隊飛行で対処できた。だが敵戦闘機隊は渡部少佐らの戦術を研究していた。編隊に攻撃を仕掛け、編隊が崩れた中で、どれが若年搭乗員でどれが熟練搭乗員かを見分ける。そして若年搭乗員だけを集中して襲うという戦術に出たのだ。

戦闘機による空中戦の基本は弱い者いじめである。弱い機体から叩く。これが鉄則だ。そして連合軍パイロットは基本に忠実だった。だから渡部少佐の部隊は、多大な戦果と引き替えに甚大な被害も被っていた。

この戦闘は、終結から一時間以内にはラバウルの第八艦隊司令部へと報告されていた。すぐさまガダルカナル島への航空輸送が要請され、河合少将もそれに従い計画を前倒しする。

ところがここで計画を変更したのは、海軍第一〇〇一航空隊だけではなかった。第一一航空艦隊もまた、敵軍のガダルカナル島一大攻勢に向け動いていた。

「ガダルカナル島の次は、ポートモレスビーだ」

それは過去の敵軍の動きから割り出したものだった。これにあわせ、第一一航空艦隊はニューギニア方面の航空戦力を臨時に増強する必要に迫られた。だが航空機の絶対数はかぎられている。そこで手持ちの戦力を航空隊の増援がなされるまで、一つの指揮系統に集中することが決定された。

一人の指揮官に方面の航空隊の指揮権を与える。指揮権の集中による戦力の集中で、敵の大攻勢に備えるという発想だ。

この方針で具体的に何が行われたか。ラエ、ウエワクなどの海軍航空隊が、軍隊区分による臨時ではあるがすべてポートモレスビーにいる石橋司令官の指揮下に編入されることになったのである。

この処置は、軍事機密として海軍第一〇〇一航空隊にさえ通知されなかった。それは石橋司令官の嫌がらせという話もあったが、彼らが輸送機をすべてガダルカナル島に向けて集中していることも知られていた。だから船舶輸送には関係ないと思われていた節もある。

悪いことに、ラバウルの航空隊もまたガダルカナル島への航空支援を優先するため、ダンピール海峡の護衛はウエワクやラエの航空隊に委ねられていた。

つまり、八隻の旧式商船の上空警護を行う戦闘機は一機もなく、なおかつ河合司令官はそうした事実を知らされていないという状況が生まれていた。そして船舶輸送は、このまま予定通りに行われたのであった。

柏丸が建造されたのは大正年間。第一次世界大戦が日本に好況を呼んだ時代に建造された多数の船舶の一つである。三〇〇〇トンクラスの貨物船は、当時としては立派なものであった。

しかしながら、第一次世界大戦はすでに二〇年以上も昔のこと。今日の標準では、柏丸は旧式船であるのは否めない。だがそれでも、最前線では三〇〇〇トンの物資は、同じ重さの黄金にも匹敵するほどの価値があった。

「なんもこねぇな」

柏丸の機銃群指揮官である浅沼海軍特務中尉は、柏丸の船尾に設けられた機銃座から空と時計を交互に見比べていた。

機銃群指揮官とは、艦艇の複数の機銃を統括して指揮する立場の人間である。大型軍艦などでは機銃用の射撃指揮装置――機銃射撃装置――があり、それらが複数の機銃に対して攻撃目標を指示する。機銃群指揮官とは本来はそういう立場だが、すべての艦船の機銃に射撃装置が備わっているともかぎらず、また機銃そのものは自前の照準装置で何とかなる――くらいならそもそも複雑な射撃指揮装置など不要なはずなのだ――ので、射撃指揮装置なしで、機銃群指揮官はいるということも珍しくなかった。まぁ、多くの場合、彼が常務編成の分隊長であったりするからだが。

「いいじゃないですか、機銃群指揮官。敵が来ないのは」

そう言うのは武山兵曹。機銃群指揮官とはいうものの、浅沼の掌握している柏丸の機銃は二五ミリ連装機銃が二丁。それがこの船の武装のすべてだ。浅沼は船尾部の機銃に陣取っていたが、じっさいはこちらの機銃指揮官も兼任していた。武山はその機銃の射手を務める。

「敵が来ないことを言ってるんじゃない。味方が来ないことを言ってるんだ」

「あぁ、そう言えば何も来ませんね」

いままで敵機も敵潜水艦も来なかったため、武山の口調にはほとんど緊張感が感じられない。浅沼はその神経が信じられなかったが、ある意味で羨（うらや）ましくもあった。

船団は八隻。それらは四隻一列の陣形が二列になって航行していた。かなり重要な補給任務と聞いていたのであるが、船舶はそれだけだった。護衛艦艇は一隻もない。第八艦隊側からは、船団護衛に割く駆逐艦の余裕はないという回答があっただけだった。

それでも第一一航空艦隊から上空警護の戦闘機がラバウルから飛んでくることになっていたので、問題はないように思われた。だがガダルカナル島への敵軍の一大攻勢のため、一個編隊の護衛機は戦闘機二機に縮小された。

戦力的には当初の計画よりかなり見劣りするが、何もないよりずっと良い。じっさい敵潜水艦を前方で発見し、三〇キロ爆弾で撃沈した――関係者談――という話もあり、航路の安全には大きく貢献していた。

ダンピール海峡の手前からは、ラエもしくはウエワクの航空隊が上空警護を引き継ぐ。だが予定の時間になっても航空隊どころか、飛行機一機飛んでこない。

「連絡がうまくいっていないんですかね」

「さんざん司令官があちこちと喧嘩しながら立てた輸送計画だ。知らない奴なんぞおるまい」

「そうですねぇ」

すでに船団はダンピール海峡を航行している。しかし、友軍機は来ない。船団の全員がしびれを切らしているころ、見張員が叫ぶ。

「三時方向に航空機！　友軍機と思われる！」

見張員は確かに飛行機の接近を確認していた。Ｂ‐17やＢ‐24といった四発機ではなく、双発機である。方向はニューギニア島方面。そして時間は友軍機が現れても良い時刻。

これらの条件から、彼がそれを一式陸攻と思い込んだとしても、それをあながち一方的に責めることはできないだろう。船団の誰一人として、ラエやウエワクの航空隊が護衛を取りやめたことなど知らされてなどいなかったのだから。

それは、まさにあってはいけないことである。だが現実にはあり得たのであった。

「馬鹿野郎！　あれは敵機だ！」

浅沼特務中尉が、接近中の一〇機前後の双発機が肉眼で敵機と識別できたころには、すでに遅かった。Ｂ‐25ミッチェルの編隊は、何を考えているのかマストより少し高い程度の低空で接近してきた。

「雷撃か……」

機銃の操作を指示しながら、浅沼はそう思った。それが爆撃であったなら、これほどの低空では意味がない。

「やつら大した練度じゃねぇな」

浅沼は照準を合わせながら、その瞬間、敵襲に安堵した。低空で飛行してきたのは命中率を上げるためか何からしいが、にもかかわらず爆弾はどれもこれも目標の手前で投下されている。

「米軍も人が足りねぇのか」

浅沼特務中尉は、その時点ではそんなことを考えるだけの余裕さえあった。あんな技量の連中さえ前線に出さねばならないのだから。が、それも一瞬のことだった。

明後日の方向に投下されたかに見えた爆弾は、そのまま海面を跳躍し、真横から輸送船の船腹に飛び込んできた。その命中率は爆撃ということを考えるなら、驚くほど高い。

B‐25は通り魔のように通過したが、それだけで三隻の輸送船に爆弾が命中していた。柏丸の機銃が動き出したのは、ようやくそれからだった。だがすでに敵の爆撃機は船団を後にする。数隻の貨物船の機銃座から曳光弾だけがむなしく撃ち上げられた。

爆弾が命中した三隻は、船腹から爆弾が突っ込んでくるという予想外の攻撃に、なす術(すべ)がなかった。一隻の貨物船は爆弾や燃料などの可燃物を運んでいたために、誰も助かる間もなく船全体が飛び散った。

浅沼にはその旧式貨物船が爆撃の直後、達磨(だるま)ストーブのように膨らんだように見えた。そして次の瞬間、炎と共に破片が飛び散り、海面から船の姿が消える。船が視界から消えた時、ようやく大音響が柏丸まで届いてきた。

残り二隻の輸送船も、状況はそれほど変わらなかった。瞬時に爆散しなかっただけましというレベルだろう。むしろ乗組員にとっては、こちらの方が悪夢であったかもしれない。

それらの二隻は爆弾や航空燃料の類いはそれほど積まれてはいなかった。しかし、補給物資の多くが可燃物であることに違いはない。程度の問題だ。もともと商船は爆撃されることを前提に設計などされていない。だから予想外の火災にはきわめて脆(もろ)い部分があった。

爆弾が命中した貨物船の一隻にはトラックなどの車両が積まれていた。自動車はガソリンを抜いていたとしても、燃えやすい機械である。船倉の火災は、そこに詰め込めるだけ詰め込んだ物資があったために、消火活動など思いもよらなかった。乗組員たちは、消火よりも脱出の準備を優先させねばならない。

火災は船腹の破孔から大量の空気が入り、甲板までの通路が煙突の役割を果たすという最悪の状況となっていた。破孔からは火炎はそれほど見られない。だが甲板からは夥しい炎と黒煙が噴き昇る。

船が助からないのは誰の目にも明らかだった。もしもここに駆逐艦の一隻でもあれば、炎上中の貨物船はすぐさま雷撃処分されたであろう。空高く黒煙をあげて燃え上がる貨物船の存在は、敵に対して格好の道標となる。敵が航空戦力で襲撃してくるなら、なおさらだ。

だが船団に駆逐艦はなく、貨物船の乗員を救助する以上のことは何もできなかった。船団は炎上する二隻の貨物船をその場に残しながら、ラエまでの航路を急いだ。しかし、旧式の貨物船ゆえ、その歩みは鈍い。どこまで進んでも、水平線の彼方には二条の黒煙が立ち上っているのが見えた。

「何やってるんだ、ウエワクは！」

浅沼特務中尉は部署を離れはしなかったが、すぐさま船橋へと電話を入れる。だが一言二言、言葉を交しただけで力なく受話器を置く。

「どうしたんですか、指揮官？」

「ウエワクの基地と連絡がつかないらしい」

「それは、ウエワクも叩かれているということですか」

「ウエワクが敵襲を受けているという連絡はないそうだ。いま航空隊司令部に確認をとっているが、もしかすると河合の親父の知らないところで、何かあったんじゃないか」

「何かとは？」

「そこまではわからん。だが河合の親父は航空支援がないとわかっているような場所に、俺たちを出すような、そういう人間ではないはずだ。きっと航空隊側に何か予定の変更があって、それがこっちには知らされていないんじゃないのか」

「だったら……」

「腹をくくって敵を待つしかあるまい」

浅沼は無駄だとは思いながらも、部下に戦闘準備とは別に火災の際の消火準備や脱出路の確保を命じていた。火災の際に通路が煙突になるなら、せめて最短の脱出路を確認しておこうというわけだ。船員たちも命がかかっているから、作業は比較的順調に進んだ。

だが作業は、それほど徹底できなかった。なぜなら最初の襲撃から三時間後。今度もまたB‐25の大群が五隻の貨物船に対して襲撃をかけてきたからだ。

「いいか、同じ目標を狙うんだ！」

浅沼は船首部の機銃にも命じる。Ｂ‐25は今度もまた低空でやってきた。さっきは予想外の攻撃で、浅沼も遅れをとったが、同じ手には乗らない。彼は次に同じ攻撃をされるとしたら、敵はどう動くかをイメージしていたのである。

一つの賭けは、敵の技量にある。低空で爆撃して爆弾を跳躍させるなど、はじめての戦術だ。しかし、最初の攻撃はかなりの命中率を出している。つまりこれは最近開発された攻撃方法で、おそらくは専門の部隊が訓練を続けてきたのだろう。そうだとすれば、彼らの攻撃は正確ではあろうが、まだそれほど戦術的に柔軟な対応はしないはずだ。いましばらく教科書的な爆撃が続く。つまりそれは、敵の動きがある程度は予測可能ということだ。

浅沼はすでに先ほどの経験から、敵機の侵入する高度と方向、距離をおおまかに絞り込んでいた。そして機銃はあらかじめそのパラメーターの位置に設置する。逆に振っても二丁しかない機銃なのだ。火力を集中するのは必要不可欠なことである。

「いいぞ、いいぞ、そのままだ」

敵機の侵入を見つめる浅沼の息が荒くなる。柏丸を目指して、一機のＢ‐25が接近してきた。それはほぼ浅沼のイメージしていた通りのものだ。目の前のＢ‐25の搭乗員たちは、技量のある人間たちだったのだろう。その動きは、最初に攻撃をかけてきた敵機の動きをトレースしていた。

「いまだ!」

たった二丁の二五ミリ連装機銃が火を噴く。それでも機銃の数は四丁に過ぎない。銃弾は確かに何発かB-25に命中しているはずだ。だがよほど頑丈なのか、B-25は飛び続ける。それでも浅沼らにできることは、機銃を撃ち続けることだけしかない。

しかし流石(さすが)に四丁とはいえ、敵機にとってそれは脅威であったのだろう。最初の攻撃ではなかった敵機の機銃掃射が始まった。が、そこでようやくB-25のエンジン部分が火を噴き始めた。

すぐさまB-25は爆弾を投下する。だがそれは投下というより投棄であったらしい。爆弾は確かに跳躍はしたが方向も出鱈目(でたらめ)で、何より遠すぎた。

エンジンから火を噴き続けているB-25が柏丸の直上を通過した時もなお、船は無傷で浮いていた。

柏丸は幸運だった。が、他の船舶はそうではなかった。五隻の船舶のうち、またも三隻が爆弾を受けてしまった。それらの船舶にも機銃や高射砲は搭載されていたが、ろくな照準装置がない中では命中はおぼつかない。

機銃はともかく、高射砲は低空から近距離まで接近してくるB‐25に対して、ほとんど無力であった。海軍船舶なら高角砲が搭載されるだろうが、高角砲は海軍とてあり余っているわけではない。その船の高射砲は、海兵団が陸軍より譲渡された高射砲を転用したものであった。

陸軍さえお下がりに出してしまうような高射砲、新兵の訓練には使えても実戦での実用性は最初から疑問があった。まして射撃指揮装置もないならば、命中するほうが奇跡に近い。

炎上する船舶は三隻。無傷なのは二隻。よって、彼らはしばらくはその海域から動けなかった。仲間の救援に時間がかかるからだった。炎上する船舶から、ようやく離れることができたのは、二時間近い時間が経過してからである。

第三波の攻撃はあるか？　いまや二隻にまで減ってしまった船団の人間たちは、ただそれだけが心配だった。だが敵戦力にも限界があったのか、第三波はなかった。

そして、そのまま夜になった。

海軍第一〇〇一航空隊司令部より命令が届いたのは、そのころだった。命令は短かった。

——帰還セヨ。

それが命令のすべてであったが、その四文字の意味するところは小さなものではない。ポートモレスビーへの補給の失敗と六隻の船舶の消失。ポートモレスビーの航空隊司令官である石橋少将の手前勝手な采配は、彼自身の状況を一気に悪化させてしまうことになった。

ポートモレスビーにあった海軍第七〇五航空隊の分遣隊の一式陸攻は、ついに稼働機が三機にまで落ち込んでいた。それが雨宮大尉が采配する、すべての陸攻だった。

もちろん、基地には陸攻の形をした機械は何機か並んでいる。しかし、それらは飛べなかった。たかがエンジンプラグ、たかがパッキング、たかが電線、その手の「たかが」の部品が払底(ふってい)しているからだ。ポートモレスビーへの補給は石橋司令官が、強引にウエワクやラエ、サラモアの航空隊を指揮下にいれ、それらの輸送作戦への支援を禁止したことで途絶状態にあった。

海軍第一〇一航空隊は、ガダルカナル島にも物資輸送を行わねばならなかった。このため輸送機は回せない。回せないからこそ、船舶輸送を行った。そのための船舶が一気に六隻も失われてしまったのだ。

何と言っても河合少将の部隊は航空隊でしかない。航空隊が編成上、船舶を抱えることそのものは珍しいことではないが、それにしても限界がある。

問題なのは損失率である。八隻のうちの六隻となれば七五パーセントの損失だ。通常の部隊なら、戦闘でこれだけの損失を被れば壊滅と判断されるだろう。河合司令官は――個人的には石橋少将が大嫌いだったが――ポートモレスビーの窮状を見過ごすことはできなかった。

しかし、支援をしたくとも手段がない。ガダルカナル島への航空機輸送でさえ、ぎりぎりの状態で回している。輸送機一機が飛べなくなるだけでも、計画に影響するというのが実情なのだ。

もっとも河合司令官が無策であったわけではない。第八艦隊司令部――も河合司令官は嫌っていたが――に要請し、伊号潜水艦による輸送作戦を行ったりした。しかし、基準排水量二〇〇〇トンのこの大型潜水艦でも運べる物資は二〇トンに満たない。第八艦隊も輸送任務に割ける戦力は潜水艦二隻が限界。一隻の往復に一週間かかるから、ポートモレスビーには揚陸作業の時間も込みで、四日に一隻の入港がある計算になる。

一日当たり五トンの物資では、餓死は避けられるとしても、航空隊を維持するのは不可能に近かった。特に輸送の中心が燃料とならざるを得ない状況では、消耗部品は割りを食う。だから飛行機を飛ばすために、整備科は部品の共食いをしなければならない。それが稼働率を下げていた。

じっさい状況は雨宮大尉の目から見てもひどい。整備の中心は戦闘機、特に二式局地戦に集中することになる。迎撃機を飛ばしているかぎりは、基地を爆撃されることはないからだ。

対して陸攻は、哨戒任務以外の任務は与えられていない。敵を攻撃する余裕は燃料の点からも考えられなかったし、そもそも三機やそこらの陸攻で効果的な爆撃などできるはずもなかった。

一式陸攻は、三機がそれぞれ異なる方角に索敵飛行を行うのが、ここ数日の任務となっていた。来週には昭和も一八年を数えるというのに、ポートモレスビーには師走の忙しさはあったとしても、正月休みというものはまず期待できそうにはなかった。

敵機はクリスマスでも飛んできた。それが正月に休むとは思えない。正月攻勢はあるとしても。

それ故に雨宮大尉らは、いつも以上に緊張した面持ちで哨戒飛行に当たっている。いままでと違って、何かあったとしても基地の支援は仰げない。航空機用燃料は一滴たりとも無駄にできないのが、いまのポートモレスビーの実情だった。

「隊長、本当に正月攻勢なんてあるんでしょうか?」

機長が尋ねる。雨宮は操縦席の後ろの指揮官席にいる。本来なら、彼がここにいる必要はあまりない。編隊を組んでいるとでもいうならともかく、単機の哨戒任務に飛行隊長が同行する意味があるとは雨宮自身も思っていない。

だが稼働機がたった三機となったいま、基地に残っていてもすることがなかった。正確にはすべき仕事はあるのだが、補給が回復するまでそれらの仕事に手がつけられないというのが正しい。優秀商船はラエに集結したままだった。運ぶべき物資がないのと、現状ではダンピール海峡を通過してラバウルに戻るのは危険と判断されているためだ。船舶輸送再開の目処は立っていない。

「正月攻勢か。敵が日本の正月を知っているならば、攻撃をかけてきても不思議はなかろう」

じっさいそれは雨宮も感じている。前線と後方の意識の格差にだ。軍令部などは戦局全体が優勢であることなどもあって、部員の多くは定時には帰宅しているらしい。本国ならそうなのかもしれないが、トラック島の連合艦隊司令部でさえ、緊張感が感じられないという。単なる噂で片付けられないのは、さっぱり補給がないことだ。

これはもはや一輸送航空隊だけの問題ではなく、海軍全体の問題として考えねばならないはず。だが動きは鈍い。空母を伴う機動部隊で輸送船団を護衛すれば、補給などすぐにできるはずだ。しかし、連合艦隊も第八艦隊も、有力艦艇を補給任務に投入しようという動きはない。

ポートモレスビーが陥落したとしたら、それは我々のせいではない、もっと上の連中のせいだ。雨宮はそんなことを考えるようになっていた。そして、そんな自分の焦りに怒りさえ覚えている。

結局のところ、補給は潜水艦によるものだけが続いている。航空隊が可能なかぎり出動を抑えているのもこのためだ。正月攻勢があるとすれば、迎撃のための消耗品や燃料は蓄えておかねばならない。潜水艦の補給だけが頼りなら、物資は節約する必要がある。このためここしばらくは、入港する潜水艦は魚雷を搭載していなかった。

魚雷発射管にまで物資を詰め込み、可能なかぎりの輸送を行っている。そんな潜水艦を前に、輸送量が少ないなどと言えるものではない。

「正月攻勢があるなら、敵もいましばらくは大人しいんじゃないでしょうかね」

「正月攻勢があるとすればな。そんなものは最初からないのかもしれん。敵は何を考えているのか、それがわからないからこその哨戒飛行だろう。希望的観測で戦争はできないからな」

希望的観測云々の意味は機長に対するものではなかった。だから彼には雨宮の言葉の意味が理解し難かったらしい。それに対する返事はなかった。別に彼も返事は期待していない。いまは任務中なのだ。

雲量は多かった。哨戒任務にはあまり向いていない天候だ。雨宮にはあまりうれしい状況ではなかったが、結果的にこの天候が彼らを救うことになる。

雲の海の中に湖でもできるように空間が開く。海面を見ることができるのは、そこだけだ。

「隊長、敵艦隊です！」

「何だと！」

陸攻が雲海と雲海の狭間で海面を見ることができたのは、秒単位の時間に過ぎなかった。だがそれだけあれば、下に戦艦がいるかどうかくらいの識別はできる。

「機長、引き返せ。もう一度確認する」

「了解しました」

幸いにも空母はいないらしい。いたとすれば彼らはかなり危険な状況に置かれることになっただろう。もっとも最近は、連合軍にも足の長い戦闘機が現れている。それを使えば艦隊の直援は、それほど困難な話ではない。むろん陸軍と海軍とが円滑に協力できたならばだ。

「戦艦一、重巡二、駆逐艦六か。なかなかの戦力だな」

「隊長、あれはポートモレスビーを？」

「そうだ、艦砲射撃を加えるんだ。ガダルカナル島でやったみたいにな」

雨宮大尉がこの時感じたのは、敵艦隊の脅威などではなかった。敵が自分たちの実情を恐るべき正確さで把握していることへの驚きである。米太平洋艦隊の空母戦力のことを考えるなら、いま最前線に空母を投入したりはしないだろう。しかし、戦艦ならどうか。

むろん少し前の状態なら、戦艦の投入は大きなリスクを覚悟しなければならなかった。ガダルカナル島を砲撃した戦艦も、陸攻隊により撃沈されてしまっているのだ。ポートモレスビーで同じことが起こらないという保障はない。

しかし、いまのポートモレスビーならどうか。航空戦力は消耗し、陸攻の稼働機は三機に過ぎない。対艦攻撃能力はないに等しい。二式局地戦は優秀な機体だが、局地戦では戦艦は、それどころか駆逐艦であろうとも、沈めることはできないのである。

敵がいま戦艦を出してきたということは、敵は自分たちの航空戦力の実情を、かなり正確に把握しているということにほかならない。いまのポートモレスビーに戦艦を沈める能力はない。それがわかっているからこそ、彼らは戦艦をいま出撃させたのだ。

「どうする……」

雨宮にはどうすべきか、判断がつかなかった。陸攻をどうするかという問題ではない。ポートモレスビーをどうするかということだ。

何しろニューギニア方面の航空戦力は、戦線を維持するため、というより陸攻の損失や故障が激しいために戦闘機中心になっている。戦艦を含む艦隊としては小規模かもしれないが、それを迎撃する能力がいまの彼らにはない。補給さえ潤沢なら、数時間後にはこの倍の部隊でも撃破できたであろう彼らも、いまは眼下の艦隊に有効な攻撃ができないでいた。

雨宮大尉は、すぐさまこの事実をポートモレスビーに報告する。彼は燃料が続くかぎり、部隊の動向を監視するつもりでいた。だが、すぐに石橋司令官から命令が届く。それはいささか意外なものだった。

「至急帰還し次の出動に備えよ、だと。確かか?」

「はい、隊長。他の二機にも同様の命令が出ています」

「なんてこった……」

雨宮は石橋司令官の考えを馬鹿げていると思った。三機の陸攻により敵艦隊を攻撃する。なるほど魚雷も爆弾もある。ガダルカナル島でさえ敵戦艦を返り討ちにしたのだ。自分たちにそれができないはずはない。

状況を無視した馬鹿げた作戦だ。雨宮はそう思う。そう思いはするが、その命令に妙に胸踊るのも事実だった。何より敵機の姿がない。それに現在位置から逆算すれば、この戦艦がポートモレスビーを攻撃できるのは夜間になるはずだ。

おそらく敵機はポートモレスビーにより接近してから艦隊と合流するのではない

かと、雨宮は考えた。ここしばらくの海軍航空隊の動きを見れば、それでも十分という判断をしてもおかしくない。

ならばしばらくは敵機の脅威を考えなくても済む。敵機がいないならば、三機の陸攻で戦艦を仕留めるのは簡単ではないが不可能でもない。

そんな雨宮の考えが伝染したのだろうか。陸攻は燃費を度外視するような飛び方でポートモレスビーへと向かう。一分早く到着すれば、敵艦隊攻撃の成功確率はそれだけ高くなるだろうから。

どうやら雨宮の部下たちは、みな同じことを考えていたらしい。彼らが飛行場に戻った時には、すでに他の二機も燃料を補給し、整備作業に入っていた。ただ魚雷や爆弾の搭載準備はまだであった。

司令官の命令があったのだろう。燃料を満載したタンク車が陸攻に横付けする。

整備員たちは無言で燃料の補給にかかる。

「ん⁉」

雨宮が基地の妙な雰囲気に気がついたのは、その時だろう。三機の陸攻とは別に六機の局地戦も増槽をつけて出動準備をしている。それは別にいいのだが、他の機体はまだ出動準備さえしていない。

話を聞きたかったが、機内に待機するように命じられていたので、確認もできない。

自分たちの任務の内容を聞かされたのは、一台のトラックが接近してきてからだった。

タンク車と入れ替わるようにトラックは停まり、中から石橋司令官や先任参謀らが降りてくる。そして先任参謀は、石橋の命令として驚くべき内容を伝えた。

「ポートモレスビーの戦局を大至急、ラバウルの艦隊司令部に伝えねばならない。陸攻はラバウルに向かえ」

我が耳を疑うという言葉の意味を、雨宮大尉はこの時ほど実感したことはない。

ポートモレスビーに敵艦隊が接近しており、しかしながらその迎撃能力が自分たちにはない。そんななかで航空隊の司令官がラバウルに逃げるというのだ。

いや、司令官がというよりも先任参謀ら司令部全員だろう。魚雷や爆弾を積まずに済ませれば、陸攻三機で司令部のおもだった人間は移動できる。

「逃げるんですか、部下を置いて」

石橋司令官は、それに対して何か言おうとしたが、すぐに先任参謀に遮られる。

「貴官は余計な詮索をせずに、命令に従えばいいのだ。逃げるわけではない」

雨宮はそれで、だいたいの状況は察することができた。これは単に司令官が逃げようとしているのではない。本当に逃げたがっているのは幕僚たちであり、彼らは自分たちが逃げるためには司令官に逃げてもらわねばならないわけだ。

そして石橋司令官には、そういう幕僚たちを抑える力がない。おそらく石橋司令官は、司令官であっても自分自身の判断で何かを采配したことはなかったのではなかろうか。いわゆる幕僚統帥が、このポートモレスビーで行われていたわけだ。

「闘わないのですか、敵艦隊と？」

「闘う⁉　陸攻三機で何ができるのだ？　それとも貴官は、この程度の戦力で敵艦隊を撃破できるだけの技量の持ち主だとでも言うのかね」

雨宮は先任参謀の言葉に怒りさえ覚えた。が、反論はできなかった。陸攻三機で艦隊を撃破できないくらい、彼にだってわかる。だがそれでも司令官が逃げて良いという理由にはならぬ。

「もしも、そのような命令に従えないと言えば」

「従ってもらう」

先任参謀は雨宮大尉に拳銃を向ける。安全装置は外してないが、おそらくこの先任参謀は、必要なら躊躇(ちゅうちょ)せずに安全装置を外すだろう。

機長らも流石に拳銃を出されては穏やかではない。しかし、雨宮大尉は彼のこの行動で、異議を言い立てるのが急に馬鹿馬鹿しくなった。

自分はいま、どういう状況に置かれているのか。司令官や幕僚はいち早く逃げ出そうとし、それに反対するや拳銃を向ける。こんな不細工な現実に自分はつき合わねばならないのか。

「馬鹿馬鹿しい。ラバウルでもどこでも連れていってやるよ」

雨宮はそう言い捨てると、指揮官席につき、機長に発進を命じた。司令官や先任参謀がどうなっているか、見る気もしない。それは機内にいる他の部下たちも同様だ。

機内に乗員用の椅子以外はない。流石に司令官らも待遇の悪さに文句は言えなかった。先任参謀が何か言いかけた時、文句を言ったら海に放り出すと雨宮が一喝したからだろう。部下を置いて逃げるような指揮官には、それが分相応だと。

三機の陸攻は、そうしてポートモレスビーの滑走路を離陸する。雨宮には眼下の飛行場から敵陣地の対空火器のように味方の視線が刺さってくるのを感じずにはいられなかった。自分たちが逃げたことを下の連中は知っている。それに追い討ちをかけるように先任参謀は言う。

「飛行隊長、君だって内心は我々に感謝しているはずだ。我々がいたからこそ、君らも助かるんだ」

雨宮は胸が悪くなった。そして離陸したことを後悔した。馬鹿馬鹿しいと思ったことだが、下の人間たちから見れば、自分もこいつらの同類なのだ。どんなに否定しても、自分もラバウルに向かったという事実に変わりはない。

沈黙ばかりが続く数時間が過ぎ、通信員が低い声で報告する。

「ポートモレスビーは敵戦艦の砲撃を受けています。被害甚大。壊滅的な打撃を受け……」

「どうした？」と雨宮。

「通信が途絶しました。通信基地は破壊された模様です」

重苦しい沈黙を先任参謀が破る。

「脱出して正解だろう。我々はこうして生きているんだ。いいかね、我々は仲間なんだぞ」

雨宮には先任参謀の言っていることの意味が痛いほどわかっていた。お前も自分と同じところまで堕ちたのだ、それが先任参謀の言葉の意味だ。気がつけば、機内ですすり泣く声が聞こえる。石橋司令官の声だった。

こうして三機の陸攻はラバウルに着陸した。ポートモレスビーが敵艦隊の攻撃で戦闘力を失い、海兵隊の上陸により降伏したのは、それから三日後のことであった。

ポートモレスビーの奪還は、それまでの日本軍陣地での戦闘を経験している連合軍には拍子抜けするほど簡単に終わった。すぐに占領軍は捕虜の尋問を始める。

生憎と日本軍の兵員は、捕虜になったらどうすべきかという教育をまったくと言っていいほど受けていなかった。だから個人の手帳の類いを処分するとか、必要なこと以外は答える必要はないなどの基本的な捕虜の知識を持っていない。

おかげで尋問はかなり順調に進んだ。むしろ多くの兵士は、怒りの捌け口を連合国の尋問官に向けるがごとく、積極的に喋った。

ただそれらの情報は、時に矛盾しており、必ずしも役に立つものだけとはかぎらない。そうした中で一つだけ、どの捕虜に尋ねても共通する返事が返ってくる質問があった。

「なぜ君たちはポートモレスビーを死守しようとしなかったのだね」

「指揮官が真っ先に逃げ出した基地を、どうして死守する必要がある？」

こうしてポートモレスビーの石橋少将は、連合軍はもとより、連合国でも最も有名な日本海軍軍人となる。多くの宣伝ビラに「部下を捨てて逃げた日本の将軍」として石橋の名前があげられたからだ。それは戦争が終わるまで続けられた。

もっとも生きるということに関して言えば、連合国が石橋を宣伝に使ったことは、彼にとっては好都合であった。石橋司令官とその幕僚の戦線離脱・敵前逃亡は、確かに大問題となった。というより大問題すぎた。

指揮官が真っ先に戦線離脱・敵前逃亡して戦略上の要衝が陥落したことは、陸軍や国民に対して絶対に秘密にしなければならなかった。そして秘密にしなければならないから、公式に石橋少将に対して軍法会議にかけるような真似もできなくなった。結局、日本のどうでもいいような閑職に回すことで決着が図られた。

じっさい彼は、おかげで終戦まで怪我一つ負うこともなく過ごすことができた。そして戦争が終わってからは郷里に引き籠もり、石橋ではなく妻の旧姓の太田を名乗りながらひっそりと暮らしていた。

彼の名前が戦争の記憶と共に世間の注目を浴びるのは、二一世紀に入ってからだった。一一八歳で大往生を遂げるまで、彼は長寿日本一だったのだ。故石橋翁を偲ぶ番組の中で、彼がポートモレスビーの司令官だったという不正確な経歴が紹介される。すでに当時のことを知っている人間は、日本に残っていなかった。

石橋少将は、こうして人生を逃げ切った。

第八章　ガダルカナル島攻防戦

昭和一八年一月は、日本海軍にとって悪夢の月だった。ポートモレスビーが攻撃されるのはある程度は予想されていたものの、司令官逃亡による士気の低下から、わずか三日で陥落してしまったことが、まず海軍中央や連合艦隊司令部の誤算の始まりだった。計算では一ヵ月や二ヵ月はもちこたえられるはずだったのだから。

誤算その二は、奪還が短期間であったがために、ニューギニア方面の航空戦力を建て直す間もないうちに連合軍の陸海軍航空隊が進出してきたことだった。このため、ラエ、ウエワク、サラモアなどの航空基地が直接の圧迫を受けることとなる。

これらの基地では、制空権を確保した後に空挺部隊を乗せた連合軍輸送機が飛行場に着陸し、電撃的に基地を占領するという、かつて日本陸海軍が二式輸送機で行った戦術により、防衛は後手に回っていた。

もっとも、そうした空挺部隊の持つ潜在的な脆弱性は日本軍も熟知していた。このため連合軍側も、この空挺による強襲作戦では無視できない損害を出していた。滑走路に障害物が置かれるだけでも、着陸する側にとっては大きな障害だ。

連合軍側の損害をひときわ大きくしたのは、彼らが輸送機ではなくグライダーの降下を行ったことだった。日本軍の空挺部隊の損害を、彼らなりに分析した結果の判断らしかったが、その分析は一面で正しく、一面で間違っていた。

正しいというのは輸送機を撃墜された場合、一機の撃墜で、小隊規模の部隊が全滅してしまう点だった。グライダーなら積載量がかぎられている分、損害も限局できる。また構造が単純なので、輸送機ほど簡単に撃墜もできなかった。

反面、積載量がかぎられているため重火器は運べない。日本軍は軽戦車を輸送機に搭載することで、火力が持てない空挺部隊の問題を解決しようとしたが、グライダーでは七五ミリクラスの火砲を積むのが精一杯だった。なるほど火力はあるが、オープントップの火砲では自分の身を守るのは容易ではない。

連合軍は主にハドリアングライダーを多用して強襲攻撃を行ってきた。連合軍は制空権を確保した後、グライダーを投入する。ここまでは良かった。問題は着陸直前から生じた。鉄パイプに布を張ったグライダーは、小銃弾さえ防ぎようがない。グライダーは墜落しないとしても、着陸前から負傷者を出していた。

そしていざ着陸をしても、残存する機銃座などからの攻撃に重火器のない空挺部隊は、なまじまとまっているだけに周囲の攻撃に対して脆弱だった。日本軍の場合、墜落した輸送機が滑走路での遮蔽物となったことが、部隊の集結と反攻を可能としたのだが、グライダーではそれもできなかった。

とはいえ空挺部隊の量と制空権の確保により、連合軍はニューギニア各地の日本軍基地を奪還することには成功していた。多大な犠牲と共に。

そして、一度基地を奪還してからの連合軍の進出は迅速だった。滑走路は存在しているし、連合軍には機械力もあるので宿営地の設営はそれほど難しくない。とりあえず航空隊が進出すれば、航空機として稼働することは可能だ。

何より一つの基地が奪還されると、そこを拠点に次の基地が奪還され、次の基地は前二つの航空基地から攻撃を受けることで、後になればなるほど攻撃の速度は早まった。

こうして日本軍がニューギニアの拠点を失った時、ラバウルは直接連合軍の攻撃範囲に置かれることとなった。

これは、第八艦隊や第一一航空艦隊に取り重大な問題だった。攻勢ばかりでなく、ラバウルの防衛が緊急課題として浮上してきたからだ。しかも、残された時間はそれほどない。

反面、ニューギニアの失陥をほっとした気持ちで受け止めている人間もいた。河合少将がそうである。

ニューギニアとガダルカナルで彼の部隊は、複雑きわまりない需品管理業務を担うことを余儀なくされていた。それがニューギニアがなくなったことで、かなりの余裕が生じたからだ。

じつを言えば、河合司令官がほっとしているのは、自分の仕事が楽になったからだけではない。補給業務——というよりすでにロジスティクス全般——を担うことになった彼には、海軍の戦線がすでに国力を超えていることを肌で感じ始めていた。

輸送機は確かに工場で量産されているらしいが、それにしても前線の必要を満たす水準にはならない。生産された機体数は、何百の水準だろうが、前線はすでに何千という水準の輸送機を必要としている。なぜ何千も輸送機がいるかと言えば、戦線が日本から遠く離れているからだ。

それは単純な数学でわかる。一つの部隊が二倍遠くなれば、補給を維持するためには、三倍の輸送機が必要だ。単純計算なら二倍の輸送機でいいが、伸びた補給線を維持するためにも物資は必要であり、それを換算すると距離が倍になれば輸送機は三倍必要になる。そして戦域が二倍に広がれば、戦線も二倍に広がる。倍の部隊に三倍の輸送機が必要。つまり戦域が倍に拡大すれば、輸送機は最低でも六倍必要になる。

河合司令官は日本の国力を考えるなら、戦線を縮小し、その内実を整えるべきではないかと考えていた。先の例で言えば、戦域が半減すれば、各部隊へは六倍の物資が補給できる計算になる。

戦線を縮小して防衛に徹すれば、局所的に日本軍は物量で敵の優位に立つことも不可能ではない。

確かに国力でアメリカは日本を圧倒してはいる。河合司令官も戦前のデータから日米間は一〇倍の格差があるという話を耳にしていた。だが戦線を縮小すれば、米軍の物量を大きな問題としないことも不可能ではない。なぜなら、局所的な戦線に投入できる物量には限界というものがあるからだ。

大陸ならともかく、狭い島嶼（とうしょ）などの戦場では、投入可能な物量に物理的な限界があるが故に、アメリカなどは国力の優位を戦場の有利に生かせない。そうであれば、日本の輸送量が六倍に増えるということの戦略的な意味は決して小さくないだろう。

しかし、河合少将のこうした提言は連合艦隊司令部などで省みられることはなかった。戦局が優勢なのに戦線を縮小するなど、彼らには正気の沙汰には思えないのだろう。河合少将は、戦局が優勢だからこそ、いま戦線を縮小すべきと言っているのだが、同じ日本海軍でも艦隊正面と後方部隊では、すでに文化が違っていた。言葉さえ通じない。

ともかくこうした状況で、連合艦隊司令部は、ラバウルの防衛強化とガダルカナル島を拠点としたFS作戦の継続を決定していた。米豪遮断が完成すれば、ニューギニア奪還は容易ということだ。

河合司令官には、米豪遮断ができないかぎりニューギニア奪還は不可能と言っているようにしか聞こえなかったのだが……。

「最前線だな」

雨宮大尉は陸攻から降りた時、まさにそこが最前線であることを感じないわけにはいかなかった。

ルンガ飛行場の滑走路周辺には、すでに炭となった灌木がまばらに生えている。それは夥しい戦闘で焼失したジャングルの名残だ。爆弾で焼け、艦砲射撃で焼け、墜落で焼けた密林。そんな炭化した密林の中に、宿営や掩体らしい建物が見える。真っ黒に塗ってあるのは、あるいは迷彩を意識しているのかも知れない。あるいは焼け残った建物を使っているのか。

それでも航空基地としてのガダルカナル島は、なかなかの規模になっていた。重機を投入したりした結果だろう。陸攻が自由に離発着できる滑走路がすでに二本完成している。これとは別に局地戦用の滑走路も一本。

つまり、ガダルカナル島のルンガ飛行場は、一つの大きな航空基地というより、二つの目的の異なる航空基地が隣接していると考えた方が実情に近い。それは無駄なようにも思えるが、ガダルカナル島の実情を考えるなら必要なことでもあった。どちらかの滑走路が攻撃され、破壊されても局地戦は出動できる。いわば危険分散のための基地分散なのである。

ガダルカナル島は、輸送航空隊が必死の思いで航空輸送を続けているためか、基地機能は充実しているように見えた。トラックの数も多いし、誘導路の方には小型戦車のような姿も見える。対空火器も充実しているようだった。もっとも航空機輸送の都合か、対空火器は機銃が中心であるようだったが。

雨宮大尉らの陸攻は、相変わらず三機。それ以上の補充はない。機体に補充がないから、当然ながら人員にも補充はなかった。

彼らは一応第七〇五航空隊に属してはいたが、原隊ではすでに彼らのことは忘れられた存在、ようするに彼らにはすでに戻るべき場所がなかった。

着陸と同時にトラックがやってくる。格納庫かどこかに愛機を移動するのだろう。流石に前線基地は動きが速い。トラックが彼の前で停まると、一人の男が降りてきた。

「ごくろうさん、災難だったな」

「渡部……お前、こんなところにいるのか！」

「こんなところとはご挨拶だな。お前もその『こんなところ』で、これから働くんだぞ」

「いや、すまん。しかし、お前がここにいるとはなぁ……世間は狭い」

「世間が狭いと言うより、戦線が狭くなったってことだろう」

局地戦部隊の飛行隊長である渡部少佐は、そう言うと海兵の同期である雨宮大尉の荷物をトラックに乗せた。

「地獄に仏とは、このことだな」

「ここだって、それほど悪い場所じゃないぞ。敵と闘えばいいだけだ。トラック島やラバウルのように魑魅魍魎（ちみもうりょう）はいない」

「たしかにな……」

渡部が指示すると、雨宮や部下を乗せたトラックは、そのまま宿営地に向かった。

石橋司令官のポートモレスビー脱出。このことは、雨宮大尉とその部下を放っておいてはくれなかった。石橋とその幕僚をラバウルまで運んだ雨宮大尉らもまた、戦線離脱になるのではないかという意見が出たからだ。それは多分に感情的な意見であり、はっきり言えば八つ当たりのようなものだ。

つまり事の重大さから、石橋司令官を公式には処罰できない。適当な閑職に回すのが関の山だ。ただ参謀長以下の幕僚は、揃ってミッドウェー島へ転属になったとも聞いている。米軍が反攻に出れば、真っ先に襲撃されると言われる島だけに、上層部の意図は明らかだ。

それだけならいいのだが、同様の処遇は雨宮たちに対しても行われた。それがガダルカナル島への転属だ。ここはミッドウェー島と違っていま現在、激戦が続く戦場だ。そこにたった三機の陸攻で派遣されるなど、黙って死んでこいと言われているにも等しい。

じっさいには戦線離脱になるのではないかという意見もまた、言い訳であるらしい。その真意はやはり口封じみたいなものだった。先任参謀が拳銃で雨宮らを脅した。それが口封じの理由だろう。

戦線離脱だけでも不細工なのに、脱出のために友軍に拳銃を向けるなどあってはならないことである。だから参謀はミッドウェー島に、そして当事者となってしまった雨宮大尉らもまた、巻き添えを食った形で最前線に送られた。

いまの雨宮大尉の気持ちを言えば、怒りを通り越して呆れているのと、部下たちへの謝罪の気持ちだけだろう。いまの彼に唯一できそうなことは、可能なかぎり部下を戦死から遠ざける方策を模索することだけだった。

「なぁ、渡部、俺たちがここで何をするのか知らないか」

「お前、自分が何のために派遣されたかも知らないのか」

「何のためかは知ってるさ。ただ何をするのかがわからないだけだ。何しろ陸攻が三機だけだ。できることはかぎられているだろう」

「そうかぁ、じゃぁ、そっちには話が通っていなかったわけか……」

「何か知ってるのか」

「お前は、しばらく俺の下で働いてもらう」

「お前の下で？　お前のところは局地戦の航空隊だろう。俺は……」

「陸攻なのは知っている。だから来てもらった」

「敵編隊の接近をいち早く知るための哨戒飛行でもやるのか」

「似たようなことは頼むつもりだ。雨宮、電探って知ってるか？」

「名前だけはな。ポートモレスビーにもあった。小屋くらいの大きさの機械で、電波で敵機の接近を知るとかいうやつだ」

「そう。それの改良型がこのガダルカナル島にはある。と同時にな、それをさらに小型化した装置が試作された。それを載せたい。小型化したと言っても陸攻でなければ搭載できないからな」

「電探を載せて、敵編隊の前方哨戒を行おうと言うのか」

「まぁ、そういうことだ。まぁ、その役目は三機のうちの一機でいい」

雨宮は自分らの状況を渡部との会話でほぼ理解できた。いわば厄介払いではあるが、三機程度の陸攻では戦力としては中途半端だ。電探などの実験機として運用するしかないだろう。どうせ彼らは員数外だ。そんな部隊で新兵器の実戦試験ができるなら、そう悪い話ではない。

「残り二機は？」

「局地戦の支援をしてもらうつもりだ」

「局地戦の支援だと。渡部、気は確かか。どこの世界に攻撃機が戦闘機の支援をするなんて話があるんだ」

「このガダルカナル島だ。お前だから、はっきり言うがな。いまはともかく、これからは戦闘機で戦闘機と闘うようなまともな戦闘をしていては敵航空兵力には勝てん。使えるものは何でも使う。そうしなければ戦線の維持は不可能だ」

「具体的に何をしろというのだ」

「まぁ、いま見せてやる」

トラックはそのまま炭化した密林の中に入って行く。誘導路はある部分から突然、真っ黒になり、そのまま密林へと進む。上空から見れば、ここに道があるなどわからないだろう。

そうしてトラックは、大きな土手に突き当たる。よく見ると、それは土盛りした掩体だった。そして掩体の天井は板で覆われ、その上には、炭化した灌木が並べられている。上から見れば、ここが格納庫だとはわからるまい。

「すごいな」

「生活の知恵さ。ここにはこんなのが他にもある」

トラックはそのまま格納庫へと入る。そして雨宮は、妙なものに気がついた。煙突のようなものを四本横一列に束ねたものだ。そんなのが幾つかある。ただよく見ると、それらは陸攻の弾倉にすっぽり入るような寸法であるようだった。

「あれだ。陸攻を局地戦の支援機にするのは」

渡部の示したのは、やはり束ねた煙突だった。

「あれを陸攻に積めと言うのか？」

「そういうことだ」

「煙突みたいなものを積んで、空中に煙幕でも展開しようというのか」

「煙幕か……それは考えたことはなかったな。いえ、煙幕じゃない。これは我が軍の新兵器だ。噴進弾、聞いたことはないか？」

「噴進弾⁉　いや、初耳だ。なんなんだ、それは？」

渡部少佐は、大雑把に噴進弾がどんなものかを雨宮に説明した。

「まだ生産数が少なく、というより試作段階だな、はっきり言って。ただ、いままで戦果があがっているので、ようやく量産に入るらしい。命中精度なら機銃だが、三〇ミリ機銃が実戦化されるまで重爆攻撃では噴進弾が頼りと言っていい」

「だから陸攻にか。あぁ、でもなぁ、それはうまくいくかな」

「どうしてだ？」

「お前は知らないかもしれないが、昔、日華事変のころだ。陸攻の編隊を護衛する目的で、陸攻に多数の銃器を取りつけた機体が作られたことがある。しかし、いざ実戦で使ってみると、編隊からは遅れるし、重武装と言っても、戦闘機の代替物にはならないことがわかったからだ」

「それは戦闘機相手の場合だろう。これは違う、あくまでも重爆相手だ。敵重爆を撃墜するのが目的だ。重爆相手なら、陸攻の運動性能でも不都合はあるまい」

「まぁ、そうかもしれないが……。命中精度がどうのと言っていたが、それはどうなる？」

「まさに、そのために陸攻が有効なんだ。さっき、三機のうちの一機は電探を載せると言っただろう。それは単なる哨戒飛行のためだけじゃない。この発射筒で、陸攻一機で一二発の噴進弾が搭載できる。二機で二四発。実際には一度に四発発射するから、八発の噴進弾を三波送ることができる」

「命中精度の悪さを数で補うのか」

「まぁ、それもある。じつは新型の噴進弾には、小型の焼夷弾が多数詰まっているんだ。それが敵編隊上空で破裂し、編隊を一網打尽にする」

「おい、それだと信管調定はどうなる。数で補うと言っても、かなり微妙な調整が必要じゃないか。そうでなければ明後日の場所で爆発するだけだぞ」

「さすがに見込んで来てもらっただけのことがある。お前の指摘は正鵠（せいこく）を射ているな」

「渡部に言われてもうれしくないな」

「まぁ、そう言うな。俺くらいしかお前を誉めるような奇特な人間はいない。電探機の出番はここからだ。電探が敵編隊を捉えたとする。知らないかもしれないが、電探は熟練者の手にかかれば、敵機との距離をメートル単位で正確に測定することが可能だ。もちろん敵機の速力も毎秒メートル単位で測定できる。

たがいに正面から向き合った状態で、自分と相手の距離と速力がわかれば、そして噴進弾の速力もわかっているなら、信管の調定は難しくはあるまい」

「なるほど。理屈の上ではそうなるな」

そう、理屈の上では。

「敵編隊、前方一万を切りました」

無線電話の調子はあまりよくなかった。電探の電波が干渉しているせいか、もともと性能が悪いのか、その辺のことはよくわからない。

「敵編隊の速度は毎時二〇〇マイルで変化はないな？」

「変化ありません」

雨宮大尉のレシーバーに、雑音と共に電探機からの声が入る。

電探で敵機との距離と速度を計測するので、信管調定は難しくない。最初に渡部少佐からそう聞かされた時、雨宮はもう少し洗練された方法がとられるものと思っていた。高角砲のように、ダイヤルを動かせば、電気的に信管の調定ができるような、そんな機構があるものと思っていた。

だが煙突のような発射筒にそんな複雑な機構があるはずもない。それにすぐ気がつかない自分の迂闊さを後悔した時には遅かった。噴進弾の信管調定の方法というのは、信じ難いものだった。

まず噴進弾の弾道の信管は、あらかじめ調整しておくのだ。四本三組のそれぞれを遠距離、中距離、近距離というように。そしてある距離になった時点で、彼我の相対速度が決まった速度になるようにして噴進弾を撃つ。そうすれば、敵機の上空で弾頭が爆発する。

理屈では、それでも問題はないだろう。しかし、大人になれば、そうそう物事は理屈通りにならないこともわかっている。とはいえ与えられた中で最善を尽くすのも軍人のつとめ。

雨宮大尉は、指揮官席から装置のダイヤルをセットする。この新兵器で唯一、新兵器らしい部分だ。自分の速度、相手の速度、そして彼我の距離、それをセットしてボタンを押す。

歯車のカタカタ鳴る音に神経を研ぎ澄ましながら、雨宮は発射の準備をする。まず弾倉から遠距離群を降ろす。足の下でモーターが作動する音と共に、発射筒が定位置にあることを示すランプが点灯する。そして雨宮は、発射ボタンに指をかける。

ダイヤルをセットした装置は、機械式計算機とタイマーを組み合わせたものだ。

噴進弾は火薬を燃焼させながら進むので、距離と速度は一定ではなく、常に加速しているので距離によって速度が異なる。あらかじめ信管を調定しておくのも、このためらしい。信管調定を機内から自由に行おうとすれば、かなり面倒な計算をさせねばならないらしい。

ダイヤルはだんだんとゼロに近づきつつある。そしてゼロを指した時、ブザーが鳴った。雨宮はボタンを押す。

足の下でかん高い音が聞こえたかと思うと、前方を白い煙を曳きながら四本の噴進弾が飛んで行く。やがて、それは八本になった。

だが噴進弾を眺めてばかりもいられない。雨宮は遠距離用の発射筒を収納しながら中距離用の発射筒を降ろす。作業が終わるころ、前方で何か白い物が広がった。

「命中！　二機撃破！」

相変わらず音の悪いレシーバーから電探機による報告が入る。二機撃破というのは、なかなかなものだ。ただ敵重爆は八機。残り六機がどう出るか。

「敵重爆との距離六五〇〇！」

敵は逃げるつもりがないことを電探機は教えてくれた。雨宮はレシーバーの声を頼りに再びダイヤルを合わせる。

上空にいるはずの友軍の戦闘機隊は、まだ降りない。下手に降りれば噴進弾の巻き添えを食ってしまう。それでは意味がない。

実質的に重爆攻撃は遠距離と中距離が勝負だと、渡部少佐は言っていた。近距離用まで使わねばならないとしたら、相手はよほど数が多いか、腹をくって攻撃をかけてきているということだ。

ブザーが鳴り、ボタンを押す。噴進弾と共に敵機の姿も見えてくる。案の定、戦闘機隊も伴っている。その編隊が不自然なのは、重爆ともども撃墜された機体があるということだろう。

電探機はここで引き返した。これ一機しかないことと、電探機には事実上、武装がない。そして局地戦も電探機だけをエスコートできるほど、数に余裕がない。もっとも雨宮にとっては、それでも構わない。近距離となると、目視で撃つよりないからだ。運が良ければそれでも当たる。

中距離用の八発の噴進弾もまた、二機の重爆と同じ数の戦闘機を撃墜した。ただ狙っていた機体とは異なる。噴進弾の接近を知って、編隊を解いたところ、運の悪い機体が噴進弾に食われてしまったということだ。敵でも味方でも、幸運な奴と不運な奴はいる。

残存機が四機になってから、ようやく二式局地戦が上空から降ってきた。それはまさに降ってきたとしか言いようがない。恐るべき急降下である。そして、降ってきたのはそれだけではない。

戦闘機よりも先に何本かの白い筋が重爆を狙う。それらの幾つかは機体を直撃した。陸攻に搭載している大型の物とは異なる、戦闘機用の小型噴進弾だ。信管も時計式と着発式の両方を備えている。

上空からの噴進弾攻撃で、複数の噴進弾を浴びた一機が爆散する。残り三機も、ここでようやく撤退の動きを示し始めた。

編隊は大幅に乱れていた。雨宮はそこで一機のB‐24を認めると、持っていた近距離用の噴進弾を撃った。どのみちこんな危ない物を抱えたまま着陸はできない。どうせ捨てるなら敵機の方へ。

近距離用の噴進弾だけは弾頭が異なり、焼夷弾クラスターではなく一般的な弾頭だった。そうしなければ自分で撃った弾頭に自分がやられてしまう。だからこれだけは破片効果を狙っていた。

白い煙を曳きながら噴進弾はB‐24を目指す。だが重爆はかろうじて回避し、護衛の戦闘機の至近距離で続けざまに炸裂した。一発だけならまだしも、四発続けざまに弾頭の破片を浴びてはたまらない。双胴の戦闘機は、そのまま墜落してしまった。

「悪くない、悪くないぞ」

雨宮大尉らは、噴進弾による圧倒的な戦果に酔いながら、ガダルカナル島へと帰還していった。

戦時下にもかかわらず、同人誌即売会の売り子に半日つき合わされ、結局のところ陸軍省人事局長には会えなかった田島泰蔵は、相変わらず熟練工の維持に頭を悩ませていた。

すでに背に腹は代えられないと、戦前に軍が入手したものの使われていない工作機械の類いを半ば非合法に手にいれるようなことさえやっていた。熟練工が確保できないなら、機械力で何とかしなければどうにもならないからだ。

じっさい彼の工場は、すでにわけがわからない状況になっていた。需要に対して生産が追いつかず、しかも陸海軍共に戦線を拡大させていたため、消化しきれない軍関係の輸送機発注は増加する一方だった。いま完成して陸海軍に納入されている機体は、果たしていつ発注されたものかわからない、というよりすでに誰も気にしていないのが実情だった。

何より頭が痛いのは、海軍から発注された六発機だった。一応、試作機は何機かできあがりつつある。治具やら工作機械の関係で、一機製造するよりも何機か同時に製造する方が効率がいいからだ。

ただこの六発機を二機作る資源で、通常の二式輸送機が三機製造できる。しかし、六発機は積載量で二式輸送機の二割増し程度に過ぎなかったから、生産全体で考えれば、量産する意味はかなり疑わしい。

むろん、あれこれ最適な設計をすればもっと効率は改善できるだろうが、生産ラインを大幅に変更することも必要になる。そうなれば、二式輸送機の生産数が低下してしまう。何をどうしても、この六発機の生産はメリットがあるとは思えない。

何よりも田島がこの六発機開発に疑問を抱いているのは、大西少将など海軍航空の幹部陣の主張がころころと変わる点にあった。もともとこれは六発の陸攻として開発計画が進められ、それは一度、六発機の研究機になったかと思えば、今度は輸送機にしろと方針が変わる。

幸い陸攻にするより輸送機にする方が、二式輸送機をベースにしている関係で、技術的には容易だ。それでも無駄な作業を強いられた事実は変わらない。そして厄介なのは、将来的にまた開発方針が変えられかねないことだった。否、きっと変わると考えるべきなのだろう。そして、その予想は当たった。

「いや、これは立派な機体だ」

大西少将は、完成間近い六発機に乗ってみて、その印象を強くもったらしい。

「発動機も強力、積載量も大きい、何より強力な武装がある。これからの輸送機はこうでなければならんね」

田島が戦局というものを感じるのは、最近の大西を見てだった。去年なら、航空本部で大西の模型に感心してくれる人がいないのかどうか知らないが、田島のところに来るたびに、自信作を見せて蘊蓄(うんちく)を語ったものだった。が、最近はそういうことはなくなっていた。模型を作る時間さえないらしい。

それは田島にも理解できる。航空消耗戦を続けた結果、ポートモレスビーが奪還されたのは記憶に新しい。豪州北部の連合国軍の戦力を撃破するという作戦目的を達成したから転進したというのが公式発表だが、いまどきそんなことを信じている奴はいないだろう。

「これらは動力銃架かね？」

「ええ、そうです。胴体の上下、機体後部、機首、上下のは連装、前後のは単装ですが、すべての銃架が一つの目標に向けて火力を集中できます」

輸送機の武装は射撃指揮装置と連動した動力銃架であった。単装、連装あわせて合計六丁の二〇ミリ機銃が一つの目標に火力を集中できる。じつはこの六発輸送機の試作機で最も難しかったのが、胴体でも操縦系統でもなく、この動力銃架なのであった。

これは陸攻にさえ装備されていない画期的な武装である。なぜ陸攻に装備されていないかと言えば、大きな問題が二点存在したためだ。

一つは、動力銃架を取りつけたことで、空気抵抗が増大すること。じっさい四基の動力銃架により、速力はそれがない場合の理論値よりも一五ノットは低下した。エンジン馬力の強化により六発機では、二式輸送機と同等の機動力を確保できたが、双発機に搭載するのは性能を低下させるだけに終わるだろう。

動力銃架一基なら、陸攻に載せても影響はないかもしれないが、連装機銃一基だけならあえて動力銃架にする必要はない。そもそも動力銃架を採用したのは、射撃指揮装置ですべての機銃の火力が集中できるためであり、一基のみでは動力銃架にするメリットはあまりないのだ。

そして陸攻などに動力銃架が装備されない最大の理由は、装置一式が非常にかさばる点にある。これは日本の機械技術の一つの限界かも知れない。

一つの射撃指揮装置ですべての銃塔が同じ目標を狙うというような精巧な装置を開発する能力が日本にある。が、それを小型化する点において、日本の機械技術は成功していなかった。それがすべてではないものの、六発機が大きさの割に積載量が少ないのは、動力銃架の装置類が大きいこともあったのである。

「側方機銃はないのかね」

「ありません。輸送機という目的を考えれば、側方機銃を設けることは、積載量の減少につながります。ですが、この六発機が二機、三機と集団で行動するならば、側方機銃がなくとも十分な火力を敵機に行使することはできると思いますが」

「運用次第か、つまり」

田島は大西が本題に入るのを待っていた。彼とのつき合いの中で、何か誉めてから本題に入る時に彼は、たいていろくな要求をしてこない。本人にも自分の要求が法外なものだという自覚があるから、最初に誉めて場の空気を和らげようという心理が働くらしい。

直接田島に要求するのも、社長にうんと言わせれば、会社は動くという計算があるようだった。じっさいその目論見が当たっているからこそ、いまここに六発機が存在しているのであるが。

「田島君……」

田島は緊張する。大西が田島君などと言い出す時は、まず楽しい話題であることなどないからだ。無理難題に決まっている。そしてそれは間違ってはいなかった。

「君は空中戦艦を、どう思う？」

いきなり空中戦艦をどう思うって言われたって答えようがない。ただ六発機の前で空中戦艦などと言われたことに、田島はすごく嫌な予感を覚えた。

「戦艦は空を飛ばんでしょう」と、まず最初は無難な返答。

「もちろん、戦艦は空を飛びはせんよ。そもそも戦艦を飛ばすような話なら、それは航空本部の関与するものではない。ようするに空中戦艦とは飛行機の戦艦化だ」

あぁ、やっぱりと、田島は内心ため息を吐く。

「陸攻などに重武装を施す護衛機の構想は、過去にもありましたが、いずれも失敗だったのでは。諸外国でも成功という話は聞きませんが」

「もちろんだ。そもそも火器による重武装機は掩護機という呼称があるわけで、空中戦艦などという呼び方はせんよ」

田島は、大西というか航空本部が何かとんでもない構想を持っているらしいことはわかったが、具体的にそれが何であるかがいまひとつわからない。六発輸送機に針ネズミのように重火器を装備した機体ではないらしいが、なら何をしようというのか？　大砲でも載せようというのか？　そんな馬鹿なと思うが、しかし、目の前の男はそういう常識が通用する相手ではない。

「君は電探という装置を知ってるかね？」

「まぁ、名前だけは」

実際にはもう少し知っている。それどころか、航空機搭載用の電探の実験はすでに行われている。非武装の輸送機だからこそ、敵機の接近を回避する装置が必要という判断からだ。

それ以外にも最前線では護衛なしで物資を運ばねばならない輸送機の性格上、どうしても夜間飛行が多くなる。そういう時に電探があれば、任務を進める上で多いに助けになるからだ。

この辺は大西も知っていて然るべきだったが、だからこそ尋ねたのかも知れない。

「電探とは、簡単に言えば電波で敵の存在を知る装置だ。空中戦艦の目だな」

目というより耳じゃないかと思ったが、田島は口を閉じていた。

「それで空中戦艦だが、まずこの電探を載せる。そして敵編隊を発見すると同時に、その方位や距離を正確に計測する。敵の正確な位置がわかるなら、撃墜は容易だろう」

「そうですね」

しばしの間。

「田島君、何を使って撃墜するのか気にならないのかね」

「そういう細かいことにはこだわらない質ですから」

「神は細部に宿ると言うだろう。細かいことにもこだわりたまえ」

「そうですね」

また、しばしの間。

「だから、何を使って撃墜するのか、気にならないのかね」

「なんらかの火器でしょ。撃墜すると仰しゃるからには」

「うーん」

さらに、しばしの間。

「君は噴進弾というものを知っておるかね」

「存じません」

嘘じゃない。田島は正直に知りませんと言えるのがうれしかった。

「ロケットとも呼ばれている。火薬の燃焼による反動で飛翔する兵器だ。いまガダルカナル島で敵重爆を次々に撃墜しているのが、この噴進弾だ」

長年のつき合いから、田島も大西の話の解釈の仕方について学んでいた。噴進弾で敵重爆を次々と撃墜しているというのは、すでにガダルカナル島において、噴進弾以外に敵重爆を撃破する有効な兵器がないということだろう。

それは田島にも理解できる話だ。何しろ田島の工場の二式輸送機は、真っ先にガダルカナル島へと送られ、さらにまだ送られているからだ。それだけ消耗率が高いということでもある。つまり、敵はかつてのように重爆のみの編成ではなく、強力な戦闘機隊も伴ってガダルカナル島へと攻撃をかけているということだ。

二式局地戦が敵戦闘機の護衛を撃破して、重爆を攻撃するのは無理とは言わないまでも容易なことではあるまい。噴進弾がどういう装置か知らないが、二式局地戦の武装だけでは済まないくらい、最前線の闘いは激烈なものになっているということだろう。

「戦闘機に噴進弾を搭載しているわけですか」

「戦闘機も使ってはいるが、いまは主に陸攻だ」

「陸攻？　噴進弾とはかなり大きな兵器なのですか」

しかし、それはおかしいと田島もすぐに気がつく。陸攻でなければ運べないくらい大きなものなら、二式局地戦に載せられるわけがない。つまり陸攻に載せるのは大きさではなく、数の問題だろう。

「いや、単体なら戦闘機にも積めるが、数をこなすとなると陸攻が必要だ。ただガダルカナル島の陸攻で、噴進弾を使える機体は多くないのだ。ここだけの話、ポートモレスビーの陥落で、少なくない機材が失われてしまったのでな」

田島はこの件については触れるつもりはなかった。何があったか知らないが、田島の海軍人脈をもってしても、ポートモレスビーを奪還された経緯について、よくわからないことが多い。

単純に優勢な敵戦力に負けたというような話ではないらしい。しかもそれは、海軍のなんらかの不祥事と関連があるようだった。ただ一大航空基地が奪われたなら、飛行機も失われるだろうと思うだけだ。

「増援を入れて、現在、ガダルカナル島で噴進弾が使える機体は六機にすぎん。そのうちの二機には電探が載せられている。実質的に噴進弾が使えるのは四機にすぎない」

大西はそこでガダルカナル島での陸攻による噴進弾戦術を説明する。電探機一、噴進弾母機二の三機一単位で、行動することなどだ。

そこまで説明されれば、田島にも大西の空中戦艦構想なるものの意味はわかる。ようするに陸攻三機でやっていることを、六発輸送機一機でやってしまおうということだろう。六発機は陸攻よりも積載量がはるかに大きい。強力な電探と足の長い、つまりは重量のある噴進弾を山のように搭載しようとすれば、六発機に頼るよりない。

またそれは現在の日本海軍では唯一、現実的な選択だろう。長射程の噴進弾なら六発機は比較的遠距離から敵編隊を攻撃できる。速力や運動性能で劣る輸送機でも、遠距離攻撃が可能なら生き残る確率はずっと大きい。

おそらく実戦では友軍の戦闘機もいるはずだ。アウトレンジからあるだけの噴進弾を撃ちつくし、敵編隊が大混乱に陥っている中で、戦闘機隊が斬り込む。おそらく戦術的にはそうした構想なのだろう。

「つまり、この機体を空中戦艦に改造しろと。輸送機ではなく」

「いや、工場で生産ラインを変更する余裕はなかろう。改造は現地で行う」

「このまま六発輸送機を生産してよろしいわけですね」

が、世の中それほど甘くはなかった。

「そう、試作機の戦果を分析し、仕様が固まるまでの間はな」

分析と大西は言う。が、田島にはそれらはすべて思いつきの連続であるような気がした。この六発機の用途が変更されるのは、これで何度目だろうか。おそらく今回が最後ではないだろう。

そして、田島にはわかっていた。六発機を量産しても、既存の二式輸送機の生産数を落とすことは認められないだろうことが。

昭和一八年一月中頃のソロモン方面の戦況は、激しい戦闘が続く中、一進一退を続けていた。ただ一進一退とは戦術レベルでの話。戦略的に見れば、一進一退は日本にとって劣勢を意味した。消耗戦による時間かせぎで有利になるのは、日本ではなく連合国であるからだ。

これはガダルカナル島の戦略的な位置づけの変化からもうかがえる。昭和一七年のある時期までは、ガダルカナル島はFS作戦を完成させるために侵攻拠点として認識されていた。だが昭和一八年に入り、侵攻拠点であったはずのガダルカナル島は、最前線の防衛拠点として機能し始めていた。

すでにタロキナ、ブイン、バラレ、ムンダといったラバウルからガダルカナル島までの間には、海軍航空隊の基地が設営されていた。ガダルカナル島での航空機による消耗は、これらの航空基地からの兵力の移動で補充されていた。本来ならば、それらは後方から航空侵攻作戦を支援するための基地である。だが建設開始と完成の間に、戦略的環境は確実に変わっていたのである。

最前線の人間にはわからなかったが、これは日本での生産現場でもはっきりとしていた。海軍が生産させる戦闘機比率で、零式艦上戦闘機よりも二式局地戦の方が多くなった。

もともと零式艦上戦闘機が長大な航続力を必要としたのは、日華事変のためだった。日華事変そのものは海軍戦略の中で考えられていない闘いである。漸減要撃作戦の主旨から言っても、長大な航続距離は必要ない。艦上戦闘機が艦爆や艦攻よりも著しく長い航続力を持っても意味はないのだ。

にもかかわらず航続力が要求されたのは、日華事変で陸攻の被害が無視できない数字になったためにほかならない。海軍の想定していた空母運用から導かれたわけではない。じじつソロモン方面では零戦でさえ局地戦的な運用をされることがほとんどだった。侵攻作戦が頓挫（とんざ）した現在ではなおさらだ。

しかも対重爆ということを考えると、零戦よりも二式局地戦に分があった。ここでは火力の違いが物を言う。これが艦戦と局地戦の生産比率が逆転した理由である。

具体的には、三菱は零戦を製作し、中島は零戦から二式局地戦に生産を切り替える。川西と中島の確執は周知の事実ではあったが、戦局はそんなことに構っていられないのだ。

この戦闘機の比率問題には、もう一つ別の理由がある。戦略環境のもっとも著しい部分は、熟練搭乗員の不足にあった。これは海軍航空戦力を考える時、致命的とも言える問題だった。

たとえば開戦から第一次作戦が終了するまでの間、海軍航空隊における搭乗員の損失は、圧倒的優勢を誇る戦争初期においてさえ、五〇〇名以上の犠牲者を出していた。これが対ポートモレスビー攻略から撤退までの間で一〇〇〇人を数え、さらにガダルカナル島での航空戦の一八〇〇名が加わる。

全体で三三〇〇名以上の犠牲者のうち、陸攻や攻撃機、輸送機の搭乗員も少なくないため、操縦員の損失は全体の三分の一程度にすぎない。しかし、それでも一〇〇〇名以上の熟練操縦員が失われていた。局地戦闘機も改良され、武装の強化も施されてはいるが、搭乗員の技量の低下は隠しようもなかった。

ここに運動性を重視する軽戦闘機から、一撃離脱を旨とする局地戦へ転換した理由がある。一撃離脱も簡単ではないものの、名人芸的な空戦ができる熟練者の養成よりは短時間でできる。短期間に一人前の戦力を養成する。局地戦中心主義はこうした人材面の事情もあったのである。

そんな中で最前線部隊にとっての救世主は、噴進弾だった。まだ完成した兵器とは言い難かったが、渡部少佐の運用が適切だったこともあり、対重爆攻撃の切り札となっていた。

ちなみに渡部少佐の適切な運用とは、若年搭乗員は噴進弾で重爆だけを狙い、熟練者が敵戦闘機から彼らを守るという運用だ。

米軍のP‐38戦闘機は手ごわい。若年搭乗員では食われるだけだ。だから重爆を攻撃したら、彼らはできるだけ下がらせた。重爆さえ引き返してくれれば、敵戦闘機も引き上げる。戦力を維持するためには、ガダルカナル島の防衛と若年搭乗員の護衛は不可欠な関係にあったのである。つまり彼は、防衛と教育の両方を行っていたことになる。

そして雨宮大尉の部隊が現れてからは、状況はかなり楽になった。陸攻なら戦闘機用の噴進弾より大型の物が運べる。アウトレンジ攻撃が可能であり、渡部の部隊も戦術的な選択肢が増える。

何より実戦に出て生還する若年搭乗員の存在はありがたい。彼らはすぐに熟練者の仲間入りをするだろう。二式局地戦を使いこなせるだけの技量の持ち主が増えるなら、ガダルカナル島の守りはより鉄壁になる。

しかし、戦闘が激烈なのは、単に戦闘が激しいだけではない。戦闘の内容が進化する。激烈になるのはこのためだった。

その時、雨宮大尉らの部隊は、敵に対して全機出動を行っていた。かなりの規模の戦爆連合が哨戒飛行中に発見されたのだ。ガダルカナル島の基地では、すぐさま迎撃部隊が出撃し、敵戦爆連合に備える。先鋒はもちろん雨宮部隊である。

「敵編隊の陣容はわかるか？」

「正確な数ははっきりしませんが、五〇機前後の戦爆連合と思われます」

通信員兼電探員が報告する。雨宮大尉は、指揮の合理化から噴進弾母機ではなく、電探機に乗っていた。そこが一番情報が得られるためである。

この電探機に乗ってみて、はじめて雨宮大尉は電探なる装置が、どういうものかがわかった。

電探機には機首の部分に長い八木アンテナが伸びている。これが送信用で、電波の指向性は高いらしい。受信は左右両翼に並べられた複数の同じく八木アンテナで行う。機内の電探装置には表示器があるわけだが、それは二つのオシロスコープからなっている。それぞれ受信波の位相と強度を表示する。

送信用は一つの八木アンテナだが、受信は複数のアンテナで行う。受信アンテナは電気的に左右両翼で組み合わせが変えられる。オシロスコープには一つの画面に左翼と右翼のアンテナで受信した信号の波形が表示される。ある左右のアンテナの組み合わせでオシロスコープ中の二つの波形が重なれば、その組み合わせが指し示す方位に敵機は存在する。

もっともこの段階では、まだ方位精度は高くない。このため、より精度の高い方位情報を得るためには、機体はその方向に機首を向ける。そうした手順を繰り返して、電探機は敵機の方位を特定する。

じつを言えば、こんな面倒な手間をかけずに、送受信アンテナを一組にして、それらで全周を回転、走査させるのが理想だ。じっさい艦艇の電探ではそうしたことも行われている。が、生憎と航空機では搭載重量に限界があり、また機体の改造も大掛かりになるため、このような方法がとられていた。

それでも理屈を聞くだけなら、この方式でも問題はないような気はする。だがじっさいの運用は言うほど簡単ではない。特に大規模な編隊では波形は塊として表示され、位相や感度が揃うも何もわからない。

しかし、雨宮が感心したことに、そんな中でもちゃんと波形から方位や距離を割り出せる人間がいるのだ。慣れだとは当人は言うのだが、おそらく天性のものだろうと雨宮は思う。

六機の陸攻部隊のうち、噴進弾を発射できるのは四機、四八発だ。すべてがこれで撃墜はできないだろうが、五〇機程度の編隊ならば、かなりの打撃を受けるはずだ。討ちもらした敵機に関しては、後続の戦闘機部隊が片付けてくれるだろう。

雨宮は電探の測定結果に従いながら、ダイヤルをセットする。本当なら電探機にこんな装置は不要だ。しかし雨宮は味方の動きを読むために、このタイマーを載せていた。

そしてブザーが鳴り、発射のタイミングを指示する。すぐに機体前方に噴進弾の姿が見えた。

すべてがいつもの手順と同じはずだった。だがそれも電探員が叫ぶまでだった。

「敵機、急激に散開しています!」

「何だと!」

雨宮は、それが意味するところをすぐに悟る。すぐに悟れるほど単純な話だ。

噴進弾の発射のタイミングは一定なのだ。時限信管なのだから、運用には制約がある。それがわかっていれば、散開して回避は可能だ。いままでうまくいっていた方が、むしろ不思議なくらいだ。

前方で次々と一六発の噴進弾が炸裂する。だがその弾幕の圏内に一機の敵機も見当たらない。

雨宮は六機の陸攻を集中させるのはやめ、分散させることにする。そして敵の密度の濃い部分に照準し、第二波を放たせる。

だが第二波は第一波と異なり、距離が近い。敵編隊は無傷のまま、まず戦闘機隊が陸攻隊に襲いかかる。雨宮の隊から分離された陸攻三機は、照準をする間もなく噴進弾を放たねばならなかった。八発の噴進弾が無意味に爆発する。

だが敵機を撃墜できない中、彼らは一方的な攻撃に晒された。一機の陸攻は噴進弾が誘爆したのか、爆発と同時に四方に噴進弾が飛び散った。もう一機は噴進弾に引火する前に海面に激突。そして電探機もまたあとに続く。

雨宮大尉の部隊も同様だった。噴進弾母機は炎上するか爆発し、武装がない電探機は一方的に銃撃された。雨宮大尉以下、噴進弾部隊の陸攻六機は、全機撃墜された。

第九章　転　進

渡部少佐の野戦電話が鳴る。

「準備完了しました」

海岸線に近い塹壕の中で、渡部少佐は双眼鏡を海岸に向ける。海岸の周囲には、あらかじめ測量された位置に旗が立ててある。目測でもある程度の位置や距離関係はわかるだろう。

「よし、始めろ」

渡部の命令と共に、後方からかん高い音と共に一発の噴進弾が飛翔し、海面に落下した。落下後、弾頭が爆発したのか、水柱が一つ昇る。

「距離、錨頭(びょうとう)ともに有効と認む」

渡部はそう言うと野戦電話の受話器を置いた。距離、錨頭ともに有効と認むとは言ったものの、それはロケット弾にしてはましな方という程度の意味だ。いまは凪なので、風に流されることもないが、敵襲は凪の時ばかりあるわけではない。

そもそも噴進弾のようなロケット兵器は、命中率の悪さを承知で、数を頼んで地域を制圧するのが本来の使い方だ。単発撃って大砲のように射撃するなど、どだい無理な話だ。

そういう道理はわかっていたが、世の中そうそう思い通りには進まない。数を頼んで地域を制圧するもなにも、頼みになるほど数がない。だから一発一発、確実に撃たねばならない。

あらかじめ測量して旗を立てたり、いまのように試し撃ちをしているのも、命中精度の悪さを少しでも解消しようという努力の表れだ。

「飛行隊長、噴進弾でどれほどの効果があるでしょうか」

「それがわかれば、苦労はせんよ」

渡部は傍らにいる飛行士の久保中尉に答える。ちなみに飛行士とは搭乗員ではなく、飛行科の中の管理職の一つ。飛行隊長の傍らに飛行士というのも、組織の中では妙な位置関係だが仕方がない。

間を埋めるような人材は、すでにこの世の人ではない。そしてこの世の人の中で、間を埋めるべき人材はまだガダルカナル島には来ていない。来ないかも知れない。

「我々の陣地で使える武器は、二〇ミリ機銃が中心だ。噴進弾は、その中でも数少ない重火器になる。できれば上陸用舟艇か何かを一撃で叩きたいところだがな」

「やはり、地上戦になるんでしょうか」

「飛行機がないんだ。補充機が来るか何かしないかぎり、地上戦しかあるまい。俺たちは搭乗員である前に、まず軍人だ」

そして、渡部は尋ねる。

「死ぬのは恐いか」

「わかりません」

「わからない？　どうして？」

「死んだことがありませんから」

「なるほど、道理だ」

「ただ死ぬなら死ぬで、飛行機で死にたいです。航空隊に志願して、地上戦で死ぬのは納得できません」

「納得できない理由で人が死ぬのが戦争だ。とはいえ、戦争がそういうものだからって、納得はできまいがな」

「隊長は納得なさってるのですか」

「納得している、というか納得せざるを得ない。それが指揮官だ」

だが、久保は議論を止めなかった。

「人間としては？　渡部和男はどう考えているんですか」

「渡部和男なんて人間はいない。いるのは渡部飛行隊長か、渡部少佐だけだ。そして渡部飛行隊長にしろ渡部少佐にしろ、どちらも人間じゃない」

「人間じゃない……そんな馬鹿な」

「馬鹿じゃないさ。軍隊というのは、少なくとも近代の軍隊というのは、集団なんだ。すべてが集団で、組織で動く。その中にいる者は、与えられた機能を実行する歯車でなくてはならない。

人間とは個性だ。だがな、歯車には個性なんかいらない。いや、個性など有害だ。軍隊の中で個人なんて立場はない。だから軍人は人間じゃない。そういうことだ。それが日本の近代化というものさ」

「指揮官は部隊の一部だから、納得する……のですか？」

「それが指揮官に求められる機能だからな。考えてもみろ、自分が納得してもいないことを部下に命令できるか？　命令することが正しいことか？　指揮官が納得するというのは、たとえその命令で部下が死んだとしても、その死に意味を与えるためでもあるんだ。指揮官の納得が、死に意味があることの唯一の根拠なんだからな」

「軍隊とは……非情なものなんですね」

「冗談で人は死なないからな。敵にしろ、味方にしろ」

会話はそれで途切れたかに思えた。が、久保は渡部の意見を求めているのかいないのか、ふとつぶやく。

「俺たちが歯車だから、敵の連中も躊躇わずに俺たちを殺せるのか。俺たちが敵を躊躇わずに殺せるみたいに」

渡部少佐は何も答えなかった。

昭和一八年二月。ガダルカナル島をはじめとする中部太平洋方面の戦況は、急激に日本軍に不利に動き始めた。きっかけはただ一度の空戦だった。それは当事者でさえ、その重要な意味に気がつかないようなものだった。

何と言ってもガダルカナル島は最前線の基地。激戦は日常茶飯事だし、一時的に不利な闘いを強いられたことも一度や二度ではない。だがそれでも基地は維持されてきた。そのことが彼らに判断を誤らせたのかも知れない。

その戦闘は、連合軍の戦爆連合によるガダルカナル島空襲だった。それは緒戦から日本海軍にとっては計算違いの展開を見せた。まず六機の陸攻隊がいつものように噴進弾で敵部隊に応戦する。

ここで敵部隊は大打撃を受けると思われた。ところが敵戦爆連合は、噴進弾のタイミングを適切に読み取り、散開した。噴進弾は空振りとなり、逆に陸攻隊は敵戦闘機の攻撃により全滅する。

この状況で後続の局地戦部隊は敵戦爆連合と向かい合う結果となった。じつはガダルカナル島も燃料事情の関係もあって、迎撃に上がることができた局地戦は全体の半数に過ぎなかった。通常はそれで対処できたし、搭乗員の休養や燃料などのこともあり、渡部少佐らも必要以上の戦力を投入しなかったのである。

だがそうした判断の前提となるのは、陸攻隊の噴進弾が有効であるからだ。それが無効になった時、作戦の前提は覆される。結果的に迎撃部隊は戦力の分散を行うこととなった。それは高くついた判断ミスだった。

局地戦はよく敵のP‐38と闘った。撃墜数の比較では、日本側が優勢であっただろう。だがそのような優位に意味はなかった。爆撃機を阻止しないかぎり基地は守られないからだ。戦闘機と闘わなければならない時点で、戦術的に彼らの失敗は確定した。

総勢三〇機あまりのB‐24やB‐17といった爆撃機は、大量の爆弾をガダルカナル島の飛行場へと投下する。そして幾つかは離陸に成功したものの、多数の機体が地上で破壊されることとなる。

戦闘が終わっても海軍航空隊の受難が終わったわけではなかった。局地戦は次々と着陸を試みるが、まともな滑走路がない。着陸だけで、機体の半数が損傷し、搭乗員の若干名が失われた。

これはもちろん大損害ではある。しかし、この時点で事態を悲観した人間はそれほど多くはなかった。この程度の損失は過去にもあったし、戦艦から砲撃された時などは、こんなものでは済まなかったからだ。

ともかく滑走路を一つ臨時に補修した後、最も近い航空基地であるムンダから部隊が移動してきた。

ニュージョージア島のムンダ基地は、ガダルカナル島の損失緩衝剤として機能していた基地だった。このため機体や搭乗員の損失は、すぐに埋められた。多数の戦闘機が着陸した時、誰もがそう考えた。

だが連合軍は、ここで意外な場所に駒を進めた。部隊がガダルカナル島へ移動した日の夜、おそらく空母からと思われる航空隊により、ムンダ基地が大空襲を受けたのである。生憎と航空隊はガダルカナル島へ移動したばかりで、迎撃戦力はないに等しい状況だった。米空母部隊はほとんど一方的にムンダ基地を破壊した。

ラバウルの第八艦隊司令部や第一一航空艦隊司令部は、連合軍のこうした積極的な攻撃に、ようやくただならぬ動きを感じ始めていた。ただその攻撃意図がわからない。

ゲリラ的な攻撃を加えたのは、戦力としては空母一隻らしい。明朝、ラバウルなどから索敵機が飛び、その空母を捜索したが発見できず、司令部はその攻撃を一過性のものと判断した。

司令部はこのムンダ基地攻撃をガダルカナル島攻撃の準備攻撃と判断していた。ムンダが基地機能を失えば、ガダルカナル島の復旧能力は著しく低下する。そこを一気に攻勢に出るのではないか。それが司令部の判断である。

このためムンダ基地の復旧よりもガダルカナル島の復旧を優先し、輸送機からも可能なかぎりの物資の補給が続けられた。遅ればせながらも海岸線の防備も増強される。

ところが次に攻撃を受けたのは、やはり夜襲でブインとバラレの二カ所であった。これは完全な奇襲であった。部隊の損害そのものは軽微なものにとどまったが、空母から奇襲されたという事実は重い。ラバウルからは哨戒飛行が行われているのではなかったか？どうして空母の奇襲を受けるのか？

その答えは、ラバウル基地の哨戒態勢に問題が幾つかあることにあった。時間や哨戒海域のパターンが固定化していることや、滑走路の整備が不完全であるため哨戒機の稼働率が低いことなどだ。

ただこうした事実は他の基地や部隊に徹底されておらず、誰もが完璧な索敵が行われていると信じていたところに、奇襲を受ける原因があった。

だがより深刻な事態が、このブイン・バラレ攻撃と並行して行われていた。ムンダ基地への米海兵隊部隊の上陸である。ブイン・バラレへの奇襲攻撃は、上陸作戦を成功させるための陽動作戦だったことになる。

ここで日本海軍は、さらに一つのミスを冒す。ブイン・バラレを攻撃している空母部隊とムンダに上陸中の海兵隊部隊。どちらを優先するかという判断で、彼らは空母攻撃を優先してしまった。

もっともその判断がミスであるというのは、多分に後知恵でもある。その時点での判断としては、それは必ずしも間違っているとは言えなかっただろう。

まずムンダ基地を占領したとしても、ガダルカナル島とブイン・バラレから挟撃することは簡単だ。ならば奪還はそれほど難しい問題ではない。基地を維持するための輸送ルートひとつ見ても、連合軍がそれを維持するのは無理だと判断された。

また制空権に関しても、現状でのムンダでの制空権は空母航空隊によって賄(まかな)うよりない以上、空母を撃破することは、ムンダの制空権を奪うことでもあった。

このような考えから、ラバウルをはじめとして、ブイン・バラレより索敵機が飛び立ち、空母部隊を探した。だが先にも述べたようにラバウルの索敵態勢には大きな問題があった。結局、空母部隊を発見できなかったばかりでなく、ラバウルでさえその夜、奇襲攻撃を受けるに至る。

こうしてラバウル近海を中心にとして敵空母部隊を捜索する作業が続けられたが、この二日間の間にムンダの飛行基地は、自力で活動できるまでに復活していた。アメリカの機械力ということもあるが、海軍航空隊が空母の捜索に忙殺されている中、特別に編成された船団が、航空機や燃料などを一気にムンダに揚陸してしまったのである。

これでガダルカナル島の航空隊が機能していたならば、この輸送船団は発見されただろう。しかし、ガダルカナル島へはさらなる戦爆連合の攻撃があり、基地機能は大きく低下していた。ラバウルの目がムンダと空母に向いている間に、ガダルカナル島の基地機能は復旧の糸口を失っていた。

そしていまガダルカナル島は、北方のムンダと南方のエファテ島やエスプリッツ・サント島からの挟撃を受ける立場になった。滑走路は破壊され、飛行機を飛ばせる状態になく、仮に飛ばせたとしても飛行機そのものがない。輸送機によるものも、船舶によるものも、いずれもムンダの航空基地により寸断されていた。

対してムンダに対する補給線を日本海軍は寸断できなかった。レーダーにより日本海軍航空隊の奇襲は不可能であり、輸送機も攻撃隊も待ち伏せされる。そして輸送船団は、味方の制空権の中で物資を揚陸していた。ガダルカナル島の基地は、それらの船団に対して何もできなかった。

こうして昭和一八年二月の段階で、ガダルカナル島は一機の飛行機もないまま孤立していたのであった。

渡部少佐が松尾中佐のもとに呼ばれたのは、航空隊の人間たちが海岸線に陣地を築き終えた日の夜であった。松尾中佐は渡部の直接の上官ではない。ただ最先任の将校ということで、ガダルカナル島の航空隊の人間をまとめていた。

まとめるというのも曖昧な言い方だが、それは仕方がない。

人材の消耗が激しいため、ガダルカナル島には母体となる部隊よりも、別部隊の分遣隊が数多く派遣されていた。指揮権は軍隊区分で航空隊指揮官に便宜的に委ねられていた。そうでもしなければ、航空隊ごと入れ替えるか何かしなければならず、あまりにも不経済であるからだ。おかげでその航空隊指揮官が戦死してしまうと、指揮権の空白が生じてしまった。

松尾中佐にしても、分遣隊としてここに派遣された陸攻隊の指揮官であり、基幹航空隊の指揮官ではない。だがすでに航空隊で残っているのは、特務士官がせいぜいという状況では、彼が指揮官として動かねばならなかった。何しろ佐官は松尾と渡部しかいないのだ。

「渡部君、現状をどう思う?」

普通は役職名で会話を交すのだが、すでに役職名など意味を失っていた。壊れた組織の破片を組み合わせて、組織を動かしているのが彼らの実情だからだ。

「明るいとは言えますまい」

渡部は率直に考えを語る。松尾中佐を前にいまさら隠し事をしても始まらない。

「今度ばかりは、ガ島もおしまいでしょう。南北から挟撃され、補給もない。いままでどんなにひどい時でも、戦闘機一機飛べないほどひどくはなかった。航空隊の人間が、戦闘機の機銃を抱えて塹壕に籠もるようなことは、今回が初めてです」

「米軍の上陸部隊と刺し違えるというのか」

「刺し違えるかどうかはともかく、敵部隊との地上戦は避けられない。そして戦って勝てるとは思えない、現状では。海軍に志願し、空を飛んでいた人間が、死ぬ時は地上戦というのは、まったく何とも人生とは思い通りにはなりません」

「地上戦を回避できるとなったらどうだ？」

「回避できる？　降伏するんですか」

渡部は正直、松尾中佐の腹が読めなかった。悪い人間ではない。理知的な、合理的な人間だと思う。だからこそ、降伏を考える。渡部の気持ちとしては、それは受け入れ難かったが、降伏という選択肢を頭から否定もできなかった。

自分も死ぬからお前らも死ねとは、いかに指揮官とて言えるものではない。

「降伏じゃない、脱出だ」

「脱出？　ガダルカナルからですか」

「他にどこから脱出するというのだね？　考えてもみたまえ、ガダルカナルで玉砕など愚の骨頂だ。ここには実戦での経験を積んだ搭乗員が一〇〇人以上もいるんだぞ。彼らは海軍航空隊にとって貴重な戦力だ。それを玉砕させることができるほど、本邦は人材に恵まれてはおらんのだ」

「しかし、どうやって？」

「それは上の連中が考えることだ。物資を運ぶんじゃなく、人間様だけを移動させるなら、それほど難しいことではあるまい。輸送機でも潜水艦でも方法はある。言っておくが、これは絵空事ではない。大本営海軍部はガダルカナル島からの部隊の転進を決定した」

「転進？　転進ってなんです？　それはガダルカナル島を放棄するということじゃないんですか」

「放棄するわけではない。転進は転進だ」

「おっしゃることの意味がよくわかりませんが……」

「奪還の可能性を否定したわけではないということだな」

渡部少佐は、その一言ですべてが腑に落ちた。結局のところ、ガダルカナル島は放棄されるのだ。そのことの妥当性は渡部にも納得はできないまでも、理解はできる。日本海軍の戦域は、その国力に比してあまりにも伸すぎた。補給の問題が作戦を大きく左右するのも、その根本原因を考えるならここにある。

したがって海軍が戦線を整理し、戦域を狭めて戦力を充実させるというのは決して間違った判断ではないだろう。それはわかる。

ただ渡部が納得できないのは、転進が将来への奪還の布石であるという言葉にあった。どういう状況で奪還を計画しているにせよ、その戦闘はいま以上の消耗戦を招くだろうことは想像に難くない。その時、どれほどの搭乗員が失われていくのか。

奪還に失敗すれば、失われた人命は無駄になる。だが成功したとしても、やはり大量の犠牲者が存在するのは間違いなく、戦線の維持は容易ではあるまい。下手をすれば、再び転進・奪還を繰り返す結果にもなりかねない。

渡部は、そんな疑問を松尾中佐にぶつける。だが松尾中佐の解釈は違っていた。

「奪還の可能性を否定しないというのは、書類の中だけだよ。我々はこの島の維持に関して、連合軍に負けたんだ。が、上の人たちは負けを認めたくない。だから転進と言うんだよ。

考えてもみたまえ。これが敗北なら、誰かが敗北の責任をとらねばならない。だが転進は戦術的後退、責任をとる必要はない、そういうことだよ」

「そういうことだよって……松尾さんはそれでいいんですか」

「良かろうが悪かろうが、それにどれだけの違いがある？　俺たちに何ができる。欺瞞でも何でもいい。いまは必要な人材を一人でも多く、転進させること。それこそが重要なんだ」

渡部は松尾の言葉が納得できなかった。が、指揮官として納得しなければならないことは理解した。

河合少将にとって、ガダルカナル島への輸送作戦が低調だったことは、ある一点でのみ幸運と思われた。輸送が低調であったために、いまのガダルカナル島には意外に人間がいなかったためである。搭乗員やそのほかの支援要員を含め、総勢で二〇〇〇名を切る。単純計算で、貨物船一隻もしくは二式輸送機四〇機で運べる人数だ。

しかし、それ以外の点では明るい展望は何もない。貨物船はポートモレスビーの陥落から急激に失われていた。特に大型高速の優秀商船は、敵部隊の侵攻があまりにも速かったため、敵に鹵獲されるか、沈められていた。

残っているのは作戦に使うのも憚られるような低速船であり、そんなものでムンダ近海を移動するなど沈めてくださいと言うようなもの。船舶輸送は現実的ではない。そもそもそれが現実的であったなら、ガダルカナル島を失うこともなかったはずだ。

輸送機による輸送はもっと非現実的である。二式輸送機四〇機など、ラバウルでもそう簡単に調達はできない。ムンダという要衝を通過しなければならないことを考えるなら、戦闘機の護衛も必要であろうし、前衛として電探機も用意する必要があるだろう。それはとてつもない大部隊にならざるを得ない。

だが、そのガダルカナル島は滑走路の復旧がまったくと言っていいほど為されていなかった。土木重機は失われ、滑走路は穴だらけで人間は少ない。燃料もない。一大航空部隊がガダルカナル島に到達したとしても、着陸ができない。できたとしても離陸する燃料がない。

もちろん、二式輸送機は悪路には強い機体だ。一機、二機という単位なら飛ばせなくもない。しかし、それで輸送できる人数は一〇〇人に満たないだろう。

ポートモレスビーでの指揮官遁走の話は、箝口令が厳重に敷かれているにもかかわらず、中部太平洋で知らぬ者はいない。ニューギニア失陥の最大の理由が、指揮官逃亡による兵員の士気喪失にあると言われている中、いまの海軍航空隊では一部の人間だけを救出する作戦はタブーであった。全員玉砕か、さもなくば全員救出か。望まれる選択肢はそれしかない。

もとより河合司令官は、全員玉砕など望んでいない。ならばどうすべきか？　河合には一つの策がある。それ故彼は、いまや連合艦隊旗艦となったトラック島の戦艦武蔵に山本五十六司令長官を訪ねた。

「貴官の作戦案は読ませてもらった」

河合少将は最前から武蔵の長官室の中で、妙な居心地の悪さを感じていた。いまは彼と長官の二人。それに比して、この長官室の大きさはどうであろうか？

河合は一度だけ戦艦長門の幕僚室を見たことがある。縦に八メートル、横に五メートルほどの部屋で、そこで一〇人ほどの幕僚が執務の一切を行っていた。中央には小さなテーブルが二つほどあり、連合艦隊の中枢と呼ぶには、その狭さに驚いた記憶がある。

しかるにこの戦艦武蔵は、長官室だけで長門の幕僚室より広い。長官室には公室と私室があり、面積は倍以上になっているだろう。参謀長室や幕僚室も広くなり、中枢機能の部分としては数倍になっている。

聞いた話では、武蔵は建造もほぼ終了という段階になって、幕僚室の面積を拡張する工事を二〇〇万円もかけて行わせたという。そこは特権を享受できる空間。こんな空間に閉じこもっていては、人間、駄目になってしまう。

「それで、いかがでしょうか」

河合は長官室に入った瞬間から、交渉が失敗するような予感を覚えていた。武蔵の作戦室で戦況を見ている人間に、果たして前線のことがわかるかどうか。非常に不安になってきたためである。

「生憎だが、大和（やまと）、武蔵をそのような任務に出すわけにはいかぬ」

悲観的な考えを抱いていただけに、河合は山本長官からそう言われても、それほど驚きはしなかった。

河合少将が山本五十六連合艦隊司令長官に求めたこと。それは戦艦大和もしくは武蔵によるガダルカナル島の将兵救出、具体的には輸送任務である。二〇〇〇人の人間を一度に輸送するためには、船舶以外の選択肢はない。そして敵の航空戦力から乗員を守り抜ける唯一の船舶、それは軍艦、なかでも戦艦以外には考えられない。

戦艦といえども戦闘のための合理性に基づき、目的を達成するための最小限度の大きさで設計されている。世界最大の軍艦である大和型戦艦にしても、四六センチ砲九門のプラットホームとしては、あれでも無駄のない最小限度の大きさなのである。

しかし、軍艦は物理的に巨大な容積を占有するという動かし難い側面もある。艦の生存性を高めるための艦内配置もある。だから生身の人間と限定すれば、艦の定員に匹敵するだけの人間を乗せることは不可能ではない。むろん、その状態では戦闘に関して不都合な部分も生じるが。

ともかく戦艦で将兵を運ぶというのであれば、あとは運ぶ人数と船の大きさの問題だ。その条件で考えるなら、ガダルカナル島の将兵を救出するなら戦艦大和と武蔵という選択肢しかなかった。

細かいことを言えば、大和型戦艦である必要はない。排水量は大和型より小さいものの、金剛（こんごう）型高速戦艦二隻で同じことを行っても良いだろう。速力では金剛型の方が勝っており、それを使うというのは不合理な判断ではないはずだ。

だが、河合少将はあえて大和型を指定した。一つには、二隻よりも一隻で済むならそれに越したことはないというのもある。対空火器の密度などを考えても、姥桜（うばざくら）

の金剛型より最新鋭艦である大和型の方が有利ということも否定できない。

しかし、それ以上に大きかったのは、大和・武蔵の二大戦艦が、トラック島に停泊するばかりで何一つ海軍作戦に寄与していないという事実である。つまりそれは、ガダルカナル島の航空消耗戦に関して、連合艦隊司令部が為すべき戦争指導をしていないという河合少将なりの抗議の印でもあった。ただ当の本人は、そのことをはっきりと意識していたわけではなかったが。

「何故でしょうか、長官？　あの書類にも書きましたが、ガダルカナル島の将兵を救出するには……」

「救出ではない、転進だ。今回のことは作戦上必要だから行うのだ」

「なら、言い換えましょう。ガダルカナル島からの転進ですが、それには空からの攻撃に撃たれ強い戦艦がもっとも適切です。そして一度に二〇〇〇人の将兵を輸送できるとなれば、大和型戦艦以外にありません。これは作戦に要求される手段の条件と、大和型戦艦の能力が一致するからこそ、提案したものなのです」

河合は食い下がった。ここで大和型戦艦が出るかどうか、それでガダルカナル島の将兵の運命は決まる。

「貴官は手段と言うが、戦艦は闘うための手段だ。輸送のための手段ではない」

「長官、いまここで問題とすべきは、何のために作られたかではなく、それで何ができるかです」

「貴官は部隊の士気というものを無視しているのではないか。連合艦隊旗艦が、世界でも最新鋭の戦艦が、その主砲を撃つこともせずに転進のために人間を運ぶ。それの意味するところがわかるかね」

「戦艦など近代戦には無用の長物だ、そういうことでしょう。いまや海軍の中心は空母であり、航空隊である。戦艦は主役の座をそれらに譲らねばならない」

「貴官は……」

「そのことを真珠湾で証明したのは、長官、ほかならぬあなたではありませんか」

河合は、それで山本を説得できると思っていた。海軍の中心が航空にあるいま、戦艦の役に立つ使い方は何か。河合はそれを提案している自負がある。だが山本の返答は、河合が予想もしていないものだった。

「真珠湾は失敗だった」

「失敗⁉　どうしてです、長官」

「それは、作戦目的を達成できなかったからだ」

「あれだけの大戦果をあげながら、作戦目的を達成できなかったとは……」

「これは参謀長にも先任参謀にも打ち明けたことはないが……不思議だな、貴官には話せそうな気がするというのは。知りたいかね？」

「もちろんです」

「これが他言無用であることは言うまでもない。それにこれを聞けば、貴官は間違いなく後悔するだろう、それでもいいのかね？　本当に」

何をいまさらと河合は思う。そして、彼は気がつく。山本は彼を信頼して秘密を話すのではない。秘密を一人で抱え込むことが、すでに精神的に限界に達しているからだ。自分の精神的安寧のため、山本は共犯者を求めていた。河合がその共犯者に選ばれたということだ。

「かまいません」

「なら、話そう。真珠湾作戦の立案の時点で、私は海軍戦力の中心は戦艦であると信じていた」

「航空本部長だった山本長官がですか」

「航空本部長だったからだ。残念ながら本邦の航空機技術は、なお欧米に数年の遅れをとっている。

なるほど自前で戦闘機や爆撃機を設計し、実用化するだけの実力はつけている。

だがそれは、欧米では二〇年も三〇年も前に達成されたことなのだ。

冶金技術や電装品、化学製品の工業技術水準はいまだ満足な水準にはない。航空機よりはるかに歴史のある艦艇の建造でさえ、欧米列強に並ぶ技術に到達したのは近年のことなのだ。いまだ揺籃期にある航空機が欧米に劣るのは仕方あるまい」

「だから戦艦が中心だと」

「というより、海軍戦力の中核として信頼できるのは戦艦に代表される艦艇であると言うべきだろうな。むろん航空戦力は無視できない、それは補助戦力として重要な役割がある。しかし、やはり補助に過ぎない。そう考えていた」

「ならなぜ真珠湾に空母部隊を？」

「貴官は私が真珠湾作戦がどういう結果を招くと予想していたかわかるかね」

「まさか、大戦果になると思っていなかったと……」

「そうは思っていなかった。真珠湾作戦の部隊編成を考えてみたまえ。敵艦隊と遭遇した場合、あの戦力で六隻の空母を守りきることなど不可能だ。別にこれは根拠のない話ではない。海大での図上演習では、空母がずいぶん沈められたからな」

「長官、いまの話を素直に解釈すると、真珠湾作戦で一航艦が全滅することを予想していたように聞こえますが」

「そう、まさにそう思っていた。薪を背負った六人の武将が、敵の本丸を焼き討ちするような作戦なんだ。本丸がどうなるかはわからないが、普通、その六人は討ち死にになるだろう。どうしてそんな作戦を立てたのか？　ほかでもない日本を救うためだ」

「それがなぜ日本を救うことになるのですか」

「そもそも日本がアメリカと戦争をするなど、自殺行為なのだ。私は可能なかぎり反対した。しかし、連合艦隊司令長官という立場で可能なことはかぎられている。せめて大本営海軍部にでもいれば違ったのだがな。

ともかく日本は開戦を具体的な日程に載せてしまった。だが私は、まだ諦めてはいなかった。

最初は、真珠湾作戦を提案し、軍令部に楯突くことで抵抗した。開戦時の第一弾作戦が真珠湾作戦で混乱し、策定が遅れたならば、開戦日程は遅れる。その間に和平を模索する時間が稼げる。

あるいは作戦方針の違いから私が連合艦隊司令長官の職を辞してしまえば、否応なく日本の開戦準備は明らかになる。それもまた和平を模索する時間的余裕に繋がる」

「だが軍令部は真珠湾作戦を認めてしまったと」

「私の読み間違いだった。開戦を遅らせるために無理難題をふっかけたつもりだった。が、彼らは開戦のためなら私の無理難題を飲むことも厭わなかったのだよ」

「開戦を遅らせるという目的が失敗したのに、なぜなおも作戦を強行したのです」

「あれが最後の切り札だった。結果として切り札にはならなかったがな。

　こう考えてみたまえ。もしも一航艦が真珠湾を攻撃するまえに敵艦隊に発見され、六隻の空母と二隻の戦艦を失い、米太平洋艦隊は無傷だとしたら。

　極東のイギリス艦隊のために南方占領は、そう簡単には進むまい。そうした計画が遅れた中、太平洋正面はアメリカの脅威に晒される。誰が考えても、日本は戦争を続けられる状況ではない。我々は開戦を決めた時よりも、はるかに真剣に和平を模索しなければならない。模索しなければ国が滅ぶ」

「そうなるでしょうか。そんな事態になれば、陸海軍で責任のなすりあいになるのが落ちだと思いますが」

　河合司令官もよく考えると、けっこうたいがいな感想を述べたが、しかし、それは山本と同じ認識であったらしい。

「私の計算通りに事が進んだとしたら、私はいつでも国賊として糾弾される覚悟はできていた。日本は山本五十六一人のために戦争に負けた。そうやって私が国賊扱いされることで戦争が早期終結するなら、それで国が救えるなら安い買い物ではないか。

どのみち私は国賊だ。一航艦が全滅すれば一万人に近い将兵が戦死するのだ。たとえそれが国のためとは言え、意図して一万人もの同胞を殺した人間は、国賊以外の何者でもないだろう」

「だがマレー沖海戦で英艦隊の二大戦艦は航空機に沈み、真珠湾は日本海海戦並みの大勝利に終わったと」

「貴官にわかるかな。自分が国賊であると知っていながら軍神と呼ばれる気持ちが。まぁ、私の気持ちなどどうでもいい。問題はこの戦争を終わらせるきっかけを真珠湾作戦の成功で失ってしまったことだ。

正直、この戦争がどうなるか私にもわからない。もはや連合艦隊司令長官ごときでは、どうにもならなくなってしまったのだ。いまの私にできるのは戦力を温存し、敵が本格的な攻勢に出るまでの時間を稼ぐことだ。時間を稼ぐ、そうすれば和平の可能性が高くなるはずだ」

河合少将は山本の話に驚きはしたが、正直、その独善性に呆れていた。あたかも殉教者のように、国のことだけを考えてるようにちょっと見には思えるかも知れない。しかし、その実態はと言うと、彼は自分のことしか考えていない。国のことしか考えていない、そういう自分のことしか語っていないのだ。

むろん河合は、山本だけを糾弾する意図はなかった。一人の人間のせいで戦争が起こることを否定しているにもかかわらず、山本を非難するということは、結局は山本の考えを肯定することになるからだ。

最大の問題は、山本一人の思惑で事が動いてしまうことだ。しかし、と河合は思う。いまさらこんなことを知ってどうなる。そして自分に何ができる。

「戦力を温存するために大和・武蔵は出せない。そう仰しゃるのですね」

河合はそう質問することで、山本との共犯関係を拒否することを伝えた。山本は河合の真意を受け止めると、軽くため息を吐き、彼の言葉に応える。

「そうだ」

「お言葉ですが、ガダルカナル島の二〇〇〇人も戦力にはかわりありません。否、実戦で鍛えられた彼らにかわる戦力はありません。そうは思いませんか？」

「あの二〇〇〇人も戦力か……」

山本はつぶやく。

「長官……」

「大和、武蔵は出せん」

「長官！」

「兵員の輸送にはだ。河合君、本邦には大和、武蔵よりも高速な軍艦はあるのだよ。いま必要とされるのは、戦艦よりも快速艦ではないのかね」

「もちろん快速であるに越したことはありませんが……しかし、排水量や撃たれ強さでは、やはり戦艦が……」

「君、戦艦には戦艦の役割があるのだよ」


その夜、その海を航行していたのは、四隻の艦艇だった。四隻は単縦陣で進む。前衛を二隻の駆逐艦。その役割はいまだ未知の部分を残す航路の確認にある。喫水の浅い駆逐艦が、水中測探儀により水深を確認しながら安全な航路を啓開する。

なぜ彼らはそのような作業を行っているのか。それは後続の二隻の艦艇に原因がある。その二隻は喫水が深かった。なぜならそれらは戦艦であったから。

南十字星は南の空に低く輝いている。そして、月はない。四隻は徹底した灯火管制で進む。その徹底ぶりは僚艦の存在を艦首波で光る夜光虫でしか確認できないほどだった。

「時間か」

先頭から三隻目の艦。戦艦金剛の小柳富次艦長はこの夜、何度目かになる時間の確認をした。

「航海長、現在位置に間違いはないな」

「ありません」

航海長にとって、問題はむしろ深度だった。水測員は水中測深儀により、水深を慎重に計測していた。それが浅ければ戦艦は座礁してしまう。前衛がその作業を行っていたが、夜の海には魔物が住まう。わずか数メートルのずれが命運をわけることも珍しくはないのだ。ましてここは戦場だ。

それでも航海長の表情には、ようやく余裕のようなものが見え始めていた。とりあえず目標地点までは無事にこられた。ここまでこられたなら、作戦の九割は成功だ。航海長は心底そう感じていた。

「自分たちの基地だったというのは、不幸中の幸いです。おかげで全てを手探りで行う必要がありませんから」

「不幸中の幸い……確かにそうなのかもしれんな」

航海長の言葉の意味を、小柳艦長は別の意味に解釈していた。敵に基地を奪われさえしなければ、こんな作戦自体が必要なかった。その大きな不幸の中で、とりあえず幸いにも作戦は順調に進んでいる。

「砲術長、準備はどうか？」

小柳艦長は、主砲指揮所の砲術長へと電話を入れる。

「準備は整っております。しかし、艦長。やはり通常弾での砲撃を行うのですか」

「それはすでに議論し、結論も出ているはずではなかったかね」

小柳艦長と砲術長は、作戦に際して砲弾をどうするかという点についてちょっとした意見の食い違いがあった。後に三式弾として知られることになる砲弾を用いるか、それとも通常弾を用いるか。砲術長は三式弾を主張し、艦長は通常弾を主張していた。

「繰り返すが、砲撃は通常弾で行う。可能なかぎり艦の安全を考えなければならぬ。少なくとも私にはその義務がある。であれば、結論は一つだ」

小柳艦長と砲術長の意見の相違は、一言でいえば、砲弾の威力を考えるか、射程を考えるかの違いだった。砲術長は威力を主張し、艦長は射程距離を重視した。

じつは対空戦闘を目的とした三式弾には、一つのあまり知られていない特色があった。豆焼夷弾を詰めたこの砲弾は、通常弾よりも何割か軽かった。このため砲口を出た時の初速自体は、弾道表によれば通常弾よりも二割近く速かった。

しかし、軽い砲弾を高速で撃ち出すということは空気抵抗の影響がより大きくなるため、結果的に射程距離が伸びなかった。三割短いと考えて、大きな間違いはないほどだ。

小柳艦長としては、新兵器とはいうものの効果になお未知数が残る砲弾を失敗の許されない作戦に使いたくはなかった。射程が三割短い、つまりは敵にそれだけ接近しなければならないとなれば、なおさらだ。メリットは未知数であり、デメリットは明らかだからだ。

砲術長とのやりとりは秒単位で終わった。戦艦金剛、霧島（きりしま）の二隻の主砲四基八門、さらに二隻分一六門の方位角と仰角が定まった。砲術長から命令が下る。

いままで漆黒の闇としか思えなかった海上が、瞬間的に真昼のような明るさに包まれた。二隻の戦艦による砲撃は、砲口炎だけで周囲を明るく照らすには十分だった。

戦艦の砲口炎による光のエネルギーは、確かに闇の中では圧倒的だが、火砲の放ったエネルギーの中では微々たるものに過ぎない。砲弾には恐るべきエネルギーが詰め込まれていた。

「空が燃えています！」

観測員の興奮した声が発令所や指揮所に届く。観測員の報告に嘘はなかった。ニユージョージア島のムンダ基地の方向は、水平線の彼方に赤い帯となって、その位置をはっきりと示していた。

「飛行長、出番だ」

すぐさま観測儀がカタパルトから打ち出される。観測機の発射手順も検討された部分だ。通常ならもっと早くに飛ばすのだが、ムンダ基地には電探がある可能性が高かった。下手に飛行機を出して敵に気取られてはかなわない。そこで、あえて砲撃後に観測機を飛ばしたのである。

もっとも通常と違って、この観測機の目的は弾着観測にはない。静止している艦から測量済みの航空基地を砲撃するのだ。艦隊戦での砲撃とは違って、弾着観測にそれほど神経質になる必要はない。

彼らの目的は一つ。自分たちの砲撃が敵に与えた戦果の確認にある。基地に命中しているのは間違いないが、それがどれほどの損害を与えているのか、それを確認しなければならない。それはつまりこの基地をいつまで、どれだけ砲撃するかを決めるための判断をする材料となる。

「敵、航空基地に機影なし。ただ残骸あるのみ」

観測機の一報は緊張に満ちた金剛の戦闘艦橋の空気をようやく和らげた。

「成功ですか」

「よし、揚弾中の砲弾を撃ち尽くした後、撤収にかかる」

その命令からさらに三回、五四発の通常弾がムンダの航空基地に撃ち込まれた。

このムンダ基地への砲撃は、彼らにとってちょっとした幸運が味方していた。この砲撃の前日、戦隊規模の部隊がムンダ基地に小規模ながら補給を行っていた。ところがムンダの水上見張りレーダーは感度が明敏すぎる傾向があり、島影と艦隊の明確な区別がつけづらかった。

この戦隊の接近が部隊の末端にまで正しく伝達されていなかったこともあり、この戦隊は危うく友軍から攻撃されかけた。急降下爆撃機のパイロットがとっさに正しい判断ができていなければ、船の一隻も沈められていたかも知れない。

このため船団は補給を済ませるとさっさとムンダを後にすると共に、レーダーの感度も調整され、どちらかといえば鈍感な方に合わせられていた。

なにしろ昨日の今日である。小柳部隊はたった四隻で、しかも途中で静止してしまったため、レーダーの担当者は機械の感度の問題と判断してしまったのだ。もっと正確に言えば、怪しいとは思ったが昨日のことがあったので、もっとはっきりするまで報告を控えようと考えたのである。

だが彼にとって不幸なことに、敵味方の区別がはっきりわかった時には、すでに手遅れだった。

もう一つの幸運。それを幸運と呼ぶのはある意味では失礼かも知れないが、それは砲弾が適切だったことだ。通常弾を撃ち込まれたことで、ムンダ基地の滑走路は穴だらけになった。その復旧は重機を用いても簡単ではなく、なおかつ砲弾の破片効果により重機自体が失われていた。

　これが密林ならまだしも、開けた地形での砲弾の威力は凄まじい。戦艦の砲弾のまえには、重爆でさえ華奢（きゃしゃ）な機械だ。

　もちろん米軍の機械力を駆使することで、基地の復旧は一週間ほどで完了はした。だが一週間が五日であったとしても、小柳部隊の戦果の意味は変わらなかった。なぜならこの夜、別の部隊も行動を開始していたからである。

小柳部隊がムンダ基地に大規模な砲撃を加えた翌日の夜。ガダルカナル島には軽巡一隻、駆逐艦八隻がその姿を現していた。

軽巡洋艦神通(じんつう)の艦橋では、田中頼三少将がかねてよりの打ち合わせ手順に従い、艦を移動させていた。

「司令官、ラバウルよりムンダ基地の損害状況です」

通信参謀からの渡された紙切れを、田中司令官は一文字も読みのがすまいとするかのように目を走らせる。

「ムンダの基地機能、いまだ復旧せず。敵空母部隊の活動も認められず」

文面は短い。だがそこには、田中の知りたいことがすべて記されていた。

自分たちを空から脅かす存在はいない。むろん田中は部下に警戒を怠(おこた)らせはしない。ただ安全であることを知るのは、指揮官にとって嬉しい一瞬だ。それが一瞬なのは、都合の良い情報だけを鵜呑みにする危険も彼はわかっていたからだ。

それを考えるから、嬉しいのは一瞬に終わる。が、一瞬でも嬉しいことがあるこ

と に、田中は救いを感じていた。

「海岸には？」

「すでに全員が揃っているようです」

「そうか。なら大丈夫だな」

やがて海岸線から次々と大発が一隻の軽巡と八隻の駆逐艦に向かって発進する。それはガダルカナル島の将兵二〇〇〇名を乗せた大発だった。その中には渡部少佐ら海軍航空隊の面々も含まれていた。

第二水雷戦隊によるこの撤収作戦は、米空母部隊がいなかったことと、敵の陸上基地の活動の隙をついたこともあり、一人の人員をも失うことなく成功した。最も心配されたムンダ基地周辺の通過も、敵航空隊の攻撃を受けることなく夜間に通過することができた。

そして驚いたことに、連合軍はこの撤収作戦から一週間、ガダルカナル島から日本海軍部隊が撤収したことを知らなかった。

理由は色々ある。撤収に際して敵に渡さないために兵器類を燃やしたことが、人間がいると誤解を与えたことが一つ。また日本軍が陣地に立て籠もり、上陸部隊を待ちかまえていると思いこんでいたことも発見を遅らせることとなった。

撤収作戦から半月後に米海兵隊が、もしかするとガダルカナル島は無人じゃなかろうかと考えた末に上陸する。その前に総勢五〇機の戦爆連合が攻撃をかけるという念の入れようだ。

ここで彼らは日本軍の完全撤収を確認するが、ある事件のために大混乱に陥る。どうもそれをやったのは、渡部少佐とその部下らしい。

厳重な構造の格納庫を野戦病院と見せかけ、チフス患者隔離病棟、ペスト患者隔離病棟などと適当な札を作り、それだけではあれなので軍医の強力も仰いで、本当にそういう隔離病棟があったかのように医薬品を分散させたり、簡易マニュアルを置いてきたりした。

米海兵隊の将兵が日本語を読めるわけもなく、それの意味がわかった時には、ペストやチフスに罹患したかもしれないと――何しろわざわざネズミの死体まで用意したのだ――大混乱に陥る。

しかも騒動はこれだけでは終わらない。そのペストやチフスの隔離病棟の奥に最も厳重な区画があり、そこには「阿盆感染症者隔離病棟」と記され、消毒薬はもとより、ガスマスクまで用意されていたのである。

そこにあった簡易マニュアルの内容を信じるなら「阿盆病患者の症状はマラリア

に酷似している」、「伝染性の疾患でガダルカナル島の風土病の疑いがある」、「潜伏期間は個人差があり、高熱の後に全身から出血して死ぬ。致死率は九五パーセント」、「症状は下痢から始まる」などなど。

何しろ阿盆病患者の墓まで用意する周到さ――まぁ、他にすることもなかったし。それにこのマニュアルを信じるなら、普通のマラリア患者や下痢気味の人、つまりガダルカナル島で罹患しやすい病気の患者は、すべからく「恐怖の阿盆病患者」の疑いがあることになる。

じっさいそうした症状の患者の隔離騒ぎや、医療関係者のストライキなど、ガダルカナル島の人間たちが「阿盆病なんてないのではなかろうか」と思い始めたころには、すでに昭和も一九年になっていた。

この事実は、その後の戦局に大きくはないが、無視もできない影響を与えることになる。

第十章　新兵器

昭和一八年三月。トラック島から二隻の貨物船と二隻の駆潜艇がラバウルへと向かっていた。

諸外国の基準で考えるなら、それは船団と呼ぶにはあまりにも小規模な存在である。しかし、たった二隻の貨物船のために、護衛艦艇が二隻も随伴するというのは、日本海軍ではある意味、画期的なことだった。

「ありがたいことに曇天だな」

貨物船高丸の海軍側の責任者である越谷兵曹長は、船橋から空を見る。

高丸と第二高丸は、海軍の傭船であった。特務船というわけではなかったが、トラック島とラバウルの間を航行する航路では、日本の船舶というだけで自動的にリスクを負うこととなる。ここは戦場なのだ。

「曇天だと何か良いことでも？」

船長の森本は、さして気のない口調で越谷の言葉を受ける。森本もこの世界は長い。彼らは軍の船ではなく、海運会社の船である。それだけに連合軍の攻撃で沈められた船の話は、否応なく耳に入ってくる。

そうでなくてもダンピール海峡の近くでは、より大規模な船団が全滅したという事実もある。森本船長にとっては、天気よりも敵機の動向の方がずっと気になる。

「曇天だと新兵器にとって都合が良いのでな」

「新兵器……この船の積み荷でしょう」

「そう大事な積み荷だ。その大事な積み荷を守るために、その新兵器が使われるということだ」

「なるほど」

森本はそうとしか言えなかった。その新兵器なるものに、もちろん興味はある。しかし、海軍の秘密兵器などに迂闊に興味を示したりすれば、スパイか何かとあらぬ誤解を受けかねない。そうでなくても新聞ラジオでは余計なことを喋るな、余計なことに興味を持つなと連日がなりたてている。まして軍人の前、余計なことは言わぬが花。

「船長は新兵器に興味はないのか」

越谷兵曹長は、そんな森本の態度がいまひとつわからないらしい。というより、どちらかと言えば自慢したいのだろう。

「私の興味は船の安全航行です」

「ふーん、残念だなぁ」

なにが残念なのかわからない。

新兵器に関しては、高丸の海軍軍人たちでさえ満足にできていない。現場の人間は少なかった。何しろ新兵器である。教範の類いさえ越谷ほど信頼している人間は少なかった。技術士官が口頭で説明した程度の知識しかなく、それも操作法が中心で、原理はいまひとつである。特に電気回路がかかわるとアレルギーを出す軍人は多かった。柴田曹長もそんな一人だ。

「どうもわからんなぁ……」

貨物船高丸は船橋が中心ではなく船尾付近に後退している形状の貨物船だった。大きなデリックがあり、物資の搬入・搬出はそれで行う。そして船首付近の一角に、柴田曹長は部下とともに配置についていた。

「何がわからんのですか」と片桐水兵長。

「どうして探照灯で敵機を狙うことが、撃墜につながるのだ？」

柴田はそう言いながら、手前の一二センチ双眼望遠鏡を動かしてみる。

彼らの後方には須式七五センチ探照灯があった。もっともただの探照灯ではない。それは双眼望遠鏡とワードレオナード方式のサーボ機構で連動しており、双眼望遠鏡で狙った相手に対して光を照射することができる。

確かに精巧な装置ではあるが、これそのものは新兵器ではない。日本海軍は夜襲に際して敵艦を探照灯で浮かび上がらせ、それに向かって砲撃するという戦技があった。このようなサーボ機構を用いた探照灯は大型軍艦にしか見ることはできないが、すでに既存の兵器である。

柴田兵曹は、もちろんそうした機材の存在は知っている。だから機械の操作法自体はすぐにマスターできた。マスターできはしたが、原理はいまもってわからない。

「それ、探照灯じゃなくて熱線じゃないんですかね」

「水兵長、なんだ、その熱線てのは？」

「あれですよ、もの凄い熱を放射して戦車なんかを飴のように溶かすって兵器です。黄金バットとかによく出てくる」

「そんな探偵小説に出てくるような怪しげな機械を帝国海軍が本気で開発するわけがないだろう。世界でも一流の頭脳を持った連中が、こうしている間にも新兵器開発に携わっているんだ。そういう一流の人たちが紙芝居や探偵小説みたいな熱線なんか研究するか！」

柴田兵曹は知らなかった。海軍技術研究所では、この時期、彼が言うところの本当に一流の頭脳の持ち主たちが本気で熱線兵器を研究していたということを。

「でも、熱線だと夢があるんですけどねぇ……」

「あのな、熱線か何か知らないがな、動力は何だ、この船の発電器だろう。発電器で作られる以上の電熱が探照灯から発生できるわけがないだろ。この発電器の電力で戦車が飴のように溶けるか？」

「そりゃぁ、そうですけど。目潰しですかね、そうだとすると」

「目潰しなぁ……まぁ、目眩ましができれば照準はずれるな」

「で、敵が油断したところを、あの噴進弾でズドンってところじゃ？」

新兵器は探照灯だけではなかった。これと連動して噴進弾も搭載されている。発射基は五列五行の二五発分のものが船尾と船首に一基ずつ。探照灯も同様だった。とりあえず照準をつけたら噴進弾を発射するというのが、彼らに教えられたすべてである。

「まぁ、なぁ、話の筋は通るけどよ……なんかしっくりしないな。だいたい目眩ましのどこが新兵器だ？」

「だから弱い熱線が敵の操縦士を焼いちゃうとか……」

「もういいよ」

いったい何のどこら辺が新兵器なのか？　噴進弾も探照灯もどちらもありものの兵器に違いない。その新兵器の新兵器たる由縁がわかるのは、実戦でのことだった。

船団の船舶には、電探はまだ装備されていなかった。貨物船に装備されるはずもなく、また海軍艦艇といえども艦隊正面の艦艇が優先され、駆潜艇などにはまだ装備されていない。

だから敵機は見張員が発見した。

「右舷より敵双発爆撃機！」

それはニューギニアの基地より発進したらしいB-25の編隊だった。総数で一〇機ほどか。航続力の関係か、それとも船団の規模を知ってか、戦闘機は伴われてはいなかった。爆撃機のみである。

柴田兵曹らは、すぐさま対空戦闘準備にかかり、関連する装置の回路に手順に従い電気を流す。緊急時だが、電気回路のスイッチの入れ方には然るべき順番があった。不用意に電流を流すと、真空管が切れてしまう恐れがある。予備的な加熱などが必要なのである。

「よし、やるぞ！」

柴田兵曹はよくわからないまま、一二センチ双眼望遠鏡で敵機を探す。ともかく講習では距離何メートルでどうのこうのと説明されていたが、彼は望遠鏡の中でどう見えたら撃つべきかだけを頭に叩き込んでいた。

B‐25の編隊は、スキップ・ボミングで攻撃をかけようとしているらしく、いずれもかなり低空から接近する。方角は右舷方向。それは駆潜艇や貨物船の噴進弾がすべて死角なしで使える方角だった。

「どうだ、これで！」

一二センチ双眼望遠鏡が敵機を捉えると、探照灯の光がそれを照らす。たしかに目潰しにはなるようだ。探照灯の光を直撃され、柴田からも操縦席の様子が見えるほどの明るさだ。

柴田は瞬間感心したが、すぐ我に返り、噴進弾のボタンを押す。

噴進弾は五発発射された。それらは探照灯と同様に一二センチ双眼望遠鏡と連動しているらしい。ただ大まかな方向はあっているが、どう見ても噴進弾はB‐25に命中しそうにはなかった。

異変はその瞬間に起こった。Ｂ‐25の針路上で、噴進弾五発が次々と爆発したのである。

なるほど命中弾はなかったが、至近距離、しかも針路前方での弾頭の爆発は、Ｂ‐25に対して無視できないほどの破片を叩きつける。

機体を損傷させたのか、搭乗員を即死させたのか。ともかく飛行機は低空飛行を続けていたＢ‐25はそこで姿勢を崩し、翼を海面に接触させ、そのまま海面に激突する。

「すげぇ……」

柴田兵曹は依然として原理はわからなかったが、ともかくこの新兵器が、どのように機能するか、それだけは把握できていた。

噴進弾により撃墜されるＢ‐25は柴田兵曹のものだけではなかった。船団の周辺には、すでに四機のＢ‐25が海面へと衝突するか、煙を吐きながら恐ろしいほどの低空を漂っている。

残るＢ‐25も、一部は攻撃のタイミングを逃して明後日の方向に爆弾を投下し、他は撤退に入っていた。

B‐25による船団への攻撃は、なお一度行われる。だが噴進弾と探照灯は、一隻の犠牲を出すことなく船団を守りきった。

渡部が牛尾造兵大尉と再会するのは久々のことだった。彼は新兵器をラバウルに輸送する船団と共にやってきた。

彼らが実際に顔を合わせたのは、格納庫の中だった。船団により輸送された新兵器は、ここに納められたからだ。

「攻撃される可能性が高く、じっさい攻撃された。幸い船団は無事でしたが、そんな危険な手段でどうしてやってきたんですか？　航空機でも何でも、もっと安全な手段はあったでしょう」

渡部の問いに牛尾は簡潔に答える。

「開発した人間の一員として、実戦でどの程度使い物になるか、それを確認しなければなりません」

「えっ、すると牛尾さんは自分らが攻撃されるのを待ち望んでいた……」

「待ち望んではいません。無事に着くならそれに越したことはない。ただ敵の襲撃を受けるなら、自分もその場にいたかっただけです。責任がありますから」

渡部は牛尾の言う責任の意味を、こう解釈した。開発した装置の働き具合いを技術者として観察する責任。そして、その装置が意に反した働きをした時、自分だけが安全な場所にいたくないという責任。

むろん牛尾は自殺するつもりで危険な手段を選択したわけではないだろう。彼は自分たちの開発したものに自信があった。あったが故に、他人だけを危険にさらし、自分だけが安全な場所にいることを是としなかったのだろう。

「聞いたところでは、船団は敵のB-25を一度に五機も撃墜したということですが、どうやったんですか。敵機も噴進弾を回避するような戦術はとれているというのに」

「改良点は二つあります。一つは火薬をより高性能にし、炎や煙が少ない物にしました。速度が向上し、肉眼での発見が難しくなりましたから、回避はそれほど容易ではないでしょう。それと信管を改良しました。船団の大戦果は、この信管によるところが大きい」

「新型の信管ですか」

渡部の目の前で、牛尾造兵大尉は木箱の蓋を開け、噴進弾の横にある小さな木箱を取り出す。ボール紙などの中には詰め物が入っていたが、そこから彼は、真空管のついたラジオのような物を取り出した。どうやらそれが信管らしい。

「そのラジオみたいのが信管なんですか」

「そうです。まったく新しい型の信管、光信管です」

牛尾造兵大尉は光信管の原理を説明してくれたが、渡部にはいまひとつ納得できない機構であった。

牛尾造兵大尉によると、従来の噴進弾の最大の問題は信管にあったという。

「命中率ではないんですか？」

「噴進弾はロケットですから、命中精度はそれほど高くありません。誘導装置を研究している人もいますが、実用化にはまだ時間が必要でしょう。

噴進弾を対艦攻撃に用いるのであれば、命中精度は重要だと思います。艦艇相手なら弾頭が命中しなければ話になりません。しかし、対空戦闘となるといささか異なります。弾頭が爆発し、爆発地点からある範囲に敵機がいれば、破片効果により相手を撃墜することができる。高角砲弾と似たようなものです。あれだって弾頭そのものを機体に命中させることを意図しているわけではありませんから」

「つまり弾頭が爆発した時に、敵機がその領域内にいるようにする必要があると」

「それを実現させるのは、噴進弾を誘導し敵機に近づけるというのが方法の一つとして考えられます。だがもう一つの方法として、敵機が噴進弾の至近距離を通過しようとした時に弾頭を爆発させるという方法も考えられる。近距離であれば、命中精度の悪さもそれほど大きく影響しません。我々が開発したのは、この後者の考えです」

「しかし、具体的にどうやって？　信管に目でもついているんですか」

渡部は冗談でそう言ったのだが、それは当たっていた。

「仰しゃる通りです。この信管は弾頭の目になります」

牛尾は手に持っている信管を渡部に手渡す。

「光信管ですか？」

「そうです。基本的な原理は簡単です。探照灯で敵機を照らす。その反射光をこの光信管が関知すれば弾頭を起爆させる。反射光を受光できる範囲はかぎられていますから、弾頭は敵機の至近距離で起爆します」

「なるほど。でも、それなら太陽を背にして敵機が現れたら？」

「それが最も開発に苦心した点です。じつは探照灯には光に変調をかける工夫がしてあります。人間の目にはわかりませんが、機械なら識別できます。光信管が単なる明かりに反応せず、反射光のみに反応するのも、変調された光だけに回路が反応するからです。まぁ、変調と言っても単なる信号の断続です。探照灯内部のスリット円盤を回転させるだけの単純なものですが、簡単なだけに信頼性も高い」

変調云々については渡部はいまひとつわからなかったが、ただ一つ、太陽の影響は受けないという点がわかれば十分だった。太陽の影響を受けないならば、戦闘時に太陽により掣肘を加えられることはない。

「これらを基地に設置すれば、地上の探照灯が写し出した敵機に向かって上空の局地戦が噴進弾を放てばいい。噴進弾は適当な距離で爆発し、敵機を撃墜するはずです」

そこまで聞いて、渡部はどうやら二人の間に認識の違いがあることに気がついた。牛尾造兵大尉はラバウルの基地防衛のための兵器を持参し、渡部は局地戦用の前進防御のための武器を期待している。

なるほど、この装置なら基地周辺の対空戦闘で信管と敵機の距離について神経質になる必要はない。しかし、戦えるのは探照灯が使える距離だけだ。船団を守りきったその性能を認めるのはやぶさかではないものの、渡部にとって局地戦の能力を発揮してくれなければ、新兵器の価値は半減する。

「技術士官、探照灯を飛行機に載せられないか」

さすがに牛尾造兵大尉も渡部の意図はすぐに理解したらしい。あるいはそうした質問をある程度、予想していたのかも知れない。

「変調をかけているとはいえ、外部の光との干渉を防ぐためには、ある程度の明るさが必要です。戦闘機から得られる電力で探照灯に必要な電力を賄うのは無理です。そもそも戦闘機に探照灯は載せられませんし、戦闘機に載せられる程度の装置では、ほとんど効果がありません」

「陸攻ではどうだ？　例の電探機みたいに、機首に探照灯を載せられないか」

「陸攻でも同様です。飛行機の余剰電力で動くようなものではありませんから。本当に活用しようとすれば、専用の発電器が必要ですが、陸攻にそれを搭載するのは無理でしょう」

牛尾造兵大尉は渡部少佐が意外に思うほど、探照灯を機体に載せるという案に消極的だった。渡部にはその理由もわかる気はした。

牛尾自身、そういう検討は行ったのだろう。電探を陸攻に載せるという新兵器を考えた人間たちの一人が、電探を探照灯に変更することを考えない方がおかしい。

その上で、彼は無理と判断したようだ。

しかし、渡部の立場としては、無理と言われてそうですかと引き下がるわけにもいかない。牛尾には牛尾の責任があるように、渡部には渡部の責任がある。

「無理と貴官は簡単に結論しているが、防空の責任の一端を担う者としては、基地にやってくる敵機を撃墜するだけでは防空の責任は果たせない。基地に接近する敵機を、こちらから打って出て撃墜するくらいでなければならんのだ。

そのために噴進弾は有効な兵器であるし、それを探照灯でより効果的な兵器にできるのであれば、何としてでも探照灯を機体に載せるようにしてもらいたい」

「まずこの装置は基地防空や船舶の防空には有効であることは確認されておりますが、空中戦ではその効力は確認されておりません」

「役に立つかどうか、それは実戦が決めてくれる」

「しかし、実戦でこの新兵器が役に立つかどうか、それを確認するというのは、取りも直さず、あなたやあなたの部下を実験台にすることに等しい。それでも構わないのですか」

「なにっ」

それは確かに渡部の痛いところを突いていた。もともと彼が噴進弾に有用性を認めているのも、それが若年搭乗員でも敵重爆を撃墜することが可能、ひいては若年搭乗員の帰還率・生存率を高めることが可能だからだ。一人の若年搭乗員が一日を無事に過ごせたならば、彼はそれだけ熟練搭乗員に近づくのだから。

開戦時より空で闘い、テストパイロットの経験もある渡部にはわかる。正直、機械として見た時、日本の航空機には欧米列強のそれと比較して、技術的に劣る点は多い。油圧機構や電装品、あるいはパッキングなどの化学工業製品の質は、どう見ても彼の国に分がある。

いうまでもなく航空機を自前で開発できるという事実そのものは、画期的なことである。欧米の国でも自前の機体で一揃いの航空隊を建設できる国など片手で数えられるほどしかないのだ。しかし、この事実は、日本の航空技術がその欧米の片手で数えられる国々を技術で凌いでいることを意味はしない。

もちろん戦闘機などの強さが、パッキングや油圧機構の工作精度で決定されるわけではない。じじつ日本海軍航空隊は、今日まで連合国軍航空隊を圧倒してきた。

ただそれは、航空機技術の優位によるものではなかった。たとえば彼の操る二式局地戦はそうでもないが、零式艦上戦闘機など同形式の機体にもかかわらず、部品の互換性がなかったり、ネジのピッチが合わないということは珍しくなかった。

このようなことは機体製造に関して部品製造の内製化率が高いと共に、専用工作機械の使用台数の多い二式局地戦や二式輸送機では目にすることはなかったが、航空産業全体で見ればそれは例外であった。

対して鹵獲した欧米の機体は、同型機ならすべての部品に互換性があった。日本ではできないような精密鋳造部品を多用している部分も少なくない。それでも日本海軍航空隊が善戦していたのは、他はともかく速力と火力などの性能で勝っていたことと、搭乗員の練度の水準が違っていたためだ。

部品の互換性や工作精度に難があろうとも、火力と機動力は勝っている機体で、その性能を最大限に発揮できる人材が豊富にいた。機械的な技術水準の低さを補えるだけの技量の持ち主がいたためだ。

だが、いま海軍航空隊は――おそらく陸軍も同様だろうと渡部は思うのだが――危険な状況にある。二式局地戦などはいまのところそういうこともないのだが、他の航空隊の他の機種については戦局の悪化に伴う機体の質の低下が無視できなかった。

有名な零式艦上戦闘機などは、設計者が「艦載機はそれほど量産されないはずだ」という思い込みで開発したため、量産性がきわめて悪い。これも変な話であって、量産されない機体だから生産性を考えなくて良いという根拠にはならない。生産性が悪いというのは、コストが高いと同義語であり、かぎられた国防予算に無頓着と言われても仕方はない。

じっさい零式艦上戦闘機の生産性は悪い。たとえば中島飛行機の三座偵察機彩雲(さいうん)で使用された鋲(びょう)の数が一〇万本であるのに対して、単座の零式艦上戦闘機は二二万本、四発の二式輸送機でさえ四〇万本であることを考えれば、生産性の悪さがわかる。それを無理に数を増産しなければならないなら、機体の質が下がるのは避けられない。

これは渡部が感じているだけのことではなかった。日本の当局者の中には、航空機生産における質の低下を問題視し、「一〇万の飛べない機体より、飛べる五万の機体を前線は望んでいる」、「生産目標を半減して、質的性能を倍加してもらいたい」という意見さえあったのである。

だが官僚機構にとって、生産数という数値目標を半減させるというのは実績の低下という大変な責任問題となると共に、この意見を入れると「誰の責任で質が低下しているのか」という別の問題が生じてしまう。このため、この意見は無視された。誰も責任をとろうとせず、また誰に責任があるのかもわからないまま、戦局の激化と共に工場からは、品質は低く、飛べるかどうかは不明だが、飛行機と名のつく金属の塊が次々と前線に送られることになる。

こうした憂慮すべき状況に対して、連合国軍は質の高い新鋭機を次々と戦場に送り始めていた。戦線は現場の整備兵らの血のにじむような努力と、搭乗員たちの文字通り必死の奮戦によりかろうじて維持されている。本国の生産に頼るわけにはいかない以上、搭乗員の能力、それだけが戦線を維持するためのただ一つの頼みの綱である。

渡部にとって、牛尾の言う部下を実験台にしなければならないという言葉の意味は、決して軽いものではなかった。が、彼が牛尾に要求したものもまた、若年搭乗員の部下たちを生還させたいというところから来ていた。それは矛盾しないはずの問題だった。が、すでに大きな矛盾を抱えていた。

「渡部さん、我々も技術士官として、手を拱いているわけではありません。渡部さんが望んでおられるような装置の開発は進められています。ただ時間が、時間が必要なんです」

「研究されている……本当に？」

「もちろんです。光反応信管は時間稼ぎに過ぎません。本命は別にあります」

「少なくとも探照灯を陸攻に載せるよりは、はるかにましな闘い方ができるはずです」

「その本命なら……」

「もしも差し支えがなければ、その新兵器について教えてくれないか。概略だけでもわかれば、より効果的な戦術を組み立てられるかもしれない」

牛尾造兵大尉は、格納庫の後ろにある黒板まで下がると、そこに書かれている整備関係の記述を消さずに、脇の空いた部分に概略を記した。

「基本的には従来の電探搭載陸攻と光信管の折衷のようなものです。光信管は、探照灯の光を標的に当て、その反射光により弾頭を起爆させます。

しかし、空中戦では探照灯を目標に照射し続けるのは困難であり、何より相手に自分が狙われていることを知らせる結果に終わってしまう。

そこで我々が研究しているのは、光によらず電波を用いる信管です。先ほど飛行隊長は光信管をラジオのようだと仰しゃいましたが、我々の研究している信管は、まさにラジオです。電波照射機が敵編隊に向かって電波を照射する。飛行機は金属ですから電波を反射します。その反射した電波を受信し、信管が起爆する。敵機の至近距離で弾頭が起爆することで撃墜率は劇的に向上するはずです」

噴進弾の弾頭は高角砲の弾頭よりも大きいため、至近距離での破片効果はかなりのものがある。問題はそれが起爆するタイミングだが、確かに電波信管を用いるなら、砲弾が無駄になる可能性はかなり減少する、つまりは撃墜率が向上する。

噴進弾が電波信管により、適切なタイミングで起爆するというのは、渡部少佐にとって重要な意味を持った。それが本当に可能なら、敵編隊に対する噴進弾によるアウトレンジ攻撃が可能となる。友軍機が敵戦闘機と交戦する前に、敵重爆部隊に対して確実な先制攻撃を加えることができる。

現実問題として、敵戦闘機部隊は重爆部隊が撤退すればそれをエスコートするために撤退する。つまり自分らの部隊が敵戦闘機と空中戦を演じる局面は、かなり少なくなるはずだった。それはつまり、若年搭乗員に最小限のリスクの中で戦闘経験を積ませる環境が生まれることになる。

ガダルカナル島からの撤退もあったが、渡部の部隊は若年兵を名人と言わないまでも一人前の搭乗員として育ててきた。いまは部隊の指揮官になっている者さえ一人や二人ではない。だが、そうした熟練搭乗員は教育が終わったかと思うと、他所の部隊に転属させられてしまう。

そうした搭乗員を必要とするのは、彼の部隊だけではない。一部では渡部の部隊は「渡部学校」などと言われ、最新の機材が送られてくるのと同様に、最新の搭乗員、つまりは若年搭乗員も数多く送られてきた。熟練者は異動し、若年者が派遣される。渡部の部隊は、おかげで搭乗員の平均飛行時間は常に低いままだった。

しかし、「渡部学校」とまで言われている以上、彼は人を育てねばならない。新兵器の有効活用は、どこの部隊よりも彼にとっては重要な課題だ。

「その電波信管だが、反射波ではなく、電波照射機からの電波で信管が作動したりするようなことはないのかね？」

「ドップラー効果で送信波と反射波では波長が変わります。あるいは棘波（きょくは）の位相のずれを利用するとか、方法は幾つか考えられます。空中線の特性によっては、前方の電波だけに感度が高く、後方の電波は関知しないというものを採用するのも可能でしょう。

それぞれについて研究が進められているのですが、確実なのは、機体から発射されるまで信管は作動しないということです。発射から数秒後に回路が作動するようにすれば、噴進弾による同士討ちなどは避けられるはずです」

渡部は他にも牛尾に思いつくかぎりの質問をする。そうして段々と電波信管の概要がつかめてくる。それは噂にたがわず画期的な発明と思われた。

「その電波信管なのだが、どうなのだね、さっきの光信管と機械の大きさは？」

「機械的な構造はかなり変わると思いますが、容積的な大きさにそれほど顕著な違いはないはずです」

「だったら駆逐艦、重巡は無理としても戦艦の主砲弾には載せられるんじゃないか。例の三式弾か、あれと組み合わせれば戦艦は対空戦闘に恐るべき威力を発揮しないか」

牛尾造兵大尉は、渡部の意見に表情を暗くした。渡部はそれで察した。素人の自分が考える程度のことは、専門家である牛尾造兵大尉も検討はしているのだ。そして悲観的な結論しか出なかったのだろう。

「確かに仰しゃる通りです。これが砲弾の信管に使えるならば、画期的な兵器となるのは間違いありません。少なくとも対空戦闘の在り方を一変させるでしょう。ですが、残念ながら砲弾にこの電波信管は載りません。砲撃の恐るべき衝撃に真空管が耐えられないからです。

噴進弾にこうした信管が搭載できるのも、砲弾と比べれば衝撃がはるかに穏やかであるからにほかなりません。その噴進弾にしても、真空管に実用的な強度を持たせるためには、幾つもの工夫が必要でした。ほんの三〇秒間だけ正常に作動してくれれば良いとはいえ、それを実現するのは、噴進弾の衝撃に耐える真空管の開発でさえ容易ではなかったんですよ」

牛尾によれば、問題は複雑であったらしい。

たとえば真空管の電極であるニッケルも大砲などには優先的に回されるのに対して、真空管用はどうしても後回しにされる。開発はシンガポールや香港から手にいれたニッケル貨を鋳潰すところから始めなければならなかったという。牛尾はこの話題なら一晩でも語れそうだったが、さすがに渡部もこの話題はすぐに切り上げる。

「それで、いつごろ実戦に投入できると思う？」

「本格的投入には半年。ただし試験的になら来月の終わりにも」

「来月か……」

渡部は思った。来月まで戦線を維持できるかどうか。それが戦争の勝敗を決してしまうのではないかと。

田島泰蔵は基本的に温厚な紳士であったが、ここしばらくは殺意という二文字を噛みしめない日はない。原因は海軍航空本部、具体的には大西瀧次郎航空本部総務部長にあった。

田島が大西に殺意を覚えるのは、受注している二式輸送機の生産量を消化するのに四苦八苦している時に、頻繁に開発中の六発機の仕様変更を言ってくるからだ。すでに最初の試作要求の時から遡れば、六発機という部分以外は共通点がない。陸攻が輸送機になり、と二転三転、気がつけば空中戦艦などとなっている。

田島がこうした試作にあまり乗り気になれないのもここにある。徴兵や何やかやで、ただでさえ使える人材が少ない中で、六発機の試作開発を行うというのは、容易なことではない。しかも四発機である二式輸送機にしても、細かい仕様変更や何やかやは連日のようにやってくる。

もっとも二式輸送機に関する仕様変更や改善意見は、ほとんどが生存性を高めるためのものだ。だからガラスを防弾仕様にしてみたり、乗員居住区に可能なかぎりの装甲を施す、あるいは幾つかの機構に関しては省略したり、簡素化する。

田島もそうした要求を無視するつもりはなく、むしろ技術者としてはできるだけのことは対処したい。それだけに無駄に資材と人材を喰う六発機には、じっさいのところうんざりしていた。

とりあえず初期ロットの三機の六発機は、輸送機として納入され、前線に送られていた。だが輸送機として開発できたのは、六発機の実現性を研究するための試作機としてだ。航空本部は、どうもやはり空中戦艦構想を諦めてはいないらしい。それは大西総本部長の来訪により確認された。

「やぁ、これはつまらぬ物だが受け取ってくれ」

大西総本部長は、たぶん虎屋のものと思われる羊羹を持参していた。こんなご時世に羊羹とは豪気な話だが、海軍高官ともなればこれくらいの芸当はできるのだろう。羊羹は田島も好物だが、こういう土産は複雑な気持ちになる。

すでに庶民の間では羊羹も貴重品だ。そういうものが軍需工場を経営しているから容易に手にはいる。しかし、田島の工場が次々と熟練工を赤紙で失っているのは、国民の平等という原則のためでなかったのか。

彼としては貴重品の羊羹を受け取る不平等より、熟練工を徴兵から守る不平等の方がありがたかった。田島が羊羹を食っても生産性は上がらないが、熟練工は増えれば増えるだけ生産性は上がるのだ。

「また、仕様変更ですか」

お得意様に対してずいぶんな物言いだとは自分でもわかるが、それは田島の本音でもある。仕様変更を言う方はいい。それによって生産体制に影響を受けるのは田島泰蔵なのだ。

「よくわかるね。まぁ、空中戦艦構想が変わったわけじゃない。空中戦艦構想は生きておるよ。それをふまえた上での改善要求だ」

大きな仕様変更ではないのは田島にとってはありがたい。しかしながら、空中戦艦などという胡乱な構想がいまだ続いているというのは、やはり素直には喜べなかった。話を聞いた時には、それなりに感心もしたが、冷静に考えると、そんな兵器がうまくいくとはどうにも思えない。

とはいえ海軍首脳が白と言えば、田島は黒でも白と言わねばならない立場でもある。そうやっていままで仕事を得ていたのだ。

「改善要求とは？」

よく考えると、これもおかしな会話だと田島は思う。試作品さえできていない空中戦艦に改善もなにもないだろう。

「例の噴進弾に新発明があった。電波信管というものを搭載する。まぁ、これ以上は軍の機密だ」

田島は、その電波信管の説明をあえて大西から受けようとは思わない。すでに田島は学んでいる。大西が「これは軍機」と言う時は、本人もそれについてよくわかっていないということなのだ。知ってることなら尋ねなくても語ってくれる。

「その新発明のために、六発機を改造して欲しい」

「どのように？」

「プロペラを反対側に取りつけて欲しい」

田島には最初、大西の言っていることの意味がよくわからなかった。ぷろぺらをはんたいにとりつける。

だが話を聞いて、ようやく意味がわかった。普通の飛行機はプロペラを牽引式に配置している。それを反対向きにして推進式にしろというのだ。

確かに田島は菊原か誰かから、こうした配置の方がプロペラ効率がよくなるというような話は聞いたことはある。しかし、俄にこうした改造が為されるというのは、いささか理解し難い。プロペラ効率を向上させて、積載量でも増やそうというのだろうか。

「これは主翼の下に噴進弾の架台を装備するためのものだ。こうすれば翼下に一〇〇発近い噴進弾を収容できるだろう」

「はぁ……」

田島は思った。そんな機体で飛ぶの？　本当に？　だが大西は、なおも空中戦艦について熱く語るのであった。

牛尾造兵大尉の電波信管の開発は渡部を強く勇気づけたが、しかし、それは数ヵ月後でなければ手に入らない。それまで何とか基地周辺より前進して敵機を撃墜できないか。

渡部はそれをずっと考えていた。そして風呂に入っている時、当直の人間の懐中電灯を目にして、彼はあるアイデアが閃(ひらめ)いた。

さっそく牛尾造兵大尉に話してみると、彼もしばらく考え込み、そして不可能ではないだろうという結論に達した。渡部にとって、不可能でないなら実行する価値はある。彼はすぐに各方面に働きかけ、ラバウルでほとんど遊兵と化している二式陸上偵察機を手にいれてきた。

細かいことを言えば、これも問題ありの行動ではあるが、何しろ渡部は帝都をB-25の攻撃から守りきった英雄でもあり、ガダルカナル島での奮戦は知らぬ者がない。そういう人物からねじ込まれて、断ることができる人間はいなかった。

こうして整備科の協力と牛尾造兵大尉の指導のもと、本来は複座戦闘機として開発されながら、陸上偵察機として用いられている機体の改造が完成した。

「実戦での試験はどうするんですか」

「俺が操縦する」と渡部。

「部下で実験はできまい。それに、言っては何だが俺はこう見えてもいわゆるテストパイロットって奴なんだ。自分で言うのも何だが、この部隊に俺以上の技量の持ち主はない。俺が飛ばすのが一番生還率が高いんだ」

「でも、この機体、複座機じゃないですか。兵装担当に人間が必要ですよ」

「兵装担当ってなぁ……うちは基本的に局地戦専門の部隊、戦闘機搭乗員はいるが……整備の連中を乗せるか……」

「飛行隊長、あなたが操縦桿を握るのは、あなたが最も操縦技能にすぐれているからですね」

「そうだが」

「なら後部席には私が乗ります」

「何だって、あんた技術士官だろう！」

「ラバウルで私以上にこの噴進弾に精通している人間はおりません。私を乗せることが、一番生還率が高いんです」

「でもねぇ……俺は兵科だけど……」

「そんなことにこだわっていられる戦況じゃないでしょう。私とあなたが乗るか、誰も乗らないか二つに一つです」

「ったく、技術屋ってのは口がうまくていけねぇや」

こうして双発戦闘機の初陣は、渡部の操縦と牛尾の兵装管理という形で行われることとなった。

初陣の日は、それが決められた夜だった。ラバウルの電探が敵重爆らしい編隊を捉えた時、渡部と牛尾は二式陸上偵察機に乗り、すぐさま滑走路を離陸していた。

電探の観測所とは無線でやり取りができるようになっている。何しろ夜間に敵編隊を迎撃に出るのであるから、電探により距離と方位の指示くらい受けなければ、空振りに終わってしまう。局地戦はラバウル上空で待機し、前進するのは渡部機のみ。これなら絶対に同士討ちはない。

「ブインやバラレでなくラバウルとは、ニューギニアからでしょうか」

「おそらくそうでしょう。いや、正直、ブインやバラレを維持し続けるのが得策かどうか。あそこも連日の激戦だし、消耗戦を続けるくらいなら、むしろ基地を引き払い戦線を整理した方がいいのではないかという気もします」

「なるほど」

「ところで牛尾造兵大尉、あなたはどうしてこいつに乗り込んだんですか」

「技術士官が戦闘機に乗ってはおかしいですかね」

「ええ、普通は乗りませんよ。まぁ、操縦員の訓練を受ける時間もないでしょうし、海軍には複座戦闘機がそれほどないこともあるでしょうけど。でも、牛尾さんのように、率先して前線に出るような人は珍しい」

「それを言えば、渡部さんだってそうでしょう。帝都を救った英雄なら、後方で人材育成に専念することだってできたはずです。

まぁ、私に関して言えば、自分の開発したものが本当に設計通りに作動するかどうか、それを確かめるためですね。何がどう悪いのか、設計した人間でなければ、本当のところはわかりません」

「責任ですか」

「責任……そんな大層なものじゃない。まぁ、好奇心でしょう。自分の能力のほどを確認するためのね」

「なるほど。となると、私の責任は重大だな」

「なぜです？」

「あんたはここで死ぬべき人間じゃないからですよ。好奇心か何か知りませんがね、あなたにはあなたの責任があるように、私にも私の責任がある。今夜の場合は、敵機を撃墜し、生還する。それが私の責任ですよ」

「それは違うでしょう」

「何が？」

「撃墜に関しては、こいつを作った私の責任だ」

「なるほど、違いない。……おっ、あれか」

前方に確かに重爆らしいものが飛んでいる。牛尾にはわからないようだが、渡部にはわかった。

彼は一旦そこから旋回すると、あえて高度を下げ、敵重爆が自分の頭上を通過するような位置につく。

「ありがたいことに戦闘機の護衛はない。これから殿(しんがり)につけます。攻撃はそいつで」

「了解」

うすら明るい空を背景に、飛行機型の闇が、渡部らの頭上をゆっくりと通過する。一機、また一機と。彼らは渡部機の存在にはまだ気がついていないようだ。あるいは存在くらいは気がついているかも知れない。それでも動きがないのは、単独で行動するような機体が、自分らの脅威になると考えてもいないためだろう。

「よし、これが殿だ」

渡部機はＢ‐24らしい四発機の編隊の、最後尾にぴったりとつく。最大速力では二式陸偵の方が戦闘機だけあって勝っている。そうして渡部機は後方下から速力をあげ、獲物との相対速度差を最小にする。

「よし、いまだ！」

渡部機の後部から小型のサーチライトが頭上前方のＢ‐24の下腹を照らす。サーチライトは小さなものだが、夜間のこの距離ではかなりの威力がある。

Ｂ‐24も意外な攻撃に反撃しようとするが、それよりも渡部機の攻撃が速かった。機体後部から斜めにセットされた小型の噴進弾が二発、Ｂ‐24に向けて飛んで行く。噴進弾のガスは、胴体下部の開口から抜けるので、機体に変な反動はかからない。

さすがに夜間では噴進弾の光芒（こうぼう）は隠しがたい。だが至近距離からの攻撃にＢ‐24は咄嗟の対応ができないでいた。そして、反射光を関知したのだろう。二発の噴進弾は、ほぼ同時に弾頭が起爆した。一発は胴体を吹き飛ばし、もう一発は翼の付け根を吹き飛ばした。

瞬く間に炎上する機体が、渡部機の前方を落下して行く。彼らはすかさずサーチライトを消し、急速に現場を迂回する。だが、もちろんまだ帰還はしない。しばらく様子をうかがいながら、再び編隊に張りつき、その殿を狙う。狙いを定め、張りつき、光を当て、噴進弾を撃つ。機体から斜め前方に発射される噴進弾は、相対速度差が小さいことと、至近距離であることから、すべてが有効弾となる。

こうして彼らの噴進弾を斜めに装備した二式陸偵は、一晩で二機のB-24を撃墜する。流石にたった一機に二機の爆撃機を撃墜されたため、その編隊は急いで翼を翻す。

ラバウル上空で待機していた戦闘機たちは、結果的に無駄足となった。渡部にとって、そんな無駄足なら大歓迎だった。

基地へ向かう二式陸偵の中で、牛尾造兵大尉は寡黙だった。

「どうしました、大成功だったのに」

「いや、大成功だったからこそ、考えているんです」

「何をですか？」

「いえ、渡部さんの発案ですよ。こういう機体は、こういう噴進弾の運用方法は、他の誰でもない私が考えつくべきものだった。にもかかわらず私には、こうした運用方法は思いつきもしなかった。ただ陸攻に探照灯を載せるようなことしか考えられなかった。それは反省すべき点なんです」

「まぁ、そう悲観しなくても。そもそも噴進弾がなければ、こういう戦闘方法はあり得なかったわけなんですから。単に私は使えるものを戦力化しなければならないことが多かったというだけです」

「それですよ、渡部さん」

「なんです？」

「技術屋は現場を知らねばならないってことです。現場にこそ課題があり、解決のヒントがあるってことです」

第十一章 玉 砕

ムンダ、ガダルカナルの失陥は、この方面における日本海軍の作戦方針に大きな転換を迫っていた。なによりもそれはバラレ、ブインといった航空基地の意味を変えた。

もともとそれらの基地はガダルカナル島を後方から支援する、つまり海軍航空隊基地の縦深（じゅうしん）を深くするという意味があった。あくまでもそれらの基地は、攻勢を目的として建設されたものである。

だがムンダ、ガダルカナルが失われたいま、それらの基地は攻勢拠点としてではなく、ラバウルを防衛するための防衛拠点としての機能が顕著になっていた。

バラレ、ブインなどの基地があるかぎり、少なくともムンダ、ガダルカナル方面からのラバウルに対する奇襲攻撃は不可能だ。この一点だけでも、これらの基地の存在価値は少なくない。

そして、ラバウルの防衛拠点としてのバラレ、ブインの重要性は、ラバウル自身がトラック島に対する防衛拠点であるというその地理的意味合いにあった。バラレ、ブインを失ってしまえば、ドミノ倒しのようにラバウル、トラックを失うことになりかねない。

そして、もう一つ見逃せないこと。それはバラレ、ブインの重要性を日本海軍のみならず連合国軍も認識していたという事実であった。それはこれらの航空基地がガダルカナル島に代わる航空消耗戦の舞台となることを運命づけていた。

「どうにも気に入らんな」

夜、貨物船高丸の防空任務に従事している柴田兵曹は、長年の戦場生活からくる妙な胸騒ぎをおぼえていた。

彼らはいま、ラバウルからバラレに向かう航路上にあった。僚船は第二高丸、そして護衛に当たるのは駆潜艇が一隻。ダンピール海峡近海での高丸やその僚船の働きから、護衛艦艇は一隻で十分と判断された結果だ。

実のところ、ラバウルも駆潜艇などの護衛艦艇はいくらあっても足りないくらいであった。敵潜水艦の活動は、太平洋戦域全般では依然として低調ではあった。南方の資源地帯と日本との輸送にしても、船舶の喪失量は新造量よりも少ないほどだった。むろんその数値には楽観を許さない要素はたぶんにあったのだが……。

そういう中にあって、貨物船の墓場となりつつあったのは、日本からトラック、ラバウルをめぐるルートだった。連合国軍にとっては、こちらのルートのほうが距離的に近いので活動しやすく、なおかつ大漁が期待できたからだ。

連合艦隊司令部が存在するトラック島の鼻先でこうしたことが起きているのであるから、当局も抜本的な対策をすればよさそうなものなのだが、生憎と対潜作戦に関する動きは鈍かった。

わずかな駆潜艇にしても、船団の護衛ではなく、基地の哨戒任務などが中心であった。高丸や第二高丸に曲がりなりにも駆潜艇が一隻ついてきているというだけでも、大変なことだったのである。

「何が気に入らないんで？」

片桐水兵長は、柴田曹長ほど事態を深刻に受け止めていないらしい。

それもわからないではない。過日の対空戦闘での噴進弾による圧倒的な戦果は、ラバウルなどで知らぬ者はいない。海軍の然るべき将校たちでさえ研究にやってきたほどだ。いま高丸には、敵機を恐れないというより侮るような風潮さえないではなかった。

「どうも妙な胸騒ぎがするってことだ。だいたい護衛が一隻ってのはどういうことだ。こっちはバラレにとって大事な物資を輸送している最中だぞ」

「いいじゃないですか、一隻いてくれれば。敵機なら自分で守れるんだし」

「そういつもいつもうまくいくかどうか、俺が懸念してるのは、それだ」

高丸がバラレに向かっているのは、そこが先日、連合国軍の猛爆を受けたためだった。

ブインやブナなど近郊の基地の支援を受け、攻撃は何とか撃退できた。しかし、バラレ基地の機能は滑走路をはじめとして手痛い打撃を受けていた。さらに支援を行ったブインやブナにしても、連合国空軍の別働隊の攻撃を受け、基地機能は低下している。また航空隊にしても、やはり無視できない人的・機材的損失を被っていた。

通常なら輸送機による物資の空輸で急場を凌ぐところだが、滑走路の損害はひどく、しかも不発弾が多数滑走路に存在するため、輸送機の離着陸さえできないのが実情だったのである。

ともかく必要な機材と建設用重機を輸送しなければ、基地機能は復旧しない。バラレが陥落すれば、疲弊しているブナやブインの基地も各個に撃破されてしまう可能性は決して低いものではない。

それほど重要なのにもかかわらず、柴田には高丸や第二高丸に対する護衛が手薄なものに思えて仕方がない。

「敵機なら自分の身を守れると言うがな、敵機だけではあるまい。潜水艦に襲われたらどうする？」

「それこそ安心じゃないですか。駆潜艇は名前の通り潜水艦を駆逐する船でしょう。それにアメリカ人みたいな金持ちの生活をしている国民が、潜水艦のような過酷な環境に耐えられるはずがありませんよ。爆雷の二つ、三つをお見舞いすれば、逃げていくはずですよ」

片桐水兵長の意見は、必ずしも珍しくない。日本海軍では片桐のような意見の持ち主は多い。それにアメリカ海軍が、日本海軍に潜水艦の生活を公開したこともないわけだから、憶測が一人歩きしても不思議はない。

「駆潜艇という……おい、なんだ、あれを見ろ！」

柴田が指差す方向には、二隻の貨物船を置いてどこかへ向かう駆潜艇の姿があった。輪郭が薄ぼんやりするだけだが、艦首波が夜光虫でおぼろげに光る。

「なんでしょう?」

すぐに駆潜艇の方角から何かが光る。軽い爆発音が聞こえた時には、水中で何かが光り、そして水柱があがる。爆雷の爆発音は、それより数秒遅れていた。

「爆雷を投下してますよ」

「敵潜水艦がこの辺りにいるんだ。いわねぇ、こっちゃない」

これで駆潜艇が二隻あれば、チームで連携することも可能だったかもしれないが、一隻ではどうにもならない。貨物船の武装は、対空用の噴進弾だけで対潜作戦の役には立たなかった。

「動いてますよ、班長!」

「当たり前だ」

貨物船高丸は、敵潜水艦の存在に気がついたためか、高丸と第二高丸は互いに潜水艦の攻撃を避けるために乙の字運動を始めた。だが事前の打ち合わせもなく、しかも駆潜艇が別行動をとっているため、それらの動きはばらばらになる。

「探照灯をつけろ!」

柴田は叫ぶ。

「班長、そんなものをつけてどうするんですか！」

「馬鹿野郎！　海面を照らすんだ！」

高丸の船上から探照灯が灯され海面を照らす。それは潜水艦を探すためと言うより、むしろ潜水艦を追い払うための虚勢であったかもしれない。

「右舷に潜望鏡！」

それが探照灯の光芒の中に浮かび上がったのは一瞬だった。一つの潜望鏡が浮かび、そして海面に消える。

「来るぞ！」

柴田が叫ぶ。潜望鏡の位置と距離。それは明らかに高丸を狙っていた。そして最も雷撃に適切な位置だった。柴田には高丸の運命が見えていた。

柴田が叫んだ数秒後、海面に二本の白い航跡が浮かぶ。航跡の先には高丸がある。そして航跡は高丸の座標と一致した。

「来るぞ！」

柴田は再び叫ぶ。もはや魚雷の命中が避けられないのは明らかだ。柴田の部下たちはすぐに柴田の意図を理解する。

——生き残れ。

それが柴田の部下たちに伝えたかったことだった。だが時間的な余裕はあまりない。デリックに吊された救命ボートまで走りつけた人間は少なかった。多くの人間は、それが間に合わないことを悟ると、手近にある浮きになりそうな物にしがみつく。

皮肉なことに、そうした対処に最も出遅れたのは、当の柴田だった。部下の動きと魚雷の動きに注目していたために、全てに出遅れてしまったのだ。指揮官としての部下に対する責任感が、彼から貴重な数秒の時間を奪う。が、その時点において柴田には不思議と悔いはなかった。部下たちはそれなりに対処できていることを確認できていたからだ。

魚雷の動きは追っているつもりだったが、最後の瞬間だけはわからなかった。そして衝撃とともに柴田は海面に放り出される。そこから先、彼の記憶はない。気がついた時、彼は駆潜艇の甲板の上だった。だが最初に目に入ったのは、片桐水兵長だった。

「どうだ?」

片桐は柴田の意図を誤らなかった。

「無事です、班の連中は」

「そうか」

班の連中という言葉から、柴田は高丸とその乗員の運命を知る。いや、知るというのは正しくはない。それはむしろ確認したというべきだろう。

貨物船に魚雷が命中すればどうなるか、子供でもわかる。それが如何に対空戦闘能力に長けた貨物船であろうとも。鷹は空では無敵かも知れないが、海の中では鮫には勝てない。

貨物船高丸と第二高丸は、米潜水艦により撃沈される。駆潜艇と貨物船のわずかな生存者だけが夜のソロモン海のすべてであった。バラレははるかに遠かった。

バラレに対する輸送作戦の失敗は、当初トラック島の連合艦隊司令部では、貨物船二隻の損失という認識で受け取られていた。だがそれによるブイン、ブナ、バラレの航空戦力の低下は翌朝には早くも明らかになる。

バラレの航空基地は相変らず使用できないままであり、ブイン、ブナの航空戦力の増強はなされないままだった。

「まず愁眉の急はバラレの防空体制を何とかして再建することだ。何としてでも、バラレを敵航空部隊の攻撃に対して要塞たらしめなければならぬ。バラレの要塞化こそ、中部太平洋戦域の安全に繋がるのだ」

輸送航空隊の指揮官である河合少将は、ラバウルの司令部において、下士官より上の主だった部下をすべて招集して、そう檄(げき)を飛ばす。それは彼にしては珍しいことであった。

河合はどちらかといえば、抽象論や空論を語るのを好まない人間だった。輸送航空隊という輸送距離と輸送量という戦果が数字で評価される部隊の長として、数字化できない思想に重きを置けないのは、当然のことであったかもしれない。

理想や理念を明らかにすることにまで、河合は無意味だとは思わない。組織が理想を現実化する手段である以上、自分たちが何を目指しているのか知ることは無意味ではないだろう。

しかし、理念の提示と抽象的な空論は別物だとも河合は思っていた。両者の違いは何か？　それは理念の提示が、現実にいまの自分たちが何を為すべきかという具体的な行動指針の提示を伴うのに対して、空論はその指揮官が提示すべき具体的な行動指針が伴われていないか、矛盾している点で異なる。

畢竟、指揮官の抽象論とは逃げである。それは河合が第八艦隊司令部や連合艦隊司令部との折衝で実感したことでもあった。

だがこの時、河合はバラレへの輸送方法を検討するなかで、抽象論の効用を感じていた。もはや自分の能力では如何ともし難い八方ふさがりの時、抽象論はそういう空虚な自分を言葉が埋めてくれる。

ただ河合少将は、自分の中の空虚を、空虚な言葉で埋めても何も変わらないことを認めるだけの誠実さは失っていなかった。だからこんな檄を飛ばす自分に、自己嫌悪を感じてもいた。

「それはバラレに何としてでも例の噴進弾を空輸するということでしょうか」

一人の下士官が、そう発言する。彼は現状の中で少しでも具体的な方法を模索している。河合はその下士官の態度に教えられた。いまの自分に空論を弄する余裕などないのだと。

「どうして噴進弾なのだ？　防空の要は一に局地戦であるとして――その輸送は我々の職域ではないから考えないとして――やはり重要なのは高角砲ではないのか」

一人の主計科士官が疑問を呈する。

「高角砲が最善なのはわかりますが、輸送機で運べるものではありません。砲身や砲架さらには砲弾そのものの輸送が不可欠です。一門の高角砲を戦力化するためには二式輸送機三機が必要ですが、そこまでしても火力は一門しか増えません」

「だから噴進弾を用いれと言うのか。しかし、それにしたところで輸送機が着陸できないという状況が変わるものでもない。輸送機が着陸できなければ、噴進弾にせよ高角砲にせよ戦力化できない点では変わるまい」

「着陸しなければどうですか？」

「着陸しないとはどういうことだ？　二式飛行艇で海上に着水しようというのか」

河合司令官は、その下士官が何を語ろうとしているのかわからなかった。ただ彼の意見に自分が見落としている何かがあるような予感があった。

「バラレにとって必要なのは、輸送機ではなくそれが運ぶ物資です。ならばバラレ上空から物資を投下すれば、輸送機が着陸する必要はありません」

その場の全員が、その下士官の意見を自分の中で咀嚼(そしゃく)していた。それはあまりにも単純な意見ではあったが、確かに物資をバラレに送るという目的を達成することができる案ではあった。

そこにいた人間たちが沈黙していたのは、とりもなおさず、そんな簡単な方法をここにいる誰もが気がつかなかったという信じられない想いと、単純なるが故に、本当にそれが可能かどうか確信できなかったためである。

「空中投下というからには落下傘で投下するのだと思うが、人間ならともかく、噴進弾を安全な速度で落下させることが可能か？　実用的な速度で投下するには、かなり巨大な落下傘が必要ではないか？」

先ほどの主計科士官がたたみ込むように異議を唱える。それは彼自身が、その単純さが信じられないためであった。

「巨大な落下傘など必要ありません」

「必要ない、何故だ？」

「我々が投下しようとしているものが何であるか、お忘れですか？」

バラレの将兵にとって、その輸送機による補給作戦は印象的なものとなった。補給についての打ち合わせは何回か行われ、月夜が選ばれた。将兵たちは、投下場所の飛行場に誘導灯を点け、輸送機の到来を待った。

夜間が選ばれたのは、敵機の攻撃を警戒してと、この方が物資の回収が楽であると判断されたためである。

「そろそろだ」

バラレの将兵は時計を眺め、夜空へと耳を澄ます。彼らのもとに現れる輸送機は、総勢一〇機と言われていた。

「聞こえるぞ！」

「輸送機だ！」

輸送機の低いプロペラ音。それは彼らが祖国に見捨てられていないことの証明でもあった。

夜空に輸送機の翼端灯が見える。輸送機は一機一機が直線上に並んでいる。やがて先頭機から何かが伸びる。小さな落下傘が牽引索を格納庫から引き出し、それが主傘を引き出す。主傘は十分に展開すると、格納庫から物資を梱包した箱を引き出した。箱は一機につき三個。下で見ている人間には次々と三個の箱が落下傘で投下されるように見えた。

一機が投下を完了する頃、次の一機がバラレの滑走路上空に到達する。そしてその頃には、最初の梱包は地面まで急激に降下していた。

「いかん、速すぎる！」

多少なりとも落下傘についての知識のある将兵には、その梱包はあまりにも危険な速度で地面へと激突しそうに思われた。だが次の瞬間、状況は変わる。

「燃えた！」

「違う、飛んでるんだ！」

それはバラレの将兵もはじめて見る光景だった。落下傘が燃える。だがそれは正しくない。落下傘に取りつけられていた弾頭のない噴進弾が何本か、一斉に点火したためだ。

落下中の梱包は、それで浮かぶことはなかったが、しかし、急激な落下速度の多くをその噴射によりキャンセルすることには成功していた。

そしてありがたいことに、噴進弾の噴射炎は、梱包がどこに落下したのか、下にいる将兵にはっきりと示していた。

「急げ、荷物に延焼したら洒落にならんぞ！」

待機していた将兵たちは、噴進弾で火傷を負う者は何人かいたものの、何とか物資の延焼を招くこともなく、ほぼ完璧に投下された物資を回収していた。

地上設置型の光信管を装備した噴進弾発射機と探照灯は、こうしてバラレの航空基地へと運ばれた。

バラレに運ばれた噴進弾発射筒は一〇基。それらは輸送作戦が行われたその日のうちに組み立てられ、稼働状態まで持ち込むことに成功していた。

米軍の攻撃はその夜に行われる。爆撃機を含むそれは、最近の基準では比較的小規模なものであった。そして戦闘機の護衛を伴っていなかった。おそらくはバラレの基地機能の喪失からそう判断したらしい。だがそれは、彼らに致命的な結果をもたらすこととなる。

米軍側の攻撃は、この方面の日本海軍航空隊の戦力が低調なこともあり、比較的パターン化していた。進行方向と離脱方向がほぼ決まっていたのである。

そこでバラレの将兵は、噴進弾をその進入路と脱出路にも配備し、深い縦深をもった防空陣地を築いていた。もともと貨物船にも搭載できるように作られた装置であるから陣地の構築は比較的容易である。

米軍の攻撃部隊は、まさにこの防空陣地に真正面から突っ込んできた。迎撃のための局地戦闘機も現れない夜間爆撃ということで、彼らは低空を飛んできた。

その爆撃機に次々と探照灯が照射される。そして探照灯が照射された機体には、地面から光の矢が突き刺さるように噴進弾が飛翔し、爆撃機の至近距離で次々と弾頭が起爆する。

弾頭の起爆は、多くは機体の炎上の先触れとなった。どの爆撃機も滑走路に爆弾を投下する前に噴進弾の洗礼を受ける。運の悪い爆撃機は、爆弾槽に噴進弾が飛び込み、爆弾を誘爆させた。

撃墜率は驚異的だったが、地上も無事で済まなかった。巨大な四発の爆撃機が次々と上から降ってくる。幾つかの機体は爆弾を抱えたままだ。基地の損害はなかったものの、防空陣地の将兵の一部は、上から降ってくる金属の塊を避けなければならなかった。しかし、それとてある意味、贅沢な悩みであっただろう。

バラレの将兵は、自分たちが敵機に対して強力な武器を手に入れたことを確信した。米軍も大規模な損害を破った場合はしばらくは活動も大人しい。

「この機会に滑走路の復旧を急げ。滑走路さえ復旧すれば、ムンダの奪還さえ不可能じゃないぞ」

バラレの将兵は、そう口々に語り合う。

――一刻も早く滑走路を！

もはや設営隊も航空隊もなければ、将校も兵卒の違いもない。搭乗員が地面を均し、司令部要員が伐採の組に加わることは、当然のことだと思われていた。

ただ滑走路の復旧は将兵の意欲とは裏腹に、それほど順調ではなかった。人間の熱意は重要だが、熱意だけでは事は進まない。ブルドーザーのない中で、ツルハシやモッコで可能な作業量は知れていた。

バラレの将兵は、噴進弾を駆使し基地を守り抜いていた。だがそうして稼いだ時間を、彼らはすぐには戦力に結びつけられないでいた。遅々として進まぬ復旧工事に、さすがのバラレ基地にも焦りの色が見え始める。そして、運命の夜が来た。

その時、バラレ基地の司令官は前田大佐であった。前任者の戦死により、副官であった彼に司令官の職に就くよう辞令が出たためだ。海軍航空隊の場合、大佐でも司令官になることはできる。というか、海軍航空隊司令官とは少将もしくは大佐の職であるというのが正しい。

もっとも前田大佐も航空隊司令官としての仕事はまったくと言ってよいほど行っていなかった。行うもなにも、バラレ基地は前任者が戦死した攻撃により、基地機能を失っていた。

彼が司令官として行っているのは、航空隊というより設営隊の仕事であった。基地を復旧する。それこそが彼の仕事なのである。

「司令官、ブインより入電。電探が敵戦爆連合の接近を捕捉したそうです」

通信科の伝令が、彼にそう報告する。通信施設と電話が通じないという一点だけで、バラレの惨状はわかる。また前田も積極的に電話を走らせようとは思っていない。過去の経験から、電話より伝令の方が確実という局面が幾つもあったことと、電話よりも先に復旧すべき施設も多かったためだ。

その最たるものが通信施設だろう。以前は基地の通信所は一カ所だけだった。そうそう通信所に爆弾が命中することはないし、こちらが攻勢に出ている間は、基地施設の防備にそれほど神経質になることもなかったからだ。

だが連合軍の航空攻撃が急激に激しくなってくると、基地施設の防備は真剣な課題となっていた。通信施設も現在は二つある。送信所と受信所でそれぞれに主送信機と主受信機が置かれている。そしてそこに副受信機と副送信機も併設されていた。どちらかが破壊されても基地の通信機能を維持するためだ。これは運用面では効率の低下は避けられなかったが、生存性は確保できる。

じっさいバラレは送信所が破壊されており、現在は受信所の主受信機・副送信機だけが頼りであった。通信装置くらいなら輸送機でも運べるのではあるが、こちらは本国で生産が間に合わないため、バラレには運ばれてはいない。

「それで、バラレに到達するのはいつだ？」

「遅くとも三〇分後です」

「ブインからは？」

「迎撃部隊がすでに出動しています」

「そうか」

前田はすぐに基地に警戒警報を出させる。サイレンの音と共に、部下たちのある者は噴進弾の発射準備をなし、ある者は避難所に退避する。じっさい退避する人間の方が多い。攻撃中は滑走路の補修などできないし、また敵に基地機能の復旧程度を教えるわけにはいかない。いましばらくは敵の前から姿を隠すことも必要だった。

前田司令官の数少ない機能する電話は、噴進弾の発射陣地と見張所にのみ繋がっていた。敵襲があれば、どちらかから必ず報告がある。

「空戦が始まりました」

見張所からの電話だった。前田はその報告をやりきれない思いで受けている。自分たちの基地に戦闘能力がないばかりに、隣接する基地航空隊の将兵が闘うことになる。もとより方面の航空戦力をそうした形で互いに支援し合う目的で建設された航空基地群とはいえ、やはり自分たちのために他人が闘っているという思いは消えない。

不思議なことに空戦が始まったにもかかわらず、噴進弾の発射所からの通報がない。つまり敵航空隊はバラレに侵入しようとしていない。

「ブインの連中が勝ってるんだ」

司令部内では、幕僚たちがそんな会話を小声で交す。だが前田は何か妙なものを感じていた。

友軍部隊が優勢でも、いままでなら一機や二機の爆撃機は、攻撃を試みたものだった。それが今日はない。かなりの数の敵部隊にもかかわらず、何も来ない。

それに正直なところ、前田はいまの友軍部隊が数に勝る敵航空隊を圧倒するということも俄には信じがたかった。ブインの航空隊も連日の戦闘でかなり疲弊している。戦線を維持することはできるとは思うが、敵を圧倒できるだけの実力があるとは思えなかった。むろんそれを口に出しはしなかったが。

なんら情報の入らない一時間が経過する。見張所も空戦があったという以上の情報を持っていない。戦闘そのものは終わったらしいが、勝敗は不明だ。ただ撃墜された機体は敵味方不明ながらいつもより多かったらしい。

その情報途絶の間に何があったのか。それを前田にもたらしたのは、やはり通信科の伝令だった。

「ブインが敵襲を受けました！」

「ブインだと⁉」

それはまったく予想していない展開だった。後の証言などをまとめると、この夜に行われた戦闘のあらましがあきらかになる。

まずブインの電探が察知した航空隊はムンダやガダルカナルからの航空隊ではなかった。方角は同じであったが、空母部隊の艦載機であったらしい。

しかも、この艦載機は爆撃機の類いは一機も搭載せず、すべて戦闘機で編成されていると思われた。迎撃に当たった局地戦部隊は単純に機数にして四倍から五倍の戦闘機を相手に闘う結果となった。しかもブインの戦闘機隊は空母の電探により捕捉され、待ち伏せされていたという。

ブインの迎撃部隊も強襲は覚悟していたが、自分たちが奇襲を受ける結果になろうとは予想もしていなかったらしい。しかもブインの戦闘機隊は、基地の電探の支援を受けることはなかったのに対して、奇襲する側は空母から適切な電探の支援を受けていたらしい。ブインの戦闘機隊は、数と支援体制に勝る米空母航空隊により、致命傷とも言えるほどの損害を被ることとなった。

そして、攻撃はこれだけではなかった。結果において、この空母部隊によるバラレ攻撃は陽動作戦であった。ブインの航空機がバラレに吸収されている間に、戦艦を中核とする別働隊がブインに接近。一時間以上にわたり艦砲射撃を加えていったのだという。

どうやら連合国軍は、日本海軍航空隊の弱点はその基地設営能力にあると結論したようだった。正面から航空戦を挑んで戦力を撃破するのではなく、基地を破壊し、その機能を喪失させることで航空戦力を粉砕するという戦術に切り替えたのだ。たしかに連日の防空戦闘の勝利にもかかわらず、基地機能の復旧が遅々として進まないバラレ基地を見れば、そうした戦術の妥当性もわかる。

ブインの戦闘機部隊は、敵空母部隊の奇襲で大打撃を受けただけでなく、基地を破壊されたことで、残存機もみすみす破壊されることとなった。航空戦による生存者の多くが、破壊された滑走路に無理な着陸を試み、それにより命を失った。奇跡的に着陸を成功させた搭乗員は、五本の指で数えられるほどだったという。

「どうする……」

前田大佐にはこの夜、自分たちの身の上に何が生じたかが恐怖と共にわかってきた。ガダルカナル、ムンダが失われ、いまバラレとブインが基地機能を喪失した。

ブカの航空兵力は十分ではなく、実質的にこの方面にはラバウル以外の航空基地はないに等しい。この状況下では、米軍がブインやバラレのいずれか、あるいは同時に上陸を敢行することは十二分に考えられる。だとすれば、我々はどうすべきか？

「この基地に水上機はあったか」

「三座の偵察機が一機、あったはずですが、何か？」

「至急、適切な人選を行う必要がある。ブインとラバウルに人を送る」

「何を話し合われるのですか？」

「防衛のための作戦に決まっとる！」

ラバウルの河合司令官の指揮下のもとに三式輸送機が配備されたのは、バラレとブインが敵戦艦・空母の機動部隊に叩かれ、基地機能を失った数日後だった。三式輸送機は二式輸送機の拡大改良型で四門の動力銃座がある他、積載量も大きかったが、最大の特徴は六発機であることだった。河合少将が航空機輸送能力の拡充を期待して、本国に再三要求していた機体がこれだった。

もっとも要求した機体は六機だったのに対して、配備されたのは四機。残りの二機は、よくわからないが本国で何かに改造されているらしい。どんな改造かまでは河合も知らなかったが、わずかばかりの改造で実戦配備を遅らせるくらいなら、多少の不都合があってもいいから、配備数を増やして欲しかった。

ただ河合少将を含め、輸送航空隊の面々はこの三式輸送機の配備を喜んでいる余裕はあまりなかった。輸送機は絶対的に不足している。新兵器の投入に感動する暇があったら、それを即戦力にすることを考えねばならない。

「やはり建設重機の空中投下は駄目か？」

河合司令官の質問に対して、担当の技官は残念そうに首を振る。

「本邦の建設重機は、残念ながら欧米のそれと比較して耐久性がありません。空中投下の衝撃に耐えることは無理でしょう。あるいは陸軍の機材なら可能かも知れませんが、我々には入手方法がありません」

「占領地からの鹵獲品は？」

「ありません。すべて前線に輸送されました。そうした島々が激戦地となったのです」

建設重機は日本で最も機械化の遅れた分野であった。ただこれは日本の機械技術が劣っていたためでは必ずしもない。じじつ陸軍用の工兵機材の中には、数はともかく性能面で欧米に伍する機械は幾つか作られている。

建設重機が日本で遅れていたのは、一言でいえば技術よりも行政の遅れに原因があった。公的な土木工事を失業者救済に利用したために、土木工事での生産性をあげる建設重機の導入はタブーとなっていたためである。何しろ帝都東京にさえ、パワーシャベルが一基しかないような状況では、産業として建設重機を生産するなど考えられない。

この公共事業が失業対策という構図は、国の失業対策を地方の公共事業費で行わせるという構造を有していたため、国は金を出さず、地方は金が出せないために、建設重機を導入するには悪い条件しかなかった。

しかも失業対策であるから、経験を積んだ土木作業員を維持することも制度的に不可能だった。失業者に均等に就労機会を与えるという建前のために、土木工事の熟練者は養成されることはなく、工事をやったことがあるというだけの半人前以下の人材を量産するに終わっていた。

海軍でもブルドーザーなどの必要性は感じ始めていたが、開発可能な企業はすべて陸軍に押さえられていた。そして海軍でそうした物を開発できそうな工場は、すでに仕事が一杯で建設重機開発などできるものではなかった。

それはそうだろう。軍艦の部品を製造している工場が、「建設重機開発で人手と設備をとられてしまいまして」などと言って部品の納期を遅らせたら、海軍の然るべき人々からどんな報復を受けるかわかったものじゃない。

それでも海軍が小松にブルドーザー開発を命じたのが、陸軍に遅れること二年で昭和一七年一二月。それらが戦場に現れるのは、なお遠い。

「部品で投下はできないのか」

「それも検討しましたが、最初からそのように設計されているならともかく、そうしたことをまったく想定していない機械では、部品に分解するというのは現実的ではありません。かなり整った施設がなければ組み立ては無理でしょう。

最大の問題は、分解してしまうと容積が増えてしまうことです。三式輸送機でも二機は必要でしょう。重機一機運ぶだけで」

「どうしても重機は着陸するか、船舶でしか運べないというのか」

「そうなります」

河合が悩んでいるのは、基地設営能力の問題だった。滑走路さえ使えるならば、輸送機が着陸できる。船舶ほどではないにせよ、部隊を維持するのに必要な物資を迅速に輸送することが可能となる。それがいま、ブインやバラレといった基地では不可能だった。

もちろん物資の空中投下という方法は、一時の状況をかなり改善してはくれた。だがそれは改善であって解決ではない。投下できないが重要な物資も、戦場では少なくなかったのである。

「ならばいままで通り、噴進弾を空輸し、敵の侵攻を阻止しつつ、滑走路の復旧を待つしかないというのか」

「そうなります」

河合は、もはや何も言わなかった。

「せめて戦線の整理が可能であったならばな……」

じつはバラレの前田司令官から、ある提案が為されていた。バラレの基地を放棄し、大発でバラレの将兵をブインへ移動させる。簡単ではないだろうが、夜間に行えば将兵の移動は可能だ。

そうして二つの基地の人員を動員すれば、輸送機か戦闘機が離発着する程度の復旧は可能だろう。輸送機が建設重機を輸送すれば、基地の復旧はかなり現実的となる。ブインの航空基地をこうして早急に復旧できたとすれば、敵がバラレの占領を計画しているとしても、日本海軍の制空権下で上陸作戦を行わねばならない。

このことは敵軍に大打撃を与えることにも繋がるであろうし、ブインの復旧が敵に上陸作戦そのものを諦めさせるだろう。そうしてブインの制空権下のもとで、バラレの復旧を行う。それが前田案であった。

河合司令官などにとっては、この構想は理にかなったものと思われた。が、生憎と彼は作戦計画の立案に呼ばれることはなかった。

作戦参謀などにしてみれば、形而上的に均整のとれた美しい自分たちの作戦案を、河合によってたかが物量という形而下の汚い話で汚されるのを嫌ったらしい。だから彼が前田案を知ったのは、すべてが終わってからのことである。

結果的に前田案は否定された。大発の都合がつかないとか、指揮系統の混乱など幾つかの理由が唱えられたが、最大の問題は、一時的にしろバラレを放棄するというその一点に尽きた。

ガダルカナル島を撤退し、ムンダを奪われているいま、ここでバラレを放棄するということは、部隊の士気にかかわるという意見が強かったためだ。

問題は軍事戦術の形をとりながら、じつは責任問題であることが話を複雑にした。

誰のせいでバラレは放棄されるのか？　理由はどうあれ、部隊が基地を放棄するという事実に変わりはなく、それに対する責任問題が生じる。ようするに作戦指導の失敗を認めるかどうか、問題はそこにある。そして艦隊司令部はそうした事実を認めたがらなかった。

交渉がうまくいかなかった理由の一つは、前田大佐がバラレを動かず、名代（みょうだい）を立てたことにもあった。どうしてこうした重要な作戦案の説明に、前田大佐自身が現れないのか！　そんな言いがかりめいた非難をする海軍将校もいる。

代理では前田案が従来にない発想の作戦だけに説得力に欠いた。もっとも仮に前田本人が説明に出たとすれば、バラレを離れた責任を追及されるのだろうが。

結局、バラレ、ブインは手持ちの戦力で防備を固め、敵の上陸を阻止しつつ、滑走路の復旧に務めることという方針に会議は落ち着いた。

投下された物資の内容を主計科の士官から聞いて、前田司令官はそれを何かたちの悪い冗談か何かかと最初思った。空中投下された物資の中に、大量のツルハシとスコップがあったというのである。それが滑走路を復旧しろという意味なのか、陣地構築をやれという意味なのかはわからない。

だがいずれにせよ、ツルハシやスコップだけでは何も解決しないのだ。滑走路建設を急がせるなら、分解してでも建設機械を送るべきであり、陣地構築をさせたいのであれば、機関銃の一つも輸送すべきだろう。

「まさか、これで白兵戦を行えと言うつもりじゃないだろうな」

前田大佐は、ふと笑い出したい衝動に駆られたが、笑えない状況であることは言うまでもなかった。

すでに前田は滑走路の復旧ではなく、部下たちに海岸線などの陣地構築を行わせていた。人力での作業量には限界があり、二兎を追えない以上、陣地か滑走路のどちらかを捨てねばならない。いまの自分たちの置かれている状況では、陣地を優先するよりなかった。

とは言え、事は簡単ではない。鉄もコンクリートも不足している。それに船舶ならまだしも、輸送機では運べる鉄材やコンクリートにはかぎりがある。一回だけ貨物船が一隻、必要物資を搭載してバラレに向かったものの、米海軍の潜水艦に襲撃されたのか、突如として一切の通信を絶っていた。どこで沈められたのかさえわからない。

航空基地であるため、防備はかなりアンバランスだった。魚雷や爆弾はあるが、大砲は高角砲が何門かあるだけだ。上陸可能な海岸線には、航空用の爆弾や魚雷が埋められていた。地雷として用いるためである。航空魚雷を地雷として用いるなど、無駄遣いも甚だしい。が、航空機がない以上、他に方法はない。

そして高角砲などを除くと、航空機搭載用の二〇ミリ機銃や七・七ミリ機銃程度の火器しかない。小銃は意外に少なかった。あとは空き缶にダイナマイトを詰め込んだような手製爆弾があるだけだ。

そうした中で、前田が期待していたのは噴進弾だった。噴進弾により敵の上陸用舟艇を確実に撃破できるなら、敵の上陸は阻止できる。水際で撃退できるなら、バラレは死守できる。つまり上陸を一旦許してしまえば、バラレを維持するのは難しい。

高速の航空機を撃破できる噴進弾であれば、上陸用舟艇を撃破するのは難しくあるまい。噴進弾の数にも限界はあるが、少なくとも考えられる上陸用舟艇の数よりは多いはずだった。

はたして前田司令官の判断が正しいのかどうか。それを確かめる場面はすぐに訪れた。ラバウルの航空哨戒の根本的な欠陥は改善されていなかったのか、上陸部隊はバラレに夜、現れた。

「夜間なら噴進弾にとって好都合だ」

海岸線で待機するバラレの将兵は、塹壕や陣地の中でそう思った。だが敵部隊は素直に上陸はしなかった。

バラレの戦力を舐めているのか、それとも他に理由があるのか。上陸部隊の船舶は高速艦だけで揃えたらしく、重巡洋艦の艦砲射撃がバラレの海岸に向け行われた。戦艦と重巡洋艦では単純計算でも八倍近い威力の違いがある。しかし、だから重巡洋艦の砲撃が激しくないかと言えば、そんなことは決してなかった。陸軍の基準なら二〇センチ砲と言えば、要塞に装備されてもおかしくない火力なのである。

そして、戦艦より巡洋艦の方が数は多い。砲撃は切れ目なく続けられた。それは戦艦による艦砲射撃とは違った形の激しさがあった。

バラレの守備隊が、砲撃による大音響を感じていた時間は短かった。波状攻撃ともいえる砲撃のため、彼の耳はすでに砲声に対して麻痺していた。それでも砲撃を感じることができたのは、砲弾が炸裂する衝撃波の圧力と熱、そして地面の振動によってである。運の悪い人間は、さらに飛び散った砲弾の金属片が己れの肉体を切り裂くことで、砲撃の存在を知る。多くは死の瞬間に。

幾つかの砲弾は、海岸線に敷設していた爆弾や魚雷を誘爆させる。吹き飛ばされた魚雷が、全体を露出し、意味もなく海岸でスクリューを回転させる。それは別の爆風で海岸に投げ出され、そしてやっと本来の魚雷としての機能を得ながら、岩礁に衝突し、それを破壊した。

守備隊の人間たちにとって、砲撃で地雷として埋めた爆弾が誘爆する姿は、正視できるものではなかった。爆弾の一つ一つを海岸に運び、ろくな道具もない中で敷設する作業は苦労という言葉だけではとても語り尽くせない。そうした作業の成果を重巡の砲弾は、情け容赦なく掘り起こして行く。

激しい砲撃は、バラレの将兵にも容赦なく襲い掛かる。もとより砲弾は人を殺すための道具。道具は正確に、その役割を果たしていった。にもかかわらず、バラレの少なくない将兵が塹壕や掩体の中で生きていた。防衛のために仕掛けや機械はかなりの被害を被ってはいたが、それでもなお守備隊の人間は生きている。

砲撃が止んだ。バラレの将兵は、音ではもはやそれを感じられなくなっていたが、衝撃波や振動が止んだことで砲撃の終了を知った。

すぐさま掩体の奥や塹壕で噴進弾の発射筒や機銃、小銃、そして機能している高角砲が反撃の準備にかかる。艦砲射撃により周囲は炎が点在していた。そんな海岸を上陸用舟艇の群れが迫ってくる。

探照灯が一斉に点灯したのは、小型の戦車揚陸艇が最初の防衛線に到達した時だった。そこで舟艇を擱座させれば、後続部隊の前進に大きな支障が生じる。

機動艇や舟艇は自分たちに探照灯が向けられることそのものには、あまり驚かなかった。自分らは攻撃されるだろうし、攻撃するために相手を光で浮かび上がらせるというのは不思議なことではない。

不思議なのは、むしろ光の矢のようなものが海岸から放たれ、それが自分たちに向かってきたことだろう。ある者はその光景に冷静さを失ったが、一部の将兵は、それがロケット弾であり、自分たちの近くに落下しても命中しないであろうことを読み取っていた。だが自分たちの上空をロケット弾が通過した時、上空でそれは爆発した。

舟艇には確かにそれなりの装甲も施されているが、上空はまったくの無防備だ。そんな状態で生身の兵士が乗る舟艇の直上で一二センチクラスの砲弾が起爆すれば、ただですむはずがない。

舟艇は前と言わず後ろと言わず、すべてに夥しい金属片が降り注ぐ。それは兵員を即死させ、さらに爆発で飛散した推進剤が炎となって、舟艇を包む。

ほぼ全員が瞬時に戦闘力を失い、誰も操縦していない舟艇はそのまま大きく針路をそれ、僚艦と衝突し、それ自身も大きな犠牲を出した。

バラレの海岸手前の海上は、こうした噴進弾による攻撃のため、大混乱となっていた。確かに敵上陸部隊の前衛は噴進弾により翻弄されつつある。

「このまま帰ってくれ！」

前田司令官は海岸線の奮戦を見ながら、そうつぶやいていた。海面は明るくなっている。炎上しながら浮いている舟艇があるからだ。その海面には舟艇から放り出された将兵の姿もある。

一本の丸太を奪い合い、殺し合う将兵もいれば、戦友のためにあえてそれを譲る人間もいる。どちらも人間であり、たぶんそれが日本人でも同じ情景は繰り返されただろう。何人かは助け合いながら、まとまろうとしていた。だが十人ほどのそうした将兵は、海岸線からの機銃掃射により海面から一掃された。

前田は自分の部下ながら、その機銃掃射を行った人間を憎いとさえ思った。だが自分たちの立場を考えるなら、それは必要なことだった。いまの前田は、その機銃掃射の相手を称えるべき立場にいた。

上陸用舟艇は次々と噴進弾により撃破される。破壊された前衛部隊の残骸が後続の障害となり、それが被害を拡大する。

だが海兵隊は上陸を諦める素振りさえ見せていない。後続の舟艇は、前衛の残骸を乗り越えそうな勢いで進む。

そして彼らは一方的にやられるだけではなかった。舟艇群の中の火力支援艇が、探照灯に向けて砲撃を始める。彼らが噴進弾のシステムを理解しているかどうかは不明だが、夜間に目立つ探照灯は敵の集中砲火を浴びるのは必然でもある。

探照灯の周辺には、すでに少なくない人間が倒れていた。一人が倒れると、次がそれを引き継ぐ。だがそうした連携にも限界があった。

一つ、また一つと探照灯が沈黙すると、噴進弾の威力も急激に低下する。噴進弾は光信管が使えず、予備の時計信管だけで起爆しなければならない。それは確かに相手にダメージを与えてはいたものの、先ほどの攻撃とはすでに比べようもなかった。

そして、ついに探照灯がすべて沈黙する。

噴進弾の発射筒は後方に下がり、海岸に上陸してきた海兵隊員のただ中に、噴進弾は一斉に撃ち込まれた。それは後の世の海兵隊員に語り伝えられるほどの恐怖を彼らにもたらした。

だがそれが噴進弾のすべてであった。塹壕の中に立て籠もりながら、機関銃や小銃が敵兵を狙う。戦線の幾つかは明らかに白兵戦を演じることとなる。だが白兵戦ではバラレの将兵は圧倒的に不利だった。彼らには、全員に行き渡るだけの小銃も機関銃もないからだ。

一部の人間はダイナマイトを投げつけ応戦し、そして殺された。闇に潜み、ツルハシを相手の胸に叩き込み、小銃を奪って闘おうとした人間もいた。成功する者もいたが、多くは失敗した。素手と小銃では分が悪すぎた。

海岸線の防衛線が突破された時点で、前田司令官はすべてを諦めた。彼はただ、米軍がバラレを戦力化することを遅らせることだけを考えていた。彼は基地の主要な施設を爆破し、滑走路を残された爆薬で破壊する。

最後に破壊したのは予備の通信装置であった。それを拳銃で撃ち抜く前、彼は米海兵隊員の上陸方法や装備、兵員の練度など、彼が理解した範囲の情報を送り、自らは玉砕することだけを告げた。

海軍バラレ航空隊基地は、この夜、玉砕した。

第十二章　ラバウル航空戦

昭和一八年三月。ラバウルを中心とした航空戦力の状況には厳しいものがあった。

バラレの陥落は、ブインの陥落を意味した。じじつラバウルからバラレの海兵隊を攻撃しようとして零戦隊は、近海にいた空母部隊により待ち伏せされ、手痛い打撃を受けていた。航空機の性能もさることながら、熟練搭乗員の不足が、ここにきて大きな問題となっていた。

最大の失敗は、経験の浅い非熟練搭乗員たちがバラレの米軍基地を攻撃した時、その戦果確認が実際の損害と著しく食い違っていたことだ。

むろん彼らが嘘をついたわけではない。ただ彼らの技量では、正確な戦果確認ができなかったということだ。だが司令部は、この未熟な戦果確認を信じてしまう。

こうして第二水雷戦隊と第六戦隊に守られた部隊が、陸戦隊をバラレに逆上陸させる作戦が急遽実行されてしまう。

その時は、誰もが時間が勝負だと思っていた。このため多少の準備不足は看過できるものと判断していた。敵が壊滅的な打撃を受けたいまこそ、攻撃すべき。その判断は、必ずしも間違っていなかっただろう。戦果確認が正確だったらという条件さえ成り立っていたならば。

結果は凄惨なものだった。戦隊と船団がショートランド島に接近するより前から、部隊はバラレの航空隊の執拗（しつよう）な攻撃を受けることになる。第二水雷戦隊、第六戦隊に喪失艦が出たことも大きかったが、陸戦隊を乗せた貨物船が沈没したことは関係者に大きなショックを与える。

バラレ奪還作戦は中止されたが、その間隙（かんげき）を縫ってブインに米海兵隊が上陸する。ブインもその日のうちに攻略され、いまや南東方面における日本海軍航空隊の基地は、ラバウルだけと言ってよかった。

この状況下に流石の連合艦隊司令部も作戦方針を根本から改めた。それまで彼らはあくまでも攻勢計画を考えていた。だが、もはやそんなことは言っていられない。ラバウルをここで失えば、トラック島が直接の危険にさらされる。トラック島を守るため、ラバウルは死守しなければならなかった。

だが連合艦隊司令部の情報参謀らは、通信傍受などから連合軍の大攻勢が近いことを察していた。迷うことはない。彼らの目的地はラバウルだ。

敵の攻勢が迫っているというまさにその時期。河合司令官の航空輸送隊は、いままでになく円滑に動いていた。もっとも円滑に動く理由というのは、日本からトラック島経由でラバウルに物資を運ぶだけでよかったからだ。他の基地を失ったために輸送機に余裕ができ、機体や人材のローテーションが楽になったことが理由である。

正直、河合司令官は現状こそが日本の国力に見合った戦線ではないのかとさえ考えていた。

じっさい補給が円滑なために、ラバウルの基地機能は急激に改善されている。消耗部品も円滑なので、機体の稼働率も上がる。滑走路の舗装のための機材や機械も運べたため、以前のように天候で航空隊の運用が左右されることもなくなった。

また水上機などを除いて、航空隊を展開していない小規模な基地に優先的に電探を配備した結果、ラバウルに関しては航空機による奇襲は不可能になり、なおかつニューギニアからソロモン方面の領域をカバーすることに成功していた。基地を次々に失ったが、それによりラバウルの防備は堅いものとなりつつあった。

そんな時に、それはやってきた。

「こいつか、輸送機を二機も喰ったのは」

河合司令官は、トラック島から飛んできたばかりの二機の大型機を前に、そうつぶやく。

目の前の空中戦艦が、どこまで有効なのか河合には疑問だった。そんなことより、この機体を素直に輸送機にしてくれた方が、よほど有効な戦力になる。じっさいそうだ。空荷のこの機体は、いまトラック島から航空機用の部品を輸送してきたのだ。

その作業だけなら河合もこんな所には来ない。彼がやってきたのは、言うまでもなくこの空中戦艦を輸送機に改造する算段をするためだ。こいつが役に立たないことがはっきりしたら、自分のところで引き取ろう。そのためには、内部の構造などを見ておこうという計算だ。

「輸送隊司令官、ここで何をなさっているんですか」

彼を呼び止めたのは、渡部少佐。詳しいことは知らないが、かつて帝都上空で敵のB‐25を一人で撃墜したとかいう英雄だ。そしていま局地戦部隊の指揮官でもある。ラバウル防衛の要をこの男が握っている。

「いや、隊長、この空中戦艦というのがどの程度使えるか、確認しようと思ってね」

まぁ、とりあえず嘘は言っていない。

「そうですか、輸送隊司令官もこいつにラバウル防衛を期待しているのですね」

いや、そんなことは微塵もないのですが……とは言わないのは、河合が大人だったから。どうやら英雄の渡部氏はこの空中戦艦にかなり期待しているらしい。

「まぁ、新兵器ということしか私にはわからんがね」

「こいつはですね、我が部隊の先鋒となる機体です」

「ほう、局地戦部隊の先鋒ですか」

あぁ、迂闊なこと言わなくて良かった。

「はい。こいつが山のように噴進弾を抱えて、敵編隊のただ中に叩き込みます」

噴進弾という一言で、河合の空中戦艦に対する見方は修正された。それが最前線で少なくない戦果をあげたという話は、河合もまた耳にしている。ただ基本的に河合は後方の人なので耳にはしても目にはしてないのである。

「可能なら、もう何機かこいつが欲しいところです」

河合には渡部のその気持ちはわかったが、おそらくそれは叶わないだろうと思った。渡部は基本的に前線の人なので、噴進弾の使い道だけを考えればいい。だが河合は後方の人なので、生産現場のことも耳にするし、一部は目にもしている。

噴進弾は運用さえ間違わなければ、その目的に関しては画期的な性能の兵器であると共に、構造が簡単というメリットがある。火砲のように高度な技術を要する砲身もいらないし、複雑な構造の砲架も不要だ。

だが同時に噴進弾は通常の火砲に比べ、数倍の火薬を消費する。そして化学工業が他の重工業に比べて欧米に遅れ、資源も少ない日本では、火薬の消費量の増大というのはかなり深刻な問題だった。何しろ材料となるカリウム化合物を入手するために、子供たちが海岸で海草を集めるようなことをやっているくらいなのだ。

それに——まぁ、相対的な意味で——耐久消費財である火砲に対して、噴進弾は完全な消耗品。使ったら使っただけの資源がなくなる。ある意味で、つまり資源消費という点では噴進弾は麻薬のような存在とも言える。戦果に目がくらんで限度を超えて使い続けるなら、国内の資源は急激に枯渇する。

河合は噴進弾の輸送も行ったため、空中戦艦が消費する噴進弾の数も知っている。書類にかかれた数値が本当なら、一回の出撃で空中戦艦が使用する噴進弾は一〇〇発。一発八〇キロなので、総重量は八トン。六発機の積載量の限界近い。

そんなものを雲霞のごとく飛ばすためには、その倍以上の輸送機が必要だ。生産と輸送、そのどちらをとっても、空中戦艦の大量配備は日本では無理だろう。

「この二機を如何に有効に活用するか。それが飛行隊長の采配の見せどころだね」

河合は暗に、空中戦艦の量産などあり得ないことを仄めかす。だが謎が遠すぎたのか、渡部にはそれは通じなかった。

「ええ、空中戦艦が部隊規模で整備されるまでは、この二機を最大限に生かすつもりです」

第一一航空艦隊第二六航空戦隊に属する七〇五空の分遣隊は、この時やはりラバウルにあった。かつてガダルカナル島に進出し、エスプリッツ・サント島攻撃に関係して壊滅的な打撃を被った部隊である。

再建された部隊の陸攻は一八機であった。指揮官は正式に辞令がおり少佐に昇進した太田少佐である。彼の愛機の主操縦員はやはり田中飛行兵曹長であった。いわば腐れ縁。

彼らは自分たちの宿舎にて来るべき決戦に備えて、敵の攻撃パターンの研究を行っていた。ラバウルには現在、陸攻部隊はそれほど配備されていない。航空決戦の鍵は戦闘機にありと、局地戦部隊を中心とした戦闘機隊が中心的に増強されているからだ。

だがもちろん太田少佐は、自分たちが必要になるという確信を持っていた。そんな確信でもなければ闘っていられない。

「飛行隊長、どうして我らは噴進弾を搭載しないんです？」

そういう大胆な質問を寄せるのは、太田部隊では田中飛行兵曹長の役割だった。もっとも田中のいまの質問は、太田部隊の将兵全員の疑問でもある。もともと陸攻に噴進弾を載せるという戦術が効果的だったからこそ、空中戦艦などが開発されたのだ。そうであれば自分たちの部隊も噴進弾を搭載すべきというのは、ある意味で当然の疑問と言えよう。

じっさい太田も部下たちのそうした疑問を理解してはいた。また自分もそれなりに研究もしている。そして二つの理由で、噴進弾ではなく、雷装を選択した。

理由その一は、ラバウル全体で噴進弾の絶対数が足りないことだ。空中戦艦一機だけで一〇〇発も使うのだ。他は局地戦に優先的に供給され――空中戦艦用と局地戦用の噴進弾は大きさ、重量とも違っていた――陸攻に回す分はないというわけだ。

ただ流石に太田少佐も、こうした士気にかかわるような理由を部下たちには告げなかった。彼が部下たちに示したのは、理由その二の方だった。

「ガダルカナル島からブイン・バラレ攻略に至るまでの連合軍の戦術を見ると、彼らは地上施設破壊を航空戦力には頼っていないことがわかる。むろん航空攻撃が地上施設に対して無力であるというわけではない。決定的な破壊は航空攻撃ではなく、別の手段が用いられているということだ」

「艦砲射撃ですか」と田中。

「そうだ。滑走路他の地上施設の破壊の決定的な部分は、じつは航空機ではなく戦艦によって行われている。その前後の激しい航空戦闘は、戦艦や空母などが安全に行動できるようにするための作戦海域における制空権の確保が目的だ」

「つまり、敵がラバウルを攻略しようと考えているならば、連中は、空襲ではなく艦砲射撃で、それもおそらく戦艦による艦砲射撃をかけてくると」

「その通りだ。だが、ラバウルは他の基地とは違う。電探も用意され、滑走路の整備も為され、その上さらに噴進弾も揃っている。しかも今度の噴進弾は電波信管という特別な装置であるらしい。

そうした装置をもってすれば、我々が制空権を確保することは難しくあるまい。

そうであれば、戦艦や空母を撃破できる手段が必要だ。噴進弾では戦艦は沈まない」

宿舎の中は、静まり返っていた。太田の部下たちは、飛行隊長の語った言葉の意味を自分の中で咀嚼している。彼らがその意味を理解し始めると、部隊の士気が熱を帯びてきたのを太田ははっきりと感じていた。

「忘れるな、海軍航空隊の殿をつとめるのは我々だということを！」

哨戒態勢の問題点を指摘されたことで、ラバウルでは二式飛行艇などによる航空哨戒に関して幾つもの改善を行った。それは哨戒機の密度を増やすところにはじまり、哨戒コースや時間をランダムにすることなど多岐にわたった。

計算の上では、こうした処置により敵艦隊が近くにいれば、必ず発見されるはずであった。そしてそれは間違っていなかった。

「敵艦隊発見。戦艦一、空母一、巡洋艦三、駆逐艦五。位置は……」

哨戒飛行に向かった二式飛行艇からの、それが通信のすべてであった。どうやら状況から空母と戦艦を伴う艦隊を発見し、空母の直衛機により撃墜されたものと思われた。

ラバウルの航空基地は色めき立った。敵艦隊が接近しているいま、これを叩くことはラバウル防衛にとって何よりも重要だ。

だが生憎と、おおよその方位はわかるものの距離がわからない。飛行艇を撃墜した以上、彼らも発見されたことを知っている。そして艦隊を攻撃できる陸攻の数にもかぎりがあった。

ラバウルからは再度の哨戒機が送られる。すべての陸攻と戦闘機は、出撃に備えていた。哨戒機の報告と同時に出動するためだ。だが戦闘機や陸攻は哨戒機の報告を待たずに出撃することを強いられる。

「南方より敵航空隊接近中」

ブカの電探は大規模な航空部隊がラバウルに接近中であることを伝えていた。それらは、空母航空隊と思われる一群と合流し、ラバウルを目指す。強襲であることは彼らも承知している。それ故に、陸海軍合同で大規模な航空攻撃を加えようとしているのだろう。

彼らの意図は明らかだった。大規模な航空攻撃を加え、一時的にでもラバウルの航空戦力を麻痺させる。そうして空の安全を確保しつつ、ラバウルに対して戦艦や巡洋艦による艦砲射撃を行う。ラバウルの基地機能をそうして長期間にわたって喪失させるなら、連合軍によるラバウル奪還も不可能ではない。

つまりラバウルの運命は、すべてこの航空戦にかかっている。そして、部隊は動き出す。


「こいつで飛ぶのか」

牛尾造兵大尉は、自分の乗る六発機、空中戦艦を改めて間近に見る。両翼にはすでに専用の発射装置に搭載された噴進弾が並んでいる。片翼で四八発、つまり両翼で九六発。主翼の桁の真下に四発搭載できる架台が六基二列並んでいる。一度に発射できる噴進弾は、四発か、あるいは左右両翼同時に八発。

九六発の噴進弾だけで八トン近い重量があり、翼はかなり撓んでいる。だからこの空中戦艦は、主翼の桁構造が輸送機型よりもかなり強化されている。翼の厚さや幅なども輸送機型とは異なる。

それでもこのままでは離陸時に翼端が地面に接触しかねない。このため翼端には離陸の時だけ、翼を支えるためのアルミパイプ製の竹馬のような車輪がついていた。

機体が離陸すれば、この支持車輪は翼端から分離される。飛行中は翼の揚力により支持材は不要だし、着陸時には噴進弾は残っていないので、やはり支持は不要となる。ただこうした構造であるため、噴進弾は翼端側から順番に撃って行く必要があった。

牛尾造兵大尉は、本来であればこの空中戦艦に乗る必要はなかった。兵科将校でもなく、そもそも航空隊の人間ではない。だが電波信管が本当に機能するかどうか、それを技術士官として確認する責任があった。だから異例の措置を認めてもらった。

空中戦艦の僚機にも同僚である技術士官が乗り込む。万が一の時、牛尾が帰らぬ人となっても僚機が帰還さえすれば、電波信管の技術的問題点などは技術者の目から見た事実として、改善されていくだろう。

航空隊側も牛尾造兵大尉らの要望を快く認めてくれた。というより認めざるを得なかった。電波信管の基本原理は理解できても、具体的な機械装置として扱える人間は、日本全体でもまだ五人もいない。教範さえできていない以上、この新兵器を戦力化するには技術士官の同乗は必要不可欠だった。

「機長の浅田です。今日は、よろしく頼みます」

おそらくまだ自分より若いであろう海軍将校に、牛尾はそう挨拶された。

「最善を尽くします」

牛尾には咄嗟のことで、そうとしか答えられなかった。もっと愛想の良い返事もできそうなものだが、しかし、そうは思ってもやはり他に言うべき言葉は出てこなかった。最善を尽くす。彼にできるのは、それだけだ。

出撃は速かった。この空中戦艦が敵編隊迎撃の先鋒となる以上、真っ先に飛ばねばならない。速力が遅いのだからなおさらだ。

牛尾造兵大尉の席は、機首の本来なら動力銃架が置かれているであろう場所だ。そこに電探関係の装置が置かれている。最も危険な場所ではあるが、ここは装甲板が張られ、中の人間——というより機械——を守るようになっていた。

電探の設置場所としてここが理想的とは言えないのはもちろんだが、輸送機を急遽改造した機体だけに不都合な点が多々あるのは致し方なかった。窓もガラスではなく、アクリルだという話だった。その方が機械的な強度があるらしい。

狭い空間に装置を並べているのと、おそらくは装甲板の面積を減らして重量を軽減したいからだろう、牛尾は腹這いになって装置類を調整するようになっていた。最悪、これらの装置が装甲の不備な部分の銃弾から中の人間を守るだろう。だから窓も小さかったが、この位置では周辺の視界に不自由はしない。

機体はすぐに動き出す。牛尾は前景よりも翼端が気になった。撓んだ翼端を支える車輪。はたしてうまく機能するのか。

だが構造が簡単なためか、翼は地面に接触することもなく滑走路を進む。そして翼端が揚力で浮かび上がると、支持車輪は一旦は翼端を追い越しながら倒れ、そのまま機体に追い抜かれる。空中戦艦は、最初の関門である離陸に成功した。

「牛尾さん、電探の具合いはどうです」と浅田機長。

「いまのところ順調です」

牛尾はやや後ろめたい想いを抱きながら、そう返答する。敵編隊まではまだ距離がある。回路の自己チェックでは正常だが、それが本当に正しいかどうか、敵と出会ってみなければわからない。

空中戦艦には機首の先端に、髭でも生やしたように左右両側に八木アンテナの列が数メートルにもわたり並ぶ。それらは送信と受信用のアンテナに分かれているが、それぞれのアンテナはどれが送信で、どれが受信かを電気的に回路を瞬時に切り替えながら作動するようになっていた。こうして位相を変えることでアンテナを左右に振るのと同じ効果を得るのである。

欧米が使っているようなＰＰＩレーダーについては技研も研究はしているが、まだ実用化にはいたっていない。これはそうした中で、何とか同様の効果を得るためのものであった。実用化されない最善より、実戦化できる次善の方がはるかに価値がある。

　牛尾の目の前にあるオシロスコープの中では縦に一本の輝線が目まぐるしく左右に移動する。左右方向が方位、上下方向が距離を表す。縦に輝線が一本に見えるが、じっさいは輝点が高速で上下しているためだった。

　何かを発見すると、輝線はその距離に応じた点となる。ただし、それは理論的に点になるというだけで、編隊などを捉えた時には前後左右への奥行きがあるので、オシロスコープ上では小さな矩形を描くはずだった。

「来たか……」

　牛尾は機械に取りつけられている時計を確認する。おおむね予想通りの時間にスコープ上に敵影が現れた。矩形はかなり大きい。つまりかなり大規模な編隊ということだ。

「発見しました。敵編隊です。右舷一〇度の方向で、距離五万！」

「了解！」

　浅田の声と共に牛尾は軽い加速感を覚えた。するとスコープ上の敵編隊は角度を変え、自分たちの真正面に位置している。

牛尾は顔をあげる。瞬間だが、彼らの空中戦艦を護衛するための零式艦上戦闘機の姿が見えた。零戦は彼らの周囲に一二機いるはずだった。空中戦艦一機に零戦六機という割合だ。それは戦艦を護衛する駆逐隊を思わせる。

敵編隊はおそらくは制空権を掌握するのが主目的であるためだろう。重爆撃機は比較的少なく、戦闘機が中心であるように思われた。

——どうなる。

牛尾にはわからなかった。簡単な試験程度しか行っていない中で、初の実戦がこれなのだ。それは新兵器開発の手法としては邪道だろう。しかし、いまの海軍航空隊はそれが邪道であれ、使えるものはすべて使わねばならない状況に置かれているのである。

互いの間合いをはかり合うような数分が経過する。牛尾は敵編隊との距離を浅田に報告し続ける。噴進弾のボタンを握るのは機長の浅田だ。戦闘は彼がボタンを押して始まる。それにより電波信管の有効性もわかる。

牛尾造兵大尉らの電波信管とは、空中戦艦から発射される電探の電波の反射波を噴進弾の信管が感知して起爆するというものだ。だから空中戦艦は、敵編隊に電波を照射し続ける必要があったが、信管の調定そのものは不要だ。

噴進弾は敵機の至近距離で弾頭を起爆させる。探照灯で照らすより、よほどいい。だからこそ、戦闘機は戦闘中は空中戦艦の護衛に当たらねばならない。

翼端で何かが光った。それは続けざまに起きた。最初に八発、続いてさらに八発の合計一六発の噴進弾が敵編隊に向けて放たれ、その中に吸い込まれる。

敵編隊のただ中で、あたかも雲の中で稲妻が光るかのように、三〇個以上の光が瞬く。そう、僚機もまた噴進弾を放ったのだろう。

そして光の瞬きは、より大きな炎を生んだ。幾つかの機体は炎上し、そのまま海面に墜落する。

「命中した。成功だ！」

牛尾はそう叫ぶと共に拳を握っていた。これで敵機に対する防衛は鉄壁なものになるだろう。

さすがに噴進弾の電波信管も相手との距離はわかっても、機種までは選べない。近くにいる機体だけが撃破される。

それらは前衛部隊の戦闘機が多いようだったが、何機かの重爆にも致命傷を与えているらしい。エンジンから炎を吹き出し、黒煙をあげている機体が、編隊主力から取り残され脱落し、そして炎上しながら墜落する。

浅田機長は、どうやら敵戦闘機との交戦距離になる前に、数多くの噴進弾を叩き込み、アウトレンジ攻撃をかけたいと考えているらしい。ふたたび一六発の噴進弾が放たれる。牛尾の乗る空中戦艦は、これで噴進弾の三分の一を撃ち尽くした。

さすがに前衛の戦闘機部隊は散開したため、噴進弾はその後方を行く重爆部隊のただ中で起爆した。それは彼らにも予想外の事態だったのだろう。爆撃機は密集していたが、それは電波信管に対しては裏目に出た。彼らは編隊ごと噴進弾の作り出した濃密な弾幕の中に真正面から飛び込む形となった。

何機かの重爆は、瞬時に分解した。翼を起爆により吹き飛ばされたのだろう。他にもエンジンから火を噴いているものや、明らかに高度を下げているものがある。

機体を救おうとするのか、爆弾を海中に投棄している機体も少なくない。

だが、第二波の攻撃による戦闘機隊の損失は少なかった。浅田はすかさず第三波の攻撃を行った。やはり一六発。これで手持ちは半分になる。

牛尾は気がつかなかったが、浅田は空中戦艦の機体の位置や高度を変えていたらしい。噴進弾は、正面よりやや上方に飛んで行く。そしてそこで再び爆発が起こる。そこには戦闘機部隊がいたらしい。戦闘機は次々に墜落して行く。やはり大型機よりも単座の小型機の方が、噴進弾には弱いのだろう。

――この調子でいけば、我々だけで敵編隊を撃滅できるぞ。

牛尾は彼には珍しく、自分の開発した兵器の性能をそう評価した。だが彼はすぐに実戦の恐ろしさを目の当たりにする。それは機銃の音だった。

「なんだ！」

空中戦艦の動力銃座が動き出している。そう、散開した敵戦闘機が空中戦艦に肉薄してきているのだ。

浅田があれほど派手に噴進弾を撃ったのも、こうした事情を予測していたためだろう。おそらくそれは実戦で生きている人間たちには自明の判断だったのかも知れない。だが牛尾は、その状況に直面するまで、そんなことなど考えてもみなかった。

彼は恥ずかしかった。現場も知らずに単なるスペックだけを改良している自分自身に。現場を知らない開発は、それは控え目に言っても、自然に対する傲慢（ごうまん）だろう。

しかし、そんな彼の考えさえ、まだ甘いことを彼は知る。敵戦闘機の動きはわからないが、一機の零式戦闘機が炎上しながら目の前を墜落していったからだ。

牛尾はそれでもまだ、それが空中戦の結果に過ぎないと思っていた。だがもう一機の零戦の動きを見て、彼は自分の居場所の恐ろしさを知る。

零戦隊はとうの昔に敵戦闘機と空戦を行っていたのだ。腕の問題というより、数の問題だったのだろう。噴進弾で相当の撃墜が出ているはずにもかかわらず、敵戦闘機の数は圧倒的だった。

すでに零戦の何機かは、二〇ミリ機銃弾はもとより七・七ミリ機銃弾さえも撃ち尽くしてしまったらしい。彼らには闘う術がない。撃ち落としても撃ち落としても、敵機はやってくる。そして空中戦艦を守るのが自分らの義務だ。

弾を撃ち尽くした零戦隊は、圧倒的な敵戦闘機隊の前に、ついには体当たりで空中戦艦を守ろうとしているのだ。一機、また一機と零戦は敵戦闘機と刺し違える。

「すいません」

牛尾には、そうとしか言えなかった。電波信管の威力に驕（おご）っていたさっきまでの自分が、いかに小さな人間か。彼は目の前で敵と刺し違える戦闘機を前に感じずにはいられなかった。彼らはただ圧倒的な火力を持つ空中戦艦を生かすためだけに、敵戦闘機と刺し違えている。

牛尾は渡部から熟練搭乗員は可能なかぎり局地戦に乗せ、零戦には比較的若年搭乗員が多いという話を耳にしていた。零戦による戦闘の局面よりも、局地戦による防衛戦が中心となっていたためだ。

熟練者なら巴(ともえ)戦でも局地戦の一撃離脱でも、どちらでも対応できるが、若年者ではそうもいかない。軽戦で基礎的な戦術などを学ばせるということと、強力な火力をもつ局地戦の能力を最大に引き出せるのは熟練者であるからだ。

つまり自分たちの前で敵と刺し違えているのは、まだ経験の浅い搭乗員たちなのだ。彼らは怒っている。牛尾はそれを感じた。己れの未熟に怒り、他に闘う術を持たない事実に怒る。彼らには空中戦艦を守るため、刺し違えるという選択肢しかないのだ。

「すいません、すいません」

牛尾は目の前の戦闘を直視するのがつらかった。しかし、ここでそれを直視するのが自分の義務であることもわかっていた。ただ彼は、死んで行く戦闘機搭乗員に「すいません」を繰り返す。いまここでできることはそれだけだった。残りの負債は戻ってからのことになる。

そのころには浅田機長も空中戦艦を敵戦闘機の攻撃から逃れさせることに成功していた。そして彼はここで一気に勝負に出た。残っている四八発の噴進弾を一斉に敵編隊に向けて放った。それに僚機も倣う。

空中にほぼ一斉に九六発もの弾頭が炸裂する。それは敵航空隊に大混乱をもたらした。何より指揮系統の混乱が事態を悪化させる。一〇〇近い光が炸裂してから、空に滝でも流れるように機体が墜落する黒煙の筋が走る。

だが、それでも敵編隊は全滅には至らない。致命的な打撃を受けながら、なおも彼らはラバウルへと進む。

空中戦艦二機は、すでにラバウルへの帰路に入っていた。そんな彼らに敵戦闘機が迫る。

一機が真正面から空中戦艦を狙う。牛尾はパイロットの表情がわかるような気がした。そして死んでも構わないという気持ちと、戦闘機搭乗員たちのためにも死ぬわけにはいかないという矛盾した感情を抱えながら、不思議なほど平静な気持ちで敵戦闘機の銃口を見ていた。

あれが光れば自分は死ぬ。そんな分析ができる自分が、妙におかしい。

だが牛尾は死ななかった。敵戦闘機のコクピットが砕け散ったかと思った瞬間、空中戦艦の視野の中に二式局地戦の姿が浮かぶ。

「牛尾さん、帰りましょう。あとは局地戦部隊がやってくれます」

浅田の声が聞こえる。だが牛尾造兵大尉は、ラバウルに到着するまで、自分が生きているということが実感を伴っては理解できないでいた。自分らのために敵機と刺し違えた搭乗員たちのことを考えていた。


太田少佐の指揮する陸攻隊は、自分たちの部隊の一八機と他の部隊からかき集めた一八機の総計三六機であった。上空には、とりあえず出撃できる二式局地戦や零式艦上戦闘機が一〇機ほど飛んでいる。

その部隊は、すでに何航空隊という枠組みを越えていた。そんなものにこだわってはいられなかった。敵航空隊に空中戦艦と戦闘機隊により壊滅的打撃を与えたいま、陸攻隊による反撃の機会はいましかない。明日、反撃できるという保障はないのだ。

すでに哨戒機は敵艦隊の正確な居場所を確認している。おそらく空母部隊も乾坤一擲の大勝負をラバウルに対して仕掛けたのだろう。

そして、彼らはその勝負に負けた。哨戒機が接近し、自分たちをマークしているというのに、彼らにはそれを撃墜できる手段さえすでになかった。

「戦艦一、空母一、巡洋艦三、駆逐艦五か」

太田は哨戒機の報告を頭の中で繰り返す。戦艦はどうやらノースカロライナ級であるらしい。部隊は可能なかぎり日本海軍航空隊の勢力圏内から離脱しようと試みているようだったが、戦艦の速力がネックとなっていた。

彼らは南東方向、つまり友軍の基地航空隊の勢力圏に向かおうとしていると思われた。ただ空中戦艦と局地戦部隊の働きは、彼らの計算を根底から覆してしまったらしい。

米太平洋艦隊とて、日本との戦闘で少なくない人材と機体を失っている。果てしない消耗戦に終止符を打つ。その点だけは、日米両軍とも考えは同じであった。だが少なくとも米太平洋艦隊にとって、この大攻勢は失敗だった。

敵艦隊は空母を中心に戦艦さえも輪形陣の一翼を担っていた。しかし、太田たちの狙いは決まっていた。戦艦と空母。航空隊の夥しい損害と、主力艦二隻の損失は、米太平洋艦隊の戦略を根底から見直すことになろう。彼らの反撃が遅れるなら、日本は体勢を立て直す貴重な時間を稼ぐことができる。

戦闘機隊と陸攻隊の打ち合わせはなかった。しかし、誰もが何をなすべきかを理解していた。そうであれば行動の選択肢はかぎられる。

最初に突入していったのは、二式局地戦の一群だった。彼らは燃料と弾薬だけを補充して離陸した熟練者たちだ。彼らはいま、ある駆逐艦に向かって突入しようとしていた。

駆逐艦の側は、どうして自分たちが狙われるかよくわかっていなかった。そもそも戦闘機が殺到する理由が理解できない。だがそれでも、彼らは対空火器を向ける。

何が起こるかわかったのは、戦闘機から一斉に噴進弾が発射された時だった。無誘導の単なる噴進弾ではあったが、艦尾方向から舐めるように噴進弾を撃ち込まれると、それは相対速度の小ささもあって、ほとんどが命中する。

もともと駆逐艦の主砲弾と同様の弾頭である。駆逐艦は、これにより致命的な損傷を被った。そして敵の輪形陣に穴が開く。炎上する駆逐艦を尻目に、最初に太田らの陸攻隊が殺到する。駆逐艦から空母までの距離はわずかしかない。悠長に構えてはいられなかった。対空火器が激しく応酬する中、太田は至近距離から雷撃を実行し、そして離脱する。

部隊の中で二機の陸攻が対空火器に喰われた。だが他の一六機は無事であり、そして八本の魚雷が空母に命中。外れた魚雷の一本は、重巡洋艦に命中した。

空母に雷撃が成功し、巡洋艦も被雷したことは艦隊の陣形を混乱させた。一部の艦艇は、炎上する空母の消火と救助に向かう。だがそれにより、ノースカロライナ級戦艦は無防備となった。

局地戦部隊が噴進弾による攻撃で、戦艦の対空火器を牽制する。その間に残りの一六機が戦艦に雷撃を敢行した。五本の魚雷が戦艦に命中し、戦艦を守ろうとした巡洋艦に二本の魚雷が命中する。そして三機の陸攻が対空火器で撃墜された。

戦艦と空母二隻の主力艦が陸攻隊により沈められ、二隻の巡洋艦が中破、駆逐艦一隻が大破した。そして陸攻五機が失われた。

昭和一八年三月、ラバウルの一大航空戦は、こうして日本海軍航空隊の戦術的勝利により終了した。

ブインやバラレなどの連合国軍航空基地は航空機の少なくない数を失い、事実上、基地機能を失っていた。米太平洋艦隊もこの戦域で、一度に空母と戦艦をまたも失ったことにより、本格的な攻勢はできなくなっていた。彼らは南西方面における戦略を根本的に見直す必要に迫られた。

一方、日本海軍航空隊と連合艦隊も、大勝利は得たものの、ブインやバラレなどの敵航空基地を奪還するだけの余力はなかった。彼らもまた方針を変えることを余儀なくされた。ラバウルを鉄壁の航空要塞とすることで、米太平洋艦隊などの活動に掣肘を加える。それは海軍戦略が、はっきりと攻勢から守勢に転換したことを認めたことにほかならなかった。


昭和一八年四月。田島泰蔵は大西航空本部総務部長の来訪を受けていた。大西の主な用件は空中戦艦という田島にすれば色物以外の何物でもない兵器に対する感状を授与することだった。

「あれがそんなに活躍したのですか」

「あぁ、ラバウルはあれのおかげでもちこたえたと言っても過言ではない」

「しかし、六発機を優先して量産することは、四発機の生産を圧迫することになりますが」

田島はあらかじめ大西を牽制しておく。

「まぁ、そうかもしれない。あるいは輸送機でも噴進弾が使えるような工夫が必要なのかもしれないな」

「はぁ、なるほど」

今日の大西は田島が薄気味悪く感じるほど大人しい。

「海軍も色々な意見はあるのだが、噴進弾の本格的な量産に入ることになりそうだ。電波信管の改良とか、誘導弾というようなものをね。それが実用化すれば、輸送機でも戦力化できるだろう」

「まぁ、そうかもしれませんね」

大西は、そこで田島に向き直って言う。

「貴殿は知らないだろう。海軍の一部では、飛行機に爆弾を抱えて敵艦に体当たりするという兵器の提案がなされているということを」

「体当たり？　乗ってる人は？」

「死ぬ。脱出装置をつけるという意見もあるが、現実には意味はあるまい。兵員に自殺を強要するような兵器が提案されているんだ。自殺を特攻、特別攻撃などと言い換えてな。

だが電波信管や誘導弾が実用化されるなら、そんな提案は即座に却下できる。特攻などという外道な真似をしなくても我々は闘える。そういう機体を開発してもらうことになるだろう。四発か六発かはわからないがな」

「そういうことでしたら、喜んで協力させていただきます。それほど大きな改良をせずとも対処法はあると思います」

それは田島にとって、はじめて心から同意できる輸送機の改修意見であった。そして田島と大西は、そうした機体の可能性について熱心に語り合った。

（超武装攻撃編隊　了）

コスミック文庫

超武装攻撃編隊（ちょうぶそうこうげきへんたい）下
超弩級空中戦艦、出撃！

【著 者】
林 譲治（はやし じょうじ）

【発行者】
杉原葉子

【発 行】
株式会社コスミック出版
〒154-0002 東京都世田谷区下馬 6-15-4
代表 TEL.03(5432)7081
営業 TEL.03(5432)7084
FAX.03(5432)7088
編集 TEL.03(5432)7086
FAX.03(5432)7090

【ホームページ】
http://www.cosmicpub.com/

【振替口座】
00110-8-611382

【印刷／製本】
中央精版印刷株式会社

乱丁・落丁本は、小社へ直接お送り下さい。郵送料小社負担にてお取り替え致します。定価はカバーに表示してあります。

ISBN978-4-7747-6269-2 C0193